위대한 개츠비

위대한 개츠비

1판 1쇄 발행 | 2001. 7. 21
2판 1쇄 발행 | 2006. 1. 15
2판 8쇄 발행 | 2010. 8. 17

지 은 이 | F. 스콧 피츠제럴드
옮 긴 이 | 황성식
드 로 잉 | 이일선
펴 낸 이 | 박옥희
펴 낸 곳 | 도서출판 인디북

등 록 일 자 | 2000. 6. 22
등 록 번 호 | 제 10-1993호
주   소 | 서울시 마포구 용강동 469 하나빌딩 2층
전   화 | 02)3273-6895
팩   스 | 02)3273-6897
홈 페 이 지 | www.indebook.com

ISBN 978-89-5856-102-6 03850

The Great Gatsby

위대한 개츠비

F 스콧 피츠제럴드 지음 | 황성식 옮김

인디북

개츠비는 해가 거듭될수록
우리 앞에서 멀어지고 있는 녹색 불빛의 존재를,
그 격정의 미래를 굳게 믿고 있었던 것이다.
그것은 이미 우리들의 손안에서 빠져나갔다.
그러나 그것은 그리 중요하지 않다.
내일 우리는 더 빨리 달려가
길게 팔을 내뻗을 것이기에,
그 어느 해맑은 날 아침에
이렇게 우리는 물살에 휩쓸려 과거로
떠내려가면서도 노 젓기를 포기하지 않는 것이다.

　내가 아직 어리고 지금보다 훨씬 더 쉽게 남의 말에 화를
내곤 하던 시절의 일이다. 그때 아버지는 내게 한 가지 충고
를 해 주었다. 그 이후로 나는 아버지의 충고를 항상 마음속
에 되새기곤 했다.

　"남의 잘잘못을 따질 때는 언제나 이 세상 사람들이 모두
너처럼 좋은 환경에서 자라지 못했다는 점을 잊지 말아야 한
다."

　아버지는 더 이상의 말은 하지 않았다. 그러나 나는 아버
지의 충고 속에 보다 깊은 뜻이 숨어 있다는 것을 짐작할 수
있었다. 굳이 길게 말하지 않아도 아버지와 나는 서로 통하고

있었던 것이다. 내가 어떤 일에 대한 판단을 내려야 할 경우 보다 신중하게 처신을 하게 된 것은 이 때문이다. 이런 습관이 몸에 밴 덕분에 나는 다소 엉뚱한 성격을 가진 사람들을 많이 만나게 되었다. 때로는 성가시게 치근덕거리는 사람들을 상대하느라 곤혹을 치르기도 했다.

이런 성격의 소유자는 나 같은 사람을 금방 알아보고 가까이 접근해 오게 마련이다. 대학 시절 나는 별로 친하지도 않던 사람들에게서 은밀한 고백을 듣게 되곤 했다. 이 때문에 보기와는 달리 음흉하다는 비난을 받기도 했다.

그러나 대부분 내가 먼저 나서서 비밀을 털어놓도록 한 것은 아니었다. 오히려 나는 누군가가 마음속의 비밀을 털어놓을 것 같은 기색이면 잠이 든 체하거나 다른 생각을 하고 있는 것처럼 행동했다.

때로는 상대의 반감을 살 만한 경박한 짓을 하기도 했다. 젊은이들의 은밀한 고백이란 적어도 그 표현법에서만큼은 남의 말을 그대로 따라하거나 심리적인 부담 때문에 횡설수설하기가 십상이기 때문이다. 때로는 어떠한 의견 표명도 삼가고 있다는 것이 상대에게는 무한한 희망을 주기도 하는 모양이다.

아버지가 점잖게 말한 것을 나 또한 그대로 되풀이하는 것이 되겠지만, 인간으로서의 기본적인 사고는 저마다 다르게

갖고 태어난다. 나는 이런 사실을 잊어버리기라도 한다면, 뭔가 손해를 보는 것이 아닐까 하고 염려하곤 한다.

어쩌다 보니 나의 너그러움을 자랑한 꼴이 되고 말았지만, 나의 너그러움에도 한계가 있다는 사실 또한 인정하지 않을 수 없다. 인간의 행위 중에는 단단한 바위에 뿌리를 둔 경우도 있지만, 반대로 질퍽한 늪에 근거를 둔 경우도 있다. 그러나 어떤 행위가 그 한계를 넘어서게 되면 나는 그것이 무엇을 기반으로 한 것이든 상관하지 않는다.

지난 가을 동부에서 돌아왔을 때 나는 세상 사람들이 모두 똑같은 차림으로 언제까지나 도덕적인 자세를 취해 주었으면 좋겠다는 생각을 했다. 무슨 특권이라도 지닌 듯 인간의 마음속을 기웃거리며 야단스럽게 나서는 사람들의 행동에 그만 진저리가 났던 것이다. 그러나 오직 한 사람, 이 책의 주인공인 개츠비만은 예외다.

사실 개츠비는 내가 노골적으로 경멸하는 모든 것을 갖춘 대표적인 인물이기도 하다. 만일 개성이라는 것이 일종의 멋진 몸가짐을 말하는 것이라면, 개츠비에게는 15만 킬로미터 밖에서 일어난 지진을 측정해 내는 어떤 복잡한 기계와도 관련이 있을 것 같은 현란한 개성과 희망찬 앞날에 대한 예민한 감수성 같은 것이 있었다.

이 같은 감수성은 거창하게 '창의적인 기질'이라고 불리는 그런 매력 없는 감수성과는 다른 것이다. 그것은 희망을 갖게 하는 천부적인 재능이요, 내가 지금껏 그 누구에게서도 발견하지 못했고, 앞으로도 영원히 그러할 일종의 낭만적인 감수성이다.

결국 개츠비가 옳았다. 내가 뭇 사람들의 대단치 않은 슬픔이나 숨이 막힐 정도로 우쭐거리는 모습에 잠시나마 관심을 갖지 않게 된 것은 개츠비를 통해 그의 꿈이었던 자리에 더러운 먼지를 떠돌게 한 것 때문이다.

우리 집안은 중서부에서 삼대에 걸쳐 살아온 부유한 명문가였다. 캐러웨이 가문은 이곳에서 씨족을 이루고 있으며, 버클루 공작의 후손이라고 전해진다. 그러나 실제 우리 가문을 일으켜 세운 분은 큰할아버지이다. 큰할아버지는 1851년에 미국으로 건너와 남북전쟁 때 철물 도매상을 시작했다. 마땅히 가야 할 전쟁에는 사람을 사서 대신 보냈다고 한다. 지금은 그 철물 도매상을 아버지가 이어받아 운영하고 있다.

나는 큰할아버지를 한 번도 본 적이 없지만, 사람들은 내가 큰할아버지를 무척 닮았다고 한다. 물론 아버지 사무실에 걸려 있는 차가워 보이는 큰할아버지의 초상화를 두고 하는 말이다.

나는 아버지보다 꼭 25년 늦은 1915년에 예일 대학을 졸업

했다. 대학 졸업 후 얼마 안 되어 1차 세계대전이 터져 튜턴족의 때늦은 이주에 참가하게 되었다. 이때 나는 독일에 대한 미국의 역습을 마음껏 즐겼기 때문에 집에 돌아와서도 한동안 들뜬 마음을 진정시킬 수 없었다. 미국의 중서부 지방은 이제 세계의 중심지가 아니라 우주의 초라한 변두리처럼 보였다. 나는 동부로 가서 증권업을 배워야겠다고 결심했다. 내가 아는 사람들은 하나같이 증권업에 관계된 일을 하고 있었기 때문에 나 한 사람 정도야 더 끼어들 수 있을 것이라 생각했던 것이다.

백모님이나 백부님은 마치 내가 다닐 대학의 예비 학교를 선택하듯 머리를 맞대고 의논한 끝에 '그것도 괜찮겠지, 뭐.' 하고 마지못해 승낙했다. 아버지도 일년간 생활비를 대겠다고 약속했다. 이런저런 일로 시간이 걸리기는 했지만 1922년 봄, 나는 아주 눌러 살 작정으로 동부로 옮겨 왔다.

제일 먼저 해야 할 건 뉴욕 시내에 거처를 정하는 일이었다. 곧 무더운 계절이 시작될 것이고 드넓은 잔디밭과 숲을 떠나온 직후라 사무실의 젊은 동료가 가까운 거리에 있는 마을에 다 같이 집을 하나 얻자는 제안을 해 왔을 때 정말 멋진 생각처럼 들렸다. 그가 찾아낸 집은 월 80달러짜리 낡고 허름한 단층집이었다.

그러나 막상 이사할 때가 되자 그는 전근 발령을 받아 워

싱턴으로 떠나고, 나 혼자서 이사를 하게 되었다. 내가 가진 것이라고는 개 한 마리와 낡은 자동차 한 대뿐이었다. 이사 후 핀란드 인 가정부를 고용했다. 그녀는 나를 위해 침대를 정리하고, 전기난로 위로 몸을 구부리고는 알 수 없는 혼잣말로 핀란드 속담을 중얼거리며 아침 식사를 준비해 주었다.

처음 며칠은 외로웠다. 그러던 어느 날 아침, 나보다 늦게 이곳으로 이사 온 한 남자가 길에서 나를 불러 세웠다.

"웨스트에그에는 어떻게 오시게 됐습니까?"

나는 그의 물음에 성의껏 대답해 주고 가던 길을 계속 걸어갔다. 그때부터 더 이상 외롭다는 생각이 들지 않았다. 나는 그가 안내자이자 개척자이고, 오래전부터 이곳에서 살아온 주민이라는 생각이 들었다. 뜻밖에도 그 남자가 내게 이런 생각을 심어 준 것이었다.

따뜻한 봄 햇살이 내리쬐고, 나뭇가지의 새순들이 고속으로 촬영한 영화에서처럼 눈 깜짝할 사이에 싱싱한 잎으로 자라는 것을 보면서 인생은 여름과 함께 다시 시작된다는, 지금까지 몇 번이고 품어 왔던 그런 생각을 다시 하게 되었다.

읽어야 할 책도 많았을 뿐만 아니라 생동감이 넘쳐 나는 분위기 속에서 풀이 죽어 있기에 나는 너무나 건강했다. 나는

13

은행 업무와 신용, 투자 신탁에 관한 책을 여러 권 샀다. 그것들은 조폐국에서 막 찍어 낸 화폐처럼 붉은빛이나 황금빛을 발하며, 내 책장에 꽂혀 마이더스와 모건, 미너시스만이 알고 있는 성공의 비결을 내게 가르쳐 주는 듯했다.

나는 다른 분야의 책들도 많이 읽어야겠다고 생각하고 있었다. 대학 시절에는 문학에도 심취해 있었기 때문에 일년 동안 《예일 뉴스》에 제법 품위 있고 진지한 논설을 쓰기도 했다.

나는 지금의 내 생활에서 이러한 것들을 되살려 전문가 중에서도 모든 학식을 고루 갖춘 이른바 '박식하고 원만한 사람'이 되어 볼 작정이었다. 이것은 단순한 바람이 아니다. 어차피 인생이란 하나의 창으로만 내다보는 사람이 훨씬 성공하기 쉬운 법이니까.

내가 북아메리카에서도 가장 특이한 마을에 집을 얻게 된 것은 우연이었다. 그 집은 뉴욕 동쪽으로 뻗어 있는 길고 요란한 섬의 천연 진기물인 특이한 두 대지 위에 있었다. 뉴욕 시에서 30킬로미터쯤 떨어진 곳에 위치한 한 쌍의 거대한 달걀 모습을 한 지대가 바로 이곳이다.

서반구 안에서도 가장 발달한 지역인 롱아일랜드 해협의 이름뿐인 만을 사이에 두었을 뿐, 그곳은 마치 헛간에서 뒹구는 달걀처럼 튀어나와 있었다. 그렇다고 완전한 달걀 모양은 아니었다. 그것은 콜럼버스의 달걀처럼 연결된 한쪽 끝이 양쪽 다 찌부러져 있어 그 위를 날아다니는 갈매기들조차 깜짝 놀라지 않을 수 없을 것이다.

그리고 날개가 없는 사람들에게는 이 한 쌍의 달걀 모양이 그 형태를 제외한 다른 모든 점에서 닮은 점이 하나도 없다는 사실이 더욱 흥미를 끌었다.

내가 살고 있는 곳은 웨스트에그였다. 한 쌍의 달걀 중에서 비교적 사교적인 분위기가 덜한 쪽이다. 그러나 이러한 표현은 두 지역 사이의 특이한 상황을 설명하는 데에는 피상적이고 진부하기까지 하다.

내가 세를 든 집은 웨스트에그의 돌출된 부분에 있었다.

롱아일랜드 해협에서 불과 50미터밖에 떨어지지 않은 곳이었는데, 한철에 1만 2천 달러에서 1만 5천 달러에 세를 주는 거대한 저택 사이에 끼여 있어서 더욱 초라해 보였다.

내가 세를 든 집의 오른쪽에는 어느 모로 보나 호화롭기 그지없는 대저택이 서 있었다. 노르망디의 어느 시청을 본뜬 건물이었는데, 한쪽에는 담쟁이덩굴이 엷은 수염처럼 뒤덮여 있고 그 뒤로 새로 세운 듯한 탑이 우뚝 솟아 있었다. 그리고 대리석 수영장과 5만 평이 넘을 듯한 잔디밭과 정원이 그림처럼 펼쳐져 있었다.

이 집이 개츠비의 저택이었다. 아니, 그 당시 나는 개츠비라는 사람을 단 한 번도 보지 못했으니까 그런 이름의 신사가

사는 집이라고 말하는 것이 옳을 것이다.

이런 지경이니 내가 살던 집이 그 지역에서 얼마나 눈에 거슬리는 존재였겠는가. 그러나 워낙 볼품없는 집이었기에 사람들의 눈에 띌 염려도 없었다. 덕분에 나는 바다와 이웃집의 드넓은 정원을 바라보며 마치 억만장자와 친구가 된 듯한 기분도 느낄 수 있었다. 그것도 한달에 단 80달러로 말이다.

이름뿐인 만 건너편에는 해변을 따라 이스트에그의 호화로운 저택들이 빛나고 있었다. 내가 톰 부캐넌 부부와 저녁 식사를 하기 위해 그곳으로 낡은 차를 몰고 간 그날 저녁에 그 여름의 역사는 시작되었다. 톰의 아내인 데이지는 나의 육촌 동생이었고, 톰은 대학 시절부터 알고 지내던 사이였다. 나는 전쟁 직후 시카고에서 그들과 같이 이틀을 지낸 적도 있었다.

톰은 운동에 뛰어난 재능을 보였다. 특히 미식축구에서는 예일 대학 축구부 창립 이래 가장 강력한 스크럼 선수였다. 국가 대표급 선수이긴 했지만, 스물한 살이라는 젊은 나이에 이미 정상에 올라 있었기에 그후로는 무슨 일을 해도 내리막 길을 걷고 있는 듯한 느낌을 주는 인물이었다.

그의 집안은 굉장한 부자였다. 대학 시절엔 돈 씀씀이가 비난의 대상이 되기도 했다. 시카고를 떠나 동부로 이사를 한 뒤에도 그는 사람들에게 관심의 대상이 되었다. 레이크 퍼리

토로에서 폴로 경기용 말 한 떼를 끌고 왔기 때문이다. 내 또래에 지나지 않는데 그런 일을 할 정도로 돈이 많다니 정말 이해하기 어려웠다.

그들 부부가 왜 동부로 왔는지 나로서는 알 수 없는 일이었다. 그들은 특별한 이유도 없이 프랑스에서 한 해를 보내기도 했다. 프랑스에서 돌아온 후에는 폴로 경기를 하며, 돈 많은 사람들이 있는 곳을 찾아 이리저리 바쁘게 돌아다녔다.

데이지는 내게 전화를 걸어 영원히 이곳에서 살고 싶다고 했지만, 나는 믿지 않았다. 데이지는 몰라도 톰은 아니었다. 그는 무슨 일이든 만족하지 못하고, 이제는 두 번 다시 경험하지 못할 축구 시합의 극적인 흥분을 기대하며 평생을 떠돌아다닐 사람처럼 보였다.

따뜻한 바람이 불던 어느 날 저녁, 그리 친하다고 할 수 없는 그들을 만나러 이스트에그로 차를 몰고 갔다. 그들의 집은 흰색과 붉은색으로 칠한 조지 왕조 시대 식민지풍의 거대한 저택이었다. 내가 생각했던 것보다는 훨씬 정교하게 지어져 있었다.

해변에서부터 시작된 잔디밭은 해시계와 벽돌이 깔린 길, 불타는 듯한 화원을 지나 현관 쪽으로 4백 미터나 계속되었다. 그것은 관성의 법칙 때문에 여기서 멈출 수 없다는 듯 산뜻한 담쟁이덩굴로 변해 벽을 기어오르고 있었다. 저택의 정면엔 저녁노을을 받아 마치 불이라도 붙은 듯 이글거리는 프랑스식 창문이 일렬로 나 있었다. 그리고 승마복을 입은 톰 부캐넌이 정면 베란다에 서 있었다.

그는 대학 시절과는 많이 달라져 있었다. 그는 이제 엷은 갈색 머리칼과 꼭 다문 입술, 오만한 태도와 다부진 체격의 30대 남자로 변해 있었다. 번쩍거리는 거만한 두 눈이 얼굴 전체를 지배하고 있어서 그런지 그는 항상 공격적인 자세를 취하고 있는 것처럼 보였다.

여자 옷처럼 부드럽고 세련된 승마복을 입고 있었지만, 그의 육체에서 풍겨 나오는 거대한 힘을 감추지는 못했다. 광택을 낸 가죽장화도 곧 터질 것 같아서 맨 위의 끈은 묶기도 힘들 것 같았다. 얇은 상의 밑으로 어깨를 움직일 때마다 우람한 근육이 꿈틀거렸다. 거대한 힘을 가진, 잔인해 보이기까지 하는 몸뚱이였다.

거칠고 탁한 목소리는 성깔 있어 보이는 그의 인상을 한층 더 강렬하게 보이게 했다. 그의 목소리는 친근한 사람을 대할 때조차 고압적이고 경멸감이 담겨 있는 듯한 느낌이 들었다. 그래서 대학 시절부터 그의 이런 오만함을 싫어하는 사람들이 많았다. '내가 너보다 강하고 남자답다고 해서 그런 문제에 대한 내 생각이 옳다고 생각해서는 안 되지.' 그는 마치 이렇게 말하고 있는 듯이 보였다.

19

그와 나는 대학 4학년 때 같은 서클에 들어 있었다. 서로 친하게 지내지는 않았지만, 그는 내게 항상 호의적인 태도를 보였다. 그렇다고 특유의 거칠고 도전적인 태도를 버리지는 않았지만, 내가 자기에게 호감을 갖기를 바라는 눈치였다.

우리는 화사한 베란다에 서서 인사를 나누었다.

"어때, 근사한 집이지?"

그는 사방을 둘러보며 이렇게 말했다. 그리고 한 팔로 나를 돌려세워 넓적한 손으로 집 안 구석구석을 가리켰다. 그의 손끝을 따라 이탈리아식 정원과 짙은 향기를 풍기는, 6백 평은 충분히 될 듯한 장미 화원이 펼쳐져 있었고, 그 너머 바닷가로 파도를 가르며 달려가는 모터보트가 보였다.

"여긴 석유업자인 드메인의 저택이었다네."

그는 은근하면서도 갑작스럽게 나를 돌려세우면서 말했다.

"자, 그만 안으로 들어가지."

천장이 높은 현관을 지나 안으로 들어가자 양쪽의 프랑스식 창문에 의해 간신히 집과 연결되어 있는 장밋빛 공간이 나타났다. 그 창문들은 약간씩 열린 채 연노랑색으로 반짝이고 있었다. 창문 아래로는 집 안쪽으로 침입한 듯한 싱그러움을 안겨 주는 잔디밭이 펼쳐져 있었다. 산들바람이 방 안으로 불어와 커튼의 한쪽 끝은 안으로, 다른 쪽은

20

밖으로 나부끼게 했다. 커튼은 분말 설탕을 입힌 웨딩 케이크를 연상시키는 천장 쪽으로 치솟았다가는 진홍색 양탄자 위로 흘러내려 바다에 파도가 일 듯 잔물결을 일으켰다.

그 방에서 움직이지 않는 것은 커다란 의자뿐이었다. 그리고 그 의자에는 젊은 여자 두 명이 강철 줄로 매 놓은 기구라도 타고 있는 듯 앉아 있었다. 두 사람 모두 흰 드레스를 입고 있었는데, 그 드레스 역시 잠시 집 주변을 날아다니다가 바람에 밀려 지금 막 이곳으로 들어온 것처럼 가볍게 나부끼고 있었다.

나는 잠시 커튼의 펄럭이는 소리와 벽에 걸린 액자의 흔들리는 소리에 정신을 빼앗기고 있었다. 바로 그때 톰 부캐넌이 뒤쪽 창문을 닫는 소리가 들려왔다. 바람이 멎어 조용해지고 커튼과 두 여자도 방바닥 쪽으로 가볍게 내려앉았다.

두 여자 중 나이가 적어 보이는 여자는 처음 보는 얼굴이었다. 그녀는 긴 의자 한쪽 끝에 몸을 쭉 펴고 앉아서 꼼짝도 하지 않았다. 마치 조금만 움직이면 떨어질 물건을 위에 올려놓은 듯이 턱을 치켜올리고 있었다. 곁눈질로 내가 방으로 들어서는 것을 보고 있었으면서도 전혀 그런 기색을 보이지 않았다. 오히려 내가 방 안으로 불쑥 들어와서 방해가 된 건 아니냐고 사과를 할 뻔했다.

다른 한 여자는 데이지였다. 데이지는 일어나려고, 아니 그렇게 하려는 듯한 몸짓으로 약간 몸을 움직였다. 그러고는 어색하지만 매력적인 웃음을 지었다. 덩달아 나도 웃어 보이며 방 안으로 들어갔다.

"난 지금 너무 행복해서 몸이 굳어 버릴 지경이에요."

데이지는 자기가 무슨 재치 있는 말이라도 한 것처럼 깔깔거렸다. 그리고 한참 동안 내 손을 잡은 채 얼굴을 쳐다보면서 그동안 무척 보고 싶었다고 호들갑을 떨었다. 그것은 그녀의 버릇이었다.

데이지는 턱 위에 뭔가를 올려놓은 듯한 여자의 이름이 베이커라고 내게 속삭였다. 데이지가 이렇게 속삭이는 것은 상대방의 얼굴을 자기 쪽으로 끌어당기기 위해서라는 소리를 들은 적이 있었다. 하지만 그것은 그녀의 매력을 질투하는 사람들의 부당한 주장이었다. 내게 데이지의 이런 모습은 여전히 매력적으로 보였다.

베이커는 입술을 살짝 움직이면서 나를 향해 거의 알아차릴 수 없을 정도로 고개를 살짝 끄덕여 보였다. 그런 뒤 그녀는 다시 턱을 쳐들었다. 가까스로 균형을 유지하고 있던 물건이 인사를 하면서 약간 기우뚱하기라도 한 듯 그녀는 놀란 표정을 지었다. 나는 하마터면 다시 사과를 할 뻔했다. 나는 자기만족에 빠진 사람을 보면, 항상 감동해서 찬사를 보내고 싶어진다.

내가 다시 데이지를 돌아보자, 그녀는 특유의 소곤거리는 매력적인 목소리로 이것저것 묻기 시작했다. 데이지의 목소리는 마치 다시는 연주될 수 없는 악곡과 같아서 그것을 듣는 사람의 귀를 그 음률에 따라 오르락내리락하게 만들었다. 그녀는 반짝이는 눈동자와 정열적인 입술을 가진, 우수에 젖은 듯하면서도 사랑스러운 모습이었다.

더구나 그녀의 목소리에는 그녀에게 관심을 품은 남자들이라면 잊을 수 없는 일종의 흥분이 담겨 있었다. 데이지가 노래를 부르는 듯하면서도 충동적인 목소리로 "들어 보세요." 하고 소곤거리면 조금 전까지 신나는 일에 몰두해 있고, 앞으로도 그런 일이 기다리고 있을 것만 같은 분위기가 감돌았다.

나는 데이지에게 동부로 오는 도중에 시카고에 들렀던 이야기를 해 주며 그곳 사람들이 안부를 전하더라고 말했다.

"그분들이 저를 잊지 않았던가요?"

데이지는 흥분을 감추지 못하고 들뜬 목소리로 소리쳤다.

"온 시내가 삭막하던걸. 차들은 뒷바퀴를 검게 칠했고, 북쪽 해안 일대에서는 밤새도록 통곡 소리가 나더군."

"정말 멋진데요! 톰, 우리 내일 당장 돌아가요."

그러고 나서 그녀는 엉뚱하게도 이렇게 덧붙였다.

"아참, 우리 아이를 보여 드릴게요."

"그래, 나도 보고 싶어."

"지금 자고 있어요. 세 살인데 아직 본 적이 없죠?"

"응."

"꼭 보셔야 해요. 우리 아이는……."

아까부터 방 안을 불안하게 서성거리고 있던 톰 부캐넌이 갑자기 다가와서 내 어깨에 손을 얹었다.

"닉, 자넨 요즘 무슨 일을 하고 있나?"

"증권 회사에 다니고 있어."

"어떤 회사지?"

나는 그에게 회사 이름을 말해 주었다.

"처음 들어 보는 회산데."

그가 이렇게 잘라 말하자 은근히 화가 났다.

"자네가 동부에 계속 살게 된다면, 곧 듣게 될 거야."

나는 짤막하게 대꾸했다.

"자네가 걱정하지 않아도 동부에 정착할 걸세."

그는 무슨 걱정거리가 있는 듯 데이지를 한번 힐끔 쳐다보더니 나를 돌아보며 말했다.

"다른 곳에 가서 살 생각을 한다면 바보지."

그때 베이커가 끼어들었다.

"그렇고말고요!"

그녀의 느닷없는 말에 나는 깜짝 놀랐다. 내가 이 방에 들

어온 후로 그녀가 처음으로 입을 뗀 것이다. 그 한마디에 내가 놀란 것만큼 그녀 자신도 놀란 것이 분명했다. 그녀는 입을 크게 벌려 하품을 한 다음 빠르고도 능숙한 동작으로 일어섰다.

"의자에 너무 오래 앉아 있었더니 몸이 찌뿌드드하네요."

자리에서 일어선 그녀가 투덜거렸다.

"날 쳐다보지 마. 난 오후 내내 널 뉴욕으로 데려다 줄 궁리만 하고 있었으니까."

데이지가 말했다.

"아냐, 난 괜찮아."

베이커는 막 부엌에서 내온 네 잔의 칵테일을 보며 말했다.

"전 지금 집중 훈련 중이거든요."

톰은 믿기지 않는다는 듯 그녀를 바라보았다.

"그렇겠지!"

그는 마지막 한 방울까지 마시려는 듯 칵테일을 단숨에 들이켰다.

"당신이 어떻게 그 일을 해냈는지 난 알 수가 없단 말야."

나는 베이커가 무슨 일을 해냈는지 궁금했기 때문에 그녀를 바라보았다. 그녀를 바라보는 것은 기분 좋은 일이었다. 그녀는 가냘픈 몸에 작은 가슴을 가진 호리호리한 몸매였다. 젊은 사관생도처럼 어깨를 지나치게 뒤로 젖히고 있어서 몸매가 더욱 도드라져 보였다. 햇빛 때문에 찡그린 회색 눈동자는 호기심으로 가득 차 있었고, 창백하고 불만스러워 보이는 표정이 매력적이었다. 그때서야 나는 비로소 그녀를 어디에선가 본 것 같다는 생각이 들었다.

"웨스트에그에 살고 계신다고요? 제가 아는 사람도 그곳에 살고 있어요."

그녀는 나를 무시하는 말투로 이렇게 말했다.

"나는 아직 아는 사람이……."

"개츠비라는 사람을 모르세요?"

"개츠비? 무슨 개츠비지?"

데이지가 물었다.

그 사람이 바로 내 옆집에 살고 있다고 미처 대답하기도 전에 하인이 저녁 식사가 준비되어 있다고 알려 왔다. 톰 부캐넌은 그 억센 팔을 내 겨드랑이 밑으로 집어넣어 마치 장기판의 말을 다른 자리로 옮기듯이 나를 이끌었다.

두 여자는 양손을 허리에 살며시 얹은 채 가볍고도 경쾌한 발걸음으로 앞장서서 저녁노을을 향해 활짝 창을 열어 놓은 장밋빛 방으로 들어갔다. 식탁 위에는 네 개의 촛불이 바람에 흔들리고 있었다.

"촛불은 뭐 하러 켰지?"

데이지가 눈살을 찌푸리며 손을 흔들어 촛불을 껐다.

"이제 이 주만 더 있으면, 일년 중 낮이 제일 긴 하지예요."

데이지는 밝은 얼굴로 우리를 쳐다보았다.

"혹시 일년 중에서 낮이 가장 길다는 그날을 기다리다가 막상 그날이 오면 깜빡 잊고 지나쳐 버린 일 없어요? 난 말예요, 항상 그날을 기다렸으면서도 그만 그날을 지나쳐 버리지 뭐예요."

"우리 무슨 계획이라도 세우는 게 어때요?"

베이커는 하품을 하며 마치 잠자리에 들기라도 하듯이 식탁 앞에 앉으며 이렇게 말했다.

"하지만 뭘 하지?"

데이지는 좋은 생각이 떠오르지 않는다는 듯 나를 바라보았다.

"다른 사람들은 이럴 때 뭘 할까?"

미처 내가 대답하기도 전에 데이지는 겁 먹은 표정으로 자기 새끼손가락을 보며 소리쳤다.

"어머! 이것 봐요. 여길 다쳤어요."

우리는 일제히 그녀의 손가락에 시선을 모았다. 새끼손가락 마디가 검푸르게 멍이 들어 있었다.

"톰, 당신 때문이에요."

그녀가 원망하듯 말했다.

"물론 일부러 그러지는 않았겠죠. 하지만 이건 분명히 당신이 그런 거예요. 짐승 같은 사람! 이건 순전히 괴물처럼 엄청나게 큰 몸집을 가진 당신이라는 남자와 결혼한 탓이에요."

"농담이라도 괴물 같다는 소리는 듣기 그런데."

톰이 얼굴을 찡그리며 투덜거렸다.

"그래도 괴물 같은데요. 뭘."

데이지는 짓궂게 계속 우겨 댔다.

때때로 데이지와 베이커는 동시에 얘기를 하곤 했다. 그러나 그것은 정열적인 감정 따위는 조금도 없는 무의미한 얘기였다. 마치 두 사람이 지금 입고 있는 눈부시게 흰 드레스나 아무런 욕망도 없어 보이는 무심한 시선처럼. 두 사람은 그저 이곳에 있고, 톰과 나를 맞아 대접을 하거나 혹은 대접을 받으려고, 겸손하고 즐거운 척하고 있을 뿐이었다. 그들은 곧 저녁 식사도 끝이 날 테고, 이 밤 또한 여느 날처럼 평범하게 끝을 맺게 될 것을 알고 있었다.

이것이 동부와 서부의 다른 점이었다. 이곳에서의 저녁 시간은 실망할 것이라는 예감이 하염없이 밀려오거나 혹은 긴장된 두려움 속에서 쫓기듯 지나가 버리고 만다.

"데이지, 널 만나면 난 마치 문명인이 아닌 것 같은 생각이 들더구나."

나는 코르크 냄새가 나긴 하지만 꽤 값이 나가는 적포도주를 두 잔째 마시며 솔직하게 말했다.

"뭔가 좀 다른 얘기를 할 수는 없겠니?"

특별한 의미를 두고 그렇게 말한 것은 아니었지만, 그 말은 엉뚱한 반응을 불러일으켰다.

"문명이 파괴되어 가고 있네."

톰이 흥분한 목소리로 말하기 시작했다.

"나는 지독한 비관주의자가 되어 버렸네. 혹시 고다드라는 사람이 쓴 『유색인 제국의 발흥』이라는 책을 읽어 본 적이 있나?"

"아니, 읽어 보지 못했는데."

나는 톰이 왜 흥분했는지 알 수 없었다.

"한번 읽어 볼 만한 책이야. 아니, 누구든 한 번쯤은 꼭 읽어 봐야 해. 그 책은 우리 백인종이 경계하지 않으면, 완전히 멸망해 버린다고 경고하고 있어. 과학적인 증거까지 제시하고 있지."

"톰은 요즘 심각한 생각을 너무 많이 해요."

데이지는 이렇게 말하며 측은한 표정을 지었다.

"뜻 모를 심각한 이야기만 잔뜩 늘어놓은 책만 읽고 있어요. 그게 뭐였더라?"

"모두 과학적인 책들이야."

톰은 데이지를 힐끗거리며 자기 주장을 내세웠다.

"그 책은 모든 문제에 대해 자세히 설명하고 있지. 그건 지배적인 인종인 우리의 책임이야. 우리가 경계를 게을리 한다면, 다른 인종에게 지배권을 빼앗기고 말 걸세."

"그런 인종들을 타도해야죠."

데이지는 불타는 듯한 석양을 향해 눈을 감으며 낮은 목소리로 말했다.

"두 분은 캘리포니아에서 살아야 하는데……."

베이커가 이렇게 말을 꺼냈지만, 톰이 둔한 몸을 일으켜 고쳐 앉음으로써 그녀의 말을 가로막았다.

"그 책을 보면 우리는 북유럽 인종이라는 거야. 나도 자네도 당신도, 또……."

톰은 잠시 망설이는 듯하더니 이윽고 고개를 끄덕이며 데이지도 그 속에 포함시켰다. 그러자 데이지는 나에게 한쪽 눈을 찡긋 감아 보였다.

"그리고 문명을 형성하는 데 필요한 모든 것들을 우리 백인이 만들어 낸 거지. 과학과 예술을 비롯한 그 모든 것을 말이야."

격앙되어 있는 톰의 자세는 차라리 애처롭기까지 했다. 예전보다 강해진 자만심도 더 이상 그를 만족시켜 주지 못하는 것 같았다. 마침 안에서 전화벨이 울려 하인이 자리를 뜨는 바람에 톰의 말이 끊겼다. 그 틈에 데이지는 내가 있는 쪽으

로 몸을 기울였다.

"우리 집의 비밀을 하나 가르쳐 드릴까요?"

데이지는 신이 나는 듯 속삭이기 시작했다.

"저 하인의 코에 대한 건데, 듣고 싶지 않으세요?"

"물론 들어야지. 그 얘기를 들으려고 멀리서 왔잖아."

"저 사람은 원래 하인이 아니었대요. 뉴욕의 어떤 집에서 은으로 만든 그릇을 닦는 일을 했는데 그 집에는 자그마치 2백 인분이나 되는 식기가 있었대요. 매일 아침부터 저녁까지 그걸 닦아야 했는데 그만 코에 이상이 생긴 거죠."

"그런데 점점 상태가 나빠진 거겠죠?"

베이커가 넌지시 끼어들었다.

"그래, 점점 악화되어 마침내 그 자리를 그만두게 된 거야."

데이지의 상기된 얼굴은 얼마 남지 않은 석양빛을 받아 낭만적으로 보였다. 소곤거리는 듯한 그녀의 목소리 때문에 나는 숨을 죽이고 그녀 쪽으로 몸을 기울여야 했다. 그러나 해질 무렵이 되면 아이들이 놀던 것을 그만두고 집으로 돌아가듯 햇살도 그녀의 얼굴에서 차츰 사라져 갔다.

전화를 받으러 갔던 하인이 돌아와 톰에게 귀엣말을 했다. 톰은 얼굴을 찡그리며 의자를 뒤로 밀고 일어나 한마디 말도 없이 안으로 들어갔다. 톰이 자리를 뜨자 그것이 무슨 신호라도 되는 듯 데이지는 내게 몸을 기울여 생기 있는 목소리로 속삭였다.

"닉 오빠와 함께 우리 집에서 저녁 식사를 할 수 있게 되어서 정말 기뻐요. 오빠를 보고 있으면 아름다운 장미가 생각나요. 안 그러니?"

데이지는 동의를 구하려는 듯 베이커를 쳐다보았다.

'장미라고?'

그것은 말도 안 되는 소리였다. 나는 장미와 닮은 구석이라곤 한 군데도 없었다. 데이지는 생각나는 대로 즉흥적으로 말을 하고 있을 뿐이었다. 그러나 그녀에게는 상대방을 감동시킬 수 있는 마력이 넘쳐흐르고 있었다. 마치 그녀의 심장이, 그 숨 막히고 떨리는 낱말 하나하나가 되어 상대방을 향해 뛰쳐나오려고 애쓰고 있는 것 같았다. 그런데 그녀는 느닷없이 냅킨을 식탁 위로 내던지고는 잠시 실례하겠다며 안으로 들어가 버렸다.

베이커와 나는 의아해하며 서로의 얼굴을 쳐다보았다. 내가 무슨 말을 건네려 하자 그녀는 자세를 고치며 '쉿!' 하고 말을 막았다. 저쪽 방에서 흥분을 억제하고 숨을 죽여 가며 소곤거리는 소리가 들려왔다. 베이커는 부끄러워하는 기색도 없이 그쪽으로 몸을 기울여 엿들으려 했다. 얘기 소리는 끊어질 듯 떨리며 낮아졌다가 또다시 커지더니 마침내 완전히 그쳐 버렸다.

"좀 전에 말한 그 개츠비란 사람이 바로 이웃집에 살고 있지요."

내가 먼저 얘기를 꺼냈다.

"가만계세요. 무슨 일인지 알고 싶으니까요."

"도대체 무슨 일입니까?"

나는 영문을 모른 채 물었다.

"설마 무슨 일인지 정말 모르는 건 아니겠죠?"

베이커는 믿을 수 없다는 듯 나를 바라보았다.

"모두들 알고 있는 줄 알았는데……."

"나는 아무것도 모릅니다."

"그랬군요. 실은……."

베이커는 잠시 망설이는 기색이었다.

"톰에게는 뉴욕에 사귀는 여자가 있어요."

"여자가 있다고요?"

나는 멍하니 그녀의 말을 되풀이했다.

그녀는 가만히 고개를 끄덕였다.

"최소한 저녁 식사 때는 전화를 삼갈 정도의 조심성은 있어야 하는 것 아녜요?"

미처 내가 베이커의 말뜻을 알아차리기도 전에 옷자락 스치는 소리와 가죽장화 끄는 소리가 들리더니 톰과 데이지가 돌아왔다.

"미안해요."

데이지가 아주 쾌활한 목소리로 말했다. 그녀는 자리에 앉아 베이커와 나의 눈치를 살피더니 말을 이었다.

"잠깐 바깥을 둘러보았어요. 너무 근사하지 뭐예요. 잔디밭에 작은 새 한 마리가 앉아 있었는데, 큐나드나 화이트스타 해운 회사의 배를 타고 건너온 나이팅게일 같았어요. 잠시 지저귀다 날아갔는데……."

그녀의 목소리는 마치 노래를 하는 것 같았다.

"톰, 로맨틱하지 않았어요?"

"응, 아주 로맨틱했어."

톰은 이렇게 말하고 난 뒤 내게 말했다.

"식사가 끝난 뒤에도 어두워지지 않으면, 마구간을 보여 주고 싶은데, 어떤가?"

그때 또다시 안에서 전화벨이 요란스럽게 울렸다. 그러나 데이지가 톰을 향해 단호하게 고개를 가로젓자 마구간 이야기뿐만 아니라 다른 모든 문제까지도 허공으로 날아가 버렸다. 결국 식사 시간은 엉망이 되어 버렸다. 그날 식사 시간의 마지막 5분 동안 일어난 일 중에서 기억에 남는 것이라고는 누군가 아무런 의미도 없이 촛불을 다시 켰다는 것뿐이다.

나는 모두들 어떤 표정을 짓고 있는지 살펴보고 싶었지만, 왠지 누군가와 시선이 마주치는 것을 피하게 되었다. 나로서는 톰이나 데이지가 무슨 생각을 하고 있는지 짐작조차 할 수 없었다. 냉소적인 베이커조차도 저 요란한 금속성 전화벨을 울리고 있는 인물을 자신의 의식 속에서 완전히 쫓아내 버렸는지 알 수 없었다. 사람에 따라서는 그 자리가 매우 흥미진진하게 느껴지기도 하겠지만, 내 생각 같아서는 당장이라도 경찰을 부르고 싶은 심정이었다.

딩연히 마구간에 관한 얘기는 더 이상 나오지 않았다. 톰과 베이커는 시체 옆에서 밤샘이라도 하러 가는 사람들처럼 붙어 서서 내키지 않는 걸음걸이로 느릿느릿 서재로 걸어갔다. 나는 애써 밝은 표정을 짓거나 때로 잘 알아듣지 못하는 시늉을 해 가며 데이지의 뒤를 따라 현관으로 갔다.

그리고 주위에서 가장 어두운 곳에 있는 긴 등나무 의자에 데이지와 나란히 앉았다.

데이지는 자신의 사랑스러운 얼굴을 손으로 느껴 보기라도 하려는 듯 두 손으로 얼굴을 감쌌다. 그리고 시선을 땅거미 속으로 옮겼다. 그녀가 격한 감정에 휩싸인 듯해서 그녀를 진정시키려고 일부러 그녀의 아이에 대해 이것저것 물어보았다.

"닉 오빠, 우린 서로 모르는 게 너무 많아요."

그녀가 느닷없이 말했다.

"육촌 간이면서도 오빠는 제 결혼식에도 오지 않았잖아요."

"그때 난 전쟁터에 있었으니 별수 없었잖니."

"참, 그랬군요."

그녀는 잠시 머뭇거리다가 다시 말을 이었다.

"난 그동안 인생을 너무 무의미하게 살아왔어요. 그래서 무슨 일에든 냉소적이 되어 버렸어요."

데이지가 이런 말을 꺼낸 데는 나름대로 이유가 있는 것 같았다. 나는 그녀의 다음 말을 기다렸지만, 그녀는 더 이상 아무 말도 하지 않았다. 나는 다시 그녀의 어린 딸을 화제에 올렸다.

"아이는 벌써 말도 하고, 먹기도 잘 먹고 뭐든 다 하겠는 걸."

"그럼요."

데이지는 이렇게 대답했지만, 마음은 딴 곳에 가 있는 것 같았다.

"오빠, 그 애가 태어났을 때 제가 무슨 생각을 했는지 알아요?"

"글쎄."

"이 얘길 들으면 내가 어땠는지 이해가 될 거예요. 아이를 낳고 한 시간도 안 됐는데, 톰이 어디론가 사라져 버렸어요. 마취에서 깨어났을 때 전 완전히 자포자기 상태였어요. 간호사에게 아들인지 딸인지 물어보았어요. 간호사가 딸이라고 하더군요. 전 얼굴을 돌리고 울고 말았어요. 그리고 이런 생각을 했지요. '좋아, 딸이라서 다행이야. 바보 같은 아이라면 좋겠어. 그게 이 세상에서 여자가 될 수 있는 최상의 것이니까. 예쁘게 생긴 바보 아이.' 전 이 세상 모든 일이 끔찍하게만 느껴져요."

그녀는 확신에 찬 목소리로 말을 이었다.

"아마 많은 사람들이 나와 같은 생각을 하고 있을 거예요. 심지어 진보적인 사람들까지도요. 난 그걸 알아요. 나는 여러 곳을 돌아다니며 별의별 걸 다 보고 또 겪었으니까요."

그녀는 톰에게나 어울릴 듯한 도전적인 시선으로 주위를 둘러보았다. 그리고 소름이 돋을 정도의 자조적인 모습으로 웃어 댔다.

"많이 변했지요? 정말 난 이제 닳고 닳아 버렸어요."

데이지가 말을 마치자 그동안 그녀에게 집중되었던 나의 관심과 생각 또한 멈추어 버렸다. 그 순간 나는 그녀의 이야기가 처음부터 나를 속이기 위한 것이라는 느낌이 들었다. 오늘 저녁에 일어난 모든 일이 나의 공감을 얻어 내기 위해 미리 계획된 것이 아닐까 하는 의구심마저 들었다.

나는 그녀의 다음 말을 기다렸다. 아니나 다를까, 그녀는 곧 내 기대대로 특유의 장난기 가득한 웃음을 지어 보였다. 그것은 마치 톰이 속해 있는 비밀 조직에 가입한 그녀가 회원 자격을 자랑하는 듯한 태도였다.

붉은빛이 감도는 방은 불을 켜 놓아 눈부시게 빛나고 있었다. 톰과 베이커는 긴 소파의 양끝에 앉아 있었다. 베이커는 톰에게 《새터데이 이브닝 포스트》지를 읽어 주고 있었다. 신문을 읽는 베이커의 목소리는 듣는 사람의 마음을 가라앉히려는 듯 차분하고 단조로웠다. 전등 빛은 톰의 가죽 장화와 가을 낙엽같이 노란 베이커의 머리카락을 부드럽게 비추고 그녀의 가냘픈 팔이 책장을 넘길 때마다 종이 위로 번득였다.

데이지와 내가 들어서자 베이커는 한 손을 들어 잠깐 조용히 있으라고 신호를 보냈다.

"다음 호에 계속!"

그녀는 주간지를 테이블 위로 가볍게 던지며 자리에서 일어났다.

"벌써 10시네요. 이 착한 아가씨가 잠자리에 들 시간이에요."

베이커가 벽의 시계를 보며 말했다.

"조던은 내일 웨스트체스터에서 열리는 시합에 출전해요."

데이지가 내게 알려 주었다.

"아, 그럼, 당신이 바로 조던 베이커군요!"

나는 그제서야 그녀의 얼굴이 어디서 많이 본 듯했던 까닭을 알게 되었다. 사람을 깔보는 듯한 그녀의 표정은 애쉬빌이나 호스트스프링즈나 팜비치 같은 곳에서 운동하는 모습을 찍은 사진에서 본 적이 있었다. 그녀에 대한 좋지 않은 소문도 들은 적이 있는데, 자세한 내용은 너무 오래전의 일이어서 기억나지 않았다.

"모두들 잘 자요."

그녀가 다정하게 인사했다.

"아침 8시에 깨워 주세요."

"네가 일어날 수 있다면 얼마든지!"

"물론 일어나야죠. 캐러웨이 씨, 안녕히 가세요. 나중에 또 뵙죠."

"당연히 다시 만나야지."

데이지가 당연하다는 투로 말했다.

"사실은 오빠의 결혼을 주선하려고 해요. 그러니 자주 들르세요. 두 사람만 있을 수 있도록 기회를 마련할 테니까요. 이를테면 실수로 두 사람을 옷장 안에 가두거나 보트에 태워서 바다로 밀어내든가 해서요."

"안녕히 주무세요. 난 아무 말도 안 들었어요."

베이커가 계단을 올라가며 큰 소리로 말했다.

"참 좋은 아가씨야."

톰이 잠시 후에 말했다.

"하지만 이런 식으로 전국을 쏘다니게 해서는 안 되는데……."

"누가 그렇게 해서는 안 된다는 거죠?"

데이지가 차갑게 물었다.

"베이커의 가족 말이야."

"가족이래야 나이 많은 숙모 한 분뿐이에요. 게다가 이젠 닉 오빠가 돌봐 줄 텐데요, 뭘. 오빠, 그렇죠? 베이커는 올여름 대부분의 주말을 이곳에서 보내기로 했어요. 가정적인 분위기를 느끼게 해 주는 것도 베이커한테는 좋을 거예요."

데이지와 톰은 잠시 동안 아무 말 없이 서로를 바라보고 있었다.

"베이커는 뉴욕 출신이니?"

내가 재빨리 끼어들었다.

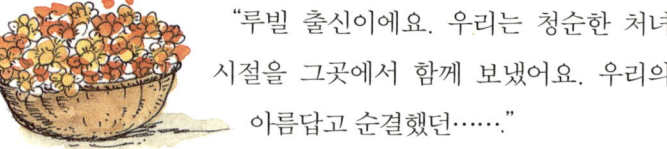

"루빌 출신이에요. 우리는 청순한 처녀 시절을 그곳에서 함께 보냈어요. 우리의 아름답고 순결했던……."

"데이지, 조금 전 밖에서 닉한테 무슨 얘기를 했지?"

톰이 느닷없이 물었다.

"내가 무슨 특별한 얘기라도 했던가요?"

데이지가 나를 돌아보며 말했다.

"잘 기억나지는 않지만, 아마 북유럽 인종에 대해서 얘기했던 것 같네. 맞아, 틀림없어. 무슨 얘기를 하다 보니 그 얘기가 나왔는데 정신을 차려 보니……."

"닉, 무슨 말을 들었는지는 모르지만, 데이지의 말을 믿지는 말게."

톰은 내게 충고했다.

나는 무슨 특별한 얘기는 들은 게 없다고 가볍게 받아넘겼다. 그리고 집으로 가기 위해 일어섰다. 두 사람은 현관까지 따라 나와 사각형으로 비치는 불빛 아래에 나란히 섰다. 내가 막 차에 시동을 걸고 있을 때 데이지가 다급한 목소리로 나를 불렀다.

"잠깐만요. 오빠한테 물어볼 게 있었는데 깜빡했어요. 아주 중요한 얘기예요. 오빠가 서부에서 약혼을 했다는 소문을 들었거든요."

"맞아, 나도 들었어."

톰도 데이지의 말을 거들었다.

"말도 안 되는 헛소문이야. 나 같은 가난뱅이가 어떻게 약혼까지 할 수 있겠어?"

"하지만 분명히 들었단 말예요"

데이지는 끈질기게 되풀이해서 말했다. 그리고 멋진 표현을 쓰며 이야기하는 바람에 나는 놀랄 수밖에 없었다.

"어떻게 세 사람이나 똑같은 거짓말을 할 수 있겠어요?"

나도 그 소문에 대해서 모르는 것은 아니었다. 그러나 나는 약혼 비슷한 것조차 한 적이 없었다. 내가 동부로 오게 된 이유 중의 하나가 바로 그 소문 때문이었다. 소문 때문에 오랫동안 교제해 온 여자 친구와 헤어질 수는 없었다. 그렇다고 소문 때문에 억지로 결혼할 수는 더더욱 없었다.

톰 부부가 내게 관심을 가지고 있다는 것에 대해서는 고마운 마음이 들었다. 그들과 나 사이에 재산 차이 같은 것도 마음에 걸리지 않았다. 하지만 차를 운전하기 시작하면서 머리가 혼란스러워지더니 급기야 불쾌한 기분이 들었다.

내 생각에는 데이지가 아이를 안고 그 집에서 뛰쳐나오는 것이 최선의 방법이었다. 그러나 데이지에게 그럴 생각이 없는 것은 분명해 보였다.

톰으로 말하자면 '뉴욕에 다른 여자가 있다.' 는 사실보다 독서를 통해 염세주의자가 되었다는 게 더 놀랄 만한 일이었다. 뭔가가 그의 진부한 관념을 갉아먹고 있어서 자신의 건장한 육체에 대한 자부심이 더 이상은 그의 오만한 마음을 유지

시키는 자양분이 되지 못하는 것 같았다.

길가에 늘어선 모텔의 지붕이나 주유소 앞에는 벌써 한여름의 기운이 드리워져 있었다. 빨갛게 새로 칠한 휘발유 펌프들이 한꺼번에 불빛을 받아 자극적으로 보였다.

웨스트에그로 돌아온 나는 차고에 차를 집어넣고, 마당에 내팽개쳐져 있던 잔디깎기 위에 걸터앉았다. 바람이 불어오자 밤하늘에는 나무들이 부딪히는 소리가 요란하게 울려 퍼졌다. 대지의 생기 가득한 풍금 소리는 개구리들에게 생명을 불어넣어 수었다.

고양이 그림자가 달빛 속에 움직이고 있었다. 그걸 지켜보느라 고개를 돌리다가 나는 혼자가 아니었음을 깨닫게 되었다. 17미터쯤 떨어진 이웃 저택의 그늘에 한 사람이 서 있었다.

그는 주머니에 손을 찔러 넣은 채 은색 후춧가루를 뿌려놓은 것 같은 밤하늘의 별들을 쳐다보고 있었다. 여유 있어 보이는 태도와 잔디를 밟고 있는 침착한 자세로 보아 그가 개츠비임이 분명했다. 그는 이 마을의 하늘 중에서 자기 몫의 하늘을 찾아내기 위해 나온 사람처럼 보였다.

나는 그에게 말을 걸어 보고 싶었다. 베이커가 저녁 식사 때 그의 얘기를 한 것이 좋은 구실이 될 것 같았다. 그러나 나는 그에게 말을 걸 수 없었다. 그가 자기 혼자만의 시간을 즐기고 있는 듯이 보였기 때문이었다.

그는 어두운 바다를 향해 기묘한 자세로 양팔을 뻗치고 있었다. 그와 멀리 떨어져 있기는 했지만, 나는 그가 떨고 있다는 것을 알 수 있었다. 나도 모르게 바다 쪽을 바라보았다. 하지만 선창의 끝부분처럼 보이는 곳에 조그마한 녹색 불빛 하나가 반짝이는 것 외에는 아무것도 보이지 않았다.

내가 다시 개츠비를 돌아보았을 때 그의 모습은 어느새 사라지고 없었다. 나는 또다시 소란스러운 어둠 속에 홀로 남게 되었다.

47

웨스트에그에서 뉴욕으로 가는 중간쯤에 자동차도로가 철길과 만나는 곳이 있다. 그곳에서 4백 미터쯤 달려가다 보면 황량한 지역에 이르게 된다. 그곳이 바로 재의 계곡이다. 재가 밀처럼 자라나 산마루도 되고, 언덕도 되며 괴이한 정원도 만들어 내는 환상적인 농장이다.

이곳에서 재는 집이나 굴뚝에서 피어오르는 연기처럼 되기도 하고, 비상한 노력 끝에 인간의 형상으로 변하여 먼지가 이는 공기 속을 무기력하게 떠돌기도 한다.

이따금 먼지 속으로 차 행렬이 끝없는 도로를 따라 들어와서 소름 끼치는 듯한 소리를 내며 멈춰 서면, 곧 잿빛 남자들이 납빛 삽을 들고 떼 지어 몰려들어 먼지 구름을 더욱 크게 만들어 놓기도 한다. 그 먼지 구름이 그나마 희미하게 보이던 그들을 가려 아예 보이지 않게 한다. 그러나 조금만 지나면 잿빛 땅과 한치 앞도 보이지 않는 먼지 구름 너머로 T. J. 에클버그 박사의 눈이 나타난다. 박사의 눈은 푸른빛으로 위압감이 느껴질 정도로 크다. 망막의 직경이 90센티미터 정도나 된다. 박사의 눈은 얼굴에서가 아니라, 있지도 않은 콧등에 걸려 있는 어마어마한 노란색 안경 너머로 이쪽을 보고 있다.

분명히 어느 익살맞은 안과 의사가 퀸즈 지역의 환자를 확보하기 위해 세웠을 것이다. 그러나 그후 의사 자신이 세상을 떠나 버렸거나, 광고 따위는 잊어버리고 다른 곳으로 이주해 버렸을 것이다. 오랜 세월 동안 페인트칠도 하지 않은 채 햇빛과 비에 시달렸을 그 눈동자만은 그래도 의연하게 이 쓰레기 하치장을 내려다보고 있다.

이 재의 계곡 한쪽에는 작고 더러운 개울이 흐르고 있다. 배가 지나갈 수 있게 다리가 올라갈 때면 사람들은 정차한 기차 안에서 30분 동안이나 이 살풍경한 광경을 지켜보아야 한다. 이런 일이 아니더라도 기차는 이곳에서 일분간 정차한다. 내가 톰 부캐넌의 정부와 만난 것도 이때다.

톰의 정부에 관한 소문은 그가 나타나는 곳이라면 어디서든 화제가 되었다. 톰을 아는 사람들은 그가 정부를 데리고

유명한 카페에 나타나서는 여자를 자리에 앉혀 둔 채 카페 안을 돌아다니며 아는 사람들과 잡담을 나누는 모습을 좋게 보아 넘기지 않았다. 나도 어떤 여자인지 궁금하기는 했지만, 그렇다고 일부러 만나고 싶은 생각은 없었다. 그러나 나는 그녀를 만났다.

어느 날 오후 나는 톰과 함께 뉴욕 행 기차를 탔다. 열차가 잿더미 곁에 정차하자, 톰은 벌떡 일어나 내 팔을 잡고 막무가내로 기차에서 내리게 했다.

"여기서 내려야겠어."

그는 고집을 부렸다.

"자네한테 내 여자를 소개해 주고 싶거든."

나는 톰이 점심 때 술을 마신 게 아닌가 하는 생각이 들었다. 나를 대하는 모습이 거의 폭력에 가까웠다. 일요일 오후에는 내게 별다른 일이 없을 것이라고 멋대로 생각했던 것이다.

나는 톰을 따라 하얗게 칠한 나지막한 철로 변 담을 넘었다. 그리고 에클버그 박사의 끈질긴 시선을 받으며 기차를 타고 왔던 길을 백 미터 정도 되돌아갔다. 눈에 보이는 건물이라고는 오직 그 황무지 가장자리에 서 있는 조그맣고 노란 벽돌 건물뿐이었다. 그 건물은 이 황무지에 자리한 일종의 압축된 중심가라고 할 만한 것이었다.

그 건물에는 가게가 세 개 있었는데, 하나는 임대 안내 팻 말이 달려 있었고, 또 하나는 야간 영업 레스토랑이었다. 나머지 하나는 자동차 정비소였다. 나는 톰을 따라 '각종 자동차 수리, 조지 B. 윌슨, 자동차 매매' 라고 쓰인 정비소 안으로 들어갔다.

정비소 안은 초라하고 썰렁했다. 어두운 구석에 먼지를 잔뜩 뒤집어쓴 채 처박혀 있는 고물 포드 한 대가 있을 뿐이었다. 문득 이 보잘것없는 정비소는 사람들의 눈을 속이기 위한 방편일 뿐 계단 위에는 틀림없이 호화롭게 치장한 은밀한 방이 있을 것이라는 생각이 들었다.

그때 정비소 주인이 더러운 헝겊 조각으로 손을 닦으며 나타났다. 젊었을 때는 꽤나 미남이었을 법한 금발의 남자였는데, 건강이 좋지 않은지 생기가 없어 보였다. 우리를 본 그의 연푸른 두 눈에 잠시 희망의 빛이 스쳐 지나갔다.

"안녕하시오. 윌슨."

톰은 그의 어깨를 치면서 활기찬 목소리로 인사를 했다.

"요즘 장사는 잘 됩니까?"

"죽을 맛입니다."

윌슨이 풀이 죽은 목소리로 대답했다.

"그런데 그 차는 언제쯤 파실 생각입니까?"

"다음 주쯤에. 지금 사람을 시켜 수리를 하고 있는 중이오."

"그 사람은 일하는 속도가 좀 느린 모양이군요."

"그렇지 않소."

톰은 딱 잘라 말했다.

"당신이 그렇게 생각하고 있다면, 차라리 다른 곳에다 파는 게 좋겠군."

"그런 뜻으로 말한 게 아닙니다."

윌슨이 재빨리 변명했다.

"난 다만……."

그는 말끝을 흐리고 말았다.

톰이 초조한 듯 실내를 한 바퀴 둘러보고 있을 때 계단에서 인기척이 났다. 잠시 후 약간 살이 찐 듯한 여자의 모습이 사무실을 밝히고 있는 불빛을 가로막으며 나타났다.

30대 중반으로 보이는 그 여자는 좀 뚱뚱하기는 했지만, 관능미가 넘쳐 나고 있었다. 푸른색 물방울무늬 드레스를 입은 그녀의 얼굴은 아무리 뜯어보아도 미인이라고 할 수는 없었다. 그러나 온몸의 신경이 끊임없이 불타고 있는 듯 움직일 때마다 몸 전체에서 생기가 흘러넘쳤다.

그녀는 마치 남편이 유령이기라도 한 것처럼 무심히 그 옆을 지나 미소를 지으며 톰과 악수를 했다. 그리고 반짝이는 눈으로 톰을 쳐다보았다. 그녀는 입술을 살짝 적시고는 뒤도 돌아보지 않은 채 낮은 음색의 허스키한 목소리로 남편에게 말했다.

"의자라도 가지고 오지 왜 그러고 있어요? 손님들이 앉으셔야죠."

"아, 그러지."

서둘러 대답을 한 월슨은 좁은 사무실 쪽으로 걸음을 옮겼다. 이 지역의 다른 모든 것과 마찬가지로 그의 검정색 작업복과 빛바랜 머리카락도 허연 잿가루를 뒤집어쓰고 있었다. 그러나 톰의 곁에 바싹 다가서 있는 그의 아내만은 예외였다.

"오늘 만나고 싶은데 다음 기차를 타도록 해요."

톰이 은근한 목소리로 말했다.

"알았어요."

"길 아래쪽의 신문 가판대에서 기다리겠소."

그녀가 고개를 끄덕이며 나가자마자 월슨이 의자 두 개를 가지고 나타났다.

우리는 도로를 따라 조금 걸어 내려가 길 아래쪽에서 남의 눈에 띄지 않게 그녀를 기다렸다. 독립기념일을 며칠 앞둔 날이어서인지 회색 옷을 입은 깡마른 이탈리아계 꼬마가 철길 위에 딱총알을 일렬로 올려놓고 있었다.

"지독한 동네군, 그렇지?"

얼굴을 찡그리며 에클버그 박사를 바라보던 톰이 말했다.

"사람 살 곳이 못 되는군."

"여기를 벗어나는 게 저 여자한테도 이로울 거야."

"남편은 뭐라고 하지 않나?"

"윌슨 말인가? 그 작자는 자기 아내가 뉴욕에 있는 처제를 만나러 가는 줄로만 알고 있어. 얼마나 멍청한지 자기가 살아 있는지 어떤지도 모른다니까."

이렇게 해서 나는 톰과 그의 정부와 함께 뉴욕으로 가게 되었다. 아니, 정확히 말하자면 윌슨의 아내는 다른 칸에 타고 있었으니 함께 간 것은 아니었다. 톰은 혹시라도 그 기차에 함께 타고 있을지도 모르는 이스트에그 사람들의 구설수에 그만큼 신경을 쓰고 있었던 것이다.

윌슨 부인은 다갈색 무늬의 모슬린 드레스를 입고 있었는데, 톰의 부축을 받아 뉴욕의 플랫폼에 내려설 때 보니 그녀의 큰 엉덩이에 꼭 끼어 불편하게 보였다. 그녀는 신문 가판대에서는 《타운 태틀》지와 영화 잡지 한 권을, 역구내에 있는 약국에서는 콜드크림과 작은 병에 든 향수를 샀다. 그런 다음 밖으로 나와 네 대의 택시를 그냥 보낸 뒤 회색의 의자 커버를 씌운 연자줏빛 새 택시를 잡았다.

택시에 오른 우리는 혼잡한 역을 빠져나와 이글거리는 햇빛 속으로 미끄러져 들어갔다. 창밖을 내다보고 있던 그녀가 갑자기 몸을 돌려 칸막이 유리를 두드리기 시작했다.

"저런 강아지를 한 마리 갖고 싶어요."

그녀가 애원했다.

"평소부터 아파트에 한 마리 기르고 싶었어요. 강아지를 기른다는 건 멋진 일이잖아요."

우리는 우습게도 존 D. 록펠러를 빼닮은 백발노인이 있는 곳까지 차를 후진시켰다. 노인이 목에 걸고 있는 바구니 안에는 품종을 알 수 없는 강아지 십여 마리가 웅크리고 있었다.

"무슨 종이죠?"

차창으로 노인이 다가오자 윌슨 부인이 급하게 물었다.

"여러 종이 있습니다. 부인, 어떤 걸 원하십니까?"

"경찰견을 찾고 있어요. 하지만 그런 건 없는 것 같군요."

노인은 고개를 갸우뚱하며 바구니 안을 살피다가 강아지 한 마리의 목덜미를 잡아 끌어올렸다.

"그건 경찰견이 아니오."

톰이 끼어들었다.

"네, 경찰견은 아닙니다."

노인이 실망한 듯한 표정으로 말했다.

"하지만 에어 데일 계통이랍니다."

노인은 한 손으로 갈색 타월처럼 부드러운 강아지의 등을 쓰다듬었다.

"이 털을 좀 보세요. 너무 탐스럽지요? 이런 개는 잔병치레로 주인을 귀찮게 하지는 않는답니다."

"너무 귀여워요."

윌슨 부인이 갖고 싶다는 투로 말했다.

"얼맙니까?"

"이 강아지 말입니까?"

노인은 흐뭇한 표정으로 강아지를 내려다보았다.

"10달러만 주십시오."

그 강아지는 분명 에어 데일 종처럼 보이긴 했지만, 다리가 눈에 띌 정도로 하얗게 보였다. 강아지는 윌슨 부인의 손에 넘겨졌다. 그녀는 무릎 위에 강아지를 앉히고는 기쁨에 들뜬 표정으로 어루만졌다.

"이 강아지는 수놈인가요, 암놈인가요?"

그녀가 물었다.

"그놈 말입니까? 그놈은 수놈이지요."

"그건 암놈이야."

톰이 딱 잘라 말했다.

"자, 이 돈 받으시오. 이 돈이면 그런 강아지 열 마리는 살 수 있을 거요."

우리를 태운 택시는 5번가 쪽으로 달리고 있었다. 목가적인 풍경에 어울릴 따뜻하고 온화한 여름철의 일요일 오후였다. 하얀 양 떼가 길모퉁이를 돌아가는 것을 보았더라도 별로 놀라지 않았을 것이다.

"여기서 세워 주시오."

내가 말했다.

"난 그만 가 보겠네."

"아니, 그러면 안 되지."

톰이 나를 잡았다.

"자네가 아파트까지 같이 가지 않으면, 머틀이 섭섭하게 생각할 거야. 안 그래, 머틀?"

"그래요. 같이 가요."

그녀도 같이 가기를 권했다.

"제 동생 캐서린에게 전화하겠어요. 주위에서 굉장한 미인 이라고들 해요."

"글쎄, 함께 가고 싶기는 하지만……."

그사이 택시는 다시 한 번 센트럴 파크를 가로질러 서쪽 100번가를 향하고 있었다. 택시는 158번가에서 가늘고 흰 케이크처럼 생긴 아파트 단지로 들어가 한 동 앞에 멈춰 섰다. 윌슨 부인은 여행에서 돌아온 사람처럼 주위를 한 바퀴 돌아본 후 강아지와 쇼핑한 물건들을 들고 거만하게 안으로 들어갔다.

"머키 부부도 올라오라고 해야겠어요."

엘리베이터 안에서 그녀가 말했다.

"물론 동생도 오라고 해야겠죠."

그녀의 아파트는 맨 꼭대기 층이었다. 작은 거실과 식당, 침실과 욕실이 전부였다. 거실에는 어울리지 않게도 지나치게 큰 가구들이 입구까지 들어서 있었다. 그래서 거실을 돌아다닐 때면 양탄자에 그려진 베르사유 궁전의 정원에서 그네를 타는 귀부인들을 넘어 다니는 것 같은 착각에 빠졌다.

벽에는 커다랗게 확대시켜 윤곽이 흐릿한 사진 한 장이 걸려 있었는데 바위 위에 앉아 있는 암탉을 찍은 것 같았다. 그러나 조금 떨어져서 보니 그 암탉은 부인용 모자로 보여 마치 비대하게 생긴 노부인이 빙그레 웃으며 방 안을 내려다보고 있는 것처럼 느껴졌다.

테이블 위에는 묵은 《타운 태틀》지 몇 부와 『사이먼은 피터를 불렀다』라는 소설책, 그리고 브로드웨이의 유치한 스캔들을 주로 다루는 잡지 몇 권이 놓여 있었다.

윌슨 부인은 온통 강아지에게 마음을 빼앗기고 있었다. 엘리베이터 보이는 짚을 가득 넣은 상자와 우유를 사러 가서는 시키지도 않은 크고 딱딱한 개 먹이용 비스킷 한 통도 사 왔다. 그 비스킷은 그날 오후 내내 우유 잔에 담겨 풀어질 대로 풀어지고 있었다. 그동안 톰은 잠겨 있던 장식장 문을 열고 위스키 한 병을 꺼냈다.

나는 지금껏 취한 적이 딱 두 번 있었는데, 그 두 번째가 바로 그날이었다. 오후 8시가 넘도록 따사로운 햇볕이 아파트 안을 가득 채우고 있었지만, 술에 취해 정신이 없었던 나는 그동안 일어난 일들이 안개가 낀 것처럼 가물가물하기만 했다. 톰의 무릎에 걸터앉은 윌슨 부인은 어딘가에 전화를 걸고 있었다.

마침 담배가 떨어져 길모퉁이에 있는 약국으로 담배를 사러 나갔다 돌아오니 두 사람 모두 보이지 않았다. 나는 다소곳이 거실에 앉아 『사이먼은 피터를 불렀다』라는 소설의 첫 장을 펼쳤다. 책의 내용이 형편없는 것인지 아니면 술에 취한 탓인지 전혀 이해할 수 없었다.

톰과 머틀 — 같이 한잔하고 나서부터 윌슨 부인과 나는 서로 이름을 부르기로 했다 — 이 다시 모습을 나타내자 이어서 손님들이 하나둘 도착하기 시작했다.

머틀의 동생 캐서린은 가냘픈 몸매에 붉은색 단발머리를 한 30세 안팎의 여자로 진한 화장을 하고 있었다. 눈썹을 모두 뽑고 보다 요염하게 그리려 한 듯했지만, 본래의 정돈된 선으로 돌아가려는 노력은 오히려 얼굴 전체의 분위기를 깨뜨리고 말았다.

그녀가 몸을 움직일 때마다 양팔에 걸친 사기 팔찌가 달그락거렸다. 그녀는 마치 이 아파트의 주인이라도 되는 것처럼 스스럼없이 들어와서는 가구에 이상이 없는지 일일이 둘러보았다. 나는 그녀가 이곳에 살고 있는 것은 아닌가 하고 생각했다. 내가 그녀에게 이렇게 묻자, 그녀는 요란하게 웃으며 내 질문을 큰 소리로 흉내 내더니 자기는 여자 친구와 호텔에서 살고 있다고 대답했다.

아래층에 산다는 머키는 창백한 얼굴의 여성적인 사람이었다. 면도를 하다가 왔는지 광대뼈에는 하얀 비누 거품이 묻어 있었다. 방 안에 있는 사람들에게 아주 정중하게 인사를 한 그는 내게 예술가라고 자기소개를 했다. 나중에 알고 보니 그는 사진작가로 벽에 붙어 있는 희미한 머틀의 어머니 확대 사진도 그가 작업한 것이었다.

날카로운 목소리를 가진 그의 아내는 상당한 미모에도 불구하고 금방 싫증이 나는 타입이었다. 그녀는 결혼 후에도 자기 남편이 자신을 모델로 127번이나 사진을 찍었다고 자랑스럽게 말했다.

윌슨 부인은 그사이에 크림색 모슬린 드레스로 옷을 갈아입고 나왔다. 걸을 때마다 사각거리는 소리를 내는 그 드레스 덕에 그녀의 기품마저 달라 보였다. 자동차 정비소에서 보았던 그녀의 생기발랄함은 이제 인상적인 거만함으로 바뀌어 있었다.

그녀의 웃음소리와 몸짓, 그리고 자기주장을 굽히지 않는 듯한 말투도 시간이 갈수록 그 정도를 더해 갔다. 그녀의 존재가 커져감에 따라 그녀를 중심으로 한 방은 점점 더 작아져 갔다. 마침내 그녀는 연기가 가득한 방 안의 시끄럽게 삐걱거리는 소리를 내는 회전축 위에서 빙글빙글 돌고 있는 것처럼 보였다.

그녀는 거만한 목소리로 동생에게 말했다.

"그런 사람들은 분명 너를 속일 거야. 돈밖에 모르니까. 지난주에 어떤 여자를 불러 발을 진찰했어. 그런데 그녀가 내민 청구서에는 맹장 수술을 하고도 남을 액수가 적혀 있더라니까!"

"그 여자, 이름이 뭐였지요?"

머키 부인이 끼어들었다.

"어바허트 부인이에요. 집으로 직접 찾아다니면서 사람들의 발을 봐 준다고 하더군요."

"당신, 그 드레스, 정말 멋지군요. 아주 매력적인데요."

머키 부인이 감탄했다.

"이건 유행이 지난 옷이에요. 내가 외모에 신경 쓸 필요가 없을 때 가끔 입는 옷이지요."

윌슨 부인은 새침하게 눈썹을 치켜세우면서 그녀의 칭찬을 무시했다.

"그래도 당신이 입으니까 잘 어울려요. 그냥 인사치레로 하는 얘기가 아니라구요."

머키 부인이 계속 그녀를 부추겼다.

"만약 그런 포즈를 취하고 있는 당신을 체스터가 찍기만 한다면, 아주 훌륭한 작품이 될 거예요."

우리는 모두 말없이 윌슨 부인을 바라보았다. 그녀는 눈을 가리고 있던 머리카락을 쓸어 올리며 환하게 미소를 지었다.

머키는 고개를 갸우뚱거리면서 유심히 그녀를 바라보았다. 그리고 한 손을 자기 얼굴 앞에서 앞뒤로 움직이며 말했다.

"조명을 바꿔야겠는데."

잠시 후 그가 말했다.

"얼굴 윤곽을 분명하게 살려야 하니까. 그리고 뒤의 머리카락도 전부 담도록 해야겠어."

"조명은 그냥 두는 편이 좋겠는데요."

머키 부인이 아는 체하며 나섰다.

"제 생각에는……."

머키가 갑자기 '쉿!' 하고 말을 가로막는 바람에 우리는 일제히 윌슨 부인을 바라보았다. 그때 톰 부캐넌이 크게 하품을 하며 일어났다.

"머키 씨 내외도 뭘 좀 드시지요."

톰이 말했다.

"머틀, 모두 잠들어 버리기 전에 얼음하고 생수를 좀더 가져와요."

"얼음은 그 보이한테 부탁해 두었어요."

머틀은 아랫사람의 게으름에는 진절머리가 난다는 듯 이 맛살을 찌푸렸다.

"게을러 빠진 사람들! 잠시라도 다그치지 않으면 안 된다 니까."

그녀는 나를 향해 의미 없는 웃음을 지어 보였다. 그러고 는 강아지에게 달려가 정신없이 입을 맞추고, 많은 요리사들 이 자신의 지시를 기다리고 있기라도 한 듯 서둘러 부엌으로 들어갔다.

"롱아일랜드에서 멋있는 사진을 몇 장 찍었습니다."

머키가 자랑스럽다는 듯이 말을 꺼냈지만, 톰은 그저 무표 정하게 그를 쳐다보았다.

"그중에서 두 장은 액자에 넣어서 아래층에 걸어 두었습니 다."

"무얼 말하는 거요?"

톰이 캐물었다.

"습작에 불과합니다. 하나는 '몬터크 갑 ― 갈매기', 또 다 른 하나는 '몬터크 갑 ― 바다'라고 제목을 붙였습니다."

머틀의 동생 캐서린이 내가 앉아 있는 긴 의자로 다가와 옆에 앉았다.

"당신도 롱아일랜드에 살고 있나요?"

"네, 웨스트에그에 살고 있지요."

"정말이세요? 전 지난달 파티 때문에 거기에 갔었어요. 개츠비라는 사람의 저택이었지요. 혹시 그 사람을 아세요?"

"바로 우리 옆집에 살고 있습니다."

"그래요? 그 사람은 빌헬름 황제의 조카나 사촌일 거라는 소문이 있던데요. 그 사람이 쓰는 돈도 모두 거기서 나오고요."

"그게 사실입니까?"

그녀는 고개를 끄덕였다.

"하지만 왠지 기분이 좋지 않아요. 그런 사람이 나한테 관심을 갖는다고 생각만 해도 소름이 끼쳐요."

내 이웃에 대한 흥미진진한 대화는 머키 부인이 캐서린을 가리키며 사진 이야기를 꺼내는 바람에 끊어지고 말았다.

"체스터, 여기 이분도 사진을 찍었으면 좋겠는데요."

그러나 머키는 귀찮다는 듯 고개만 끄덕였을 뿐 톰에게로 관심을 돌려 버렸다.

"기회만 주어진다면, 롱아일랜드에서 일을 더 하고 싶습니다. 내가 바라는 것은 일을 시작할 기회를 주었으면 하는 것입니다."

"머틀에게 부탁해 보시오."

톰은 마침 머틀이 쟁반을 들고 나타나자 갑자기 웃음을 터뜨렸다.

"이 사람이 소개장을 써 줄 겁니다. 안 그래, 머틀?"

"무슨 말을 하는 거예요?"

그녀가 어리둥절해하며 물었다.

"당신 남편한테 머키 씨를 소개하는 편지를 써 주라는 얘기야. 당신 남편을 모델로 해서 작품을 만들어 보고 싶대."

톰은 뭔가 좋은 문구를 생각해 내려는 듯 잠시 입술을 우물거렸다.

"'휘발유 펌프 옆의 조지 B. 윌슨' 이라는 제목이 어떨까?"

캐서린은 내게로 몸을 바싹 붙이고는 귓속말로 속삭였다.

"언니나 저분은 둘 다 결혼해서 살고 있는 상대에 대해 못마땅해하고 있어요."

"그래요?"

"서로에 대해 불만이 많은 거죠."

캐서린은 머틀을 보고 나서는 다시 톰을 바라보았다.

"그렇게 싫어서 못 견딜 정도라면서 무엇 때문에 계속 같이 사는지 모르겠어요. 나 같으면 당장 이혼하고 둘이 같이 살 텐데."

"머틀 씨도 역시 윌슨 씨를 좋아하지 않나요?"

이 질문에 대한 답은 뜻밖에도 머틀로부터 직접 들을 수

68

있었다. 그녀는 아마도 우리의 대화를 엿들은 모양이었다.

그녀는 완강하고도 노골적으로 그렇다고 대답했다.

"그것 봐요."

캐서린이 의기양양하게 소리치고는 다시 목소리를 낮추어 말했다.

"저 두 사람이 합치지 못하는 것은 톰의 부인 때문이에요. 그녀는 카톨릭 신잔데, 카톨릭에서는 이혼을 인정하지 않잖아요."

내가 알기로 데이지는 카톨릭 신자가 아니었다. 나는 이 완벽한 거짓말에 약간 충격을 받았다.

"두 사람이 재혼을 하게 된다면, 그 일이 잊혀질 때까지 한동안 서부에 가서 살 거예요."

캐서린이 이렇게 계속 속삭였다.

"유럽으로 가는 편이 더 좋을 텐데요."

"어머나! 유럽을 좋아하세요?"

"전 몬테카를로에서 돌아온 지 얼마 안 돼요."

"그래요?"

"바로 지난해에 여자 친구와 그곳에 갔었지요."

"그곳에 오래 있었나요?"

"우린 그저 몬테카를로에만 있다가 돌아왔어요. 마르세유에 들르긴 했지만요. 출발할 때 천2백 달러 이상 가지고 있었는데 도박장에서 이틀 만에 다 날려 버렸어요. 그 때문에 돌아올 때 얼마나 고생을 했는지 생각조차 하기 싫어요. 이제 몬테카를로라면 소름이 끼쳐요."

창을 통해 보이는 늦은 오후의 하늘이 지중해의 푸른 바다 색을 연상시켰다. 그때 머키 부인의 날카로운 목소리가 나의 관심을 다시 방 안으로 돌렸다.

"나도 하마터면 실수를 할 뻔했어요."

머키 부인이 의기양양하게 말했다.

"몇 년 동안이나 나를 쫓아다니던 시시한 남자와 결혼할 뻔했거든요. 주위 사람들이 모두 '루실, 그 남자는 네 발끝에도 못 미쳐!' 하고 말했거든요. 하지만 내가 체스터를 만나지 못했더라면, 아마 그 사람이 나를 차지했을 거예요."

"물론 그럴 수도 있겠지만……."

머틀이 고개를 끄덕이며 말했다.

"그래도 당신은 그 사람과 결혼하지는 않았잖아요."

"그건 그래요."

"그런데 나는 결혼을 하고 말았단 말예요."

머틀은 애매하게 말했다.

"바로 그게 당신의 경우와 내 경우가 다른 점이지요."

"그런데 언니는 왜 그와 결혼했어요?"

캐서린이 따지고 들었다.

"아무도 언니한테 그 사람과 결혼하라고 강요한 것도 아니었잖아요."

머틀은 잠시 생각에 잠기더니 이렇게 대답했다.

"내가 결혼한 건 그 사람을 신사라고 생각했기 때문이야. 교양이 뭔지 조금은 알고 있다고 생각했거든. 그런데 그건 착각이었어."

"하지만 언니는 한동안 그 사람한테 푹 빠져 있었잖아요."

"그 사람한테 빠져 있었다고?"

미틀은 그게 무슨 소리냐는 듯 목소리를 높였다.

"내가 그 사람한테 빠졌었다고 누가 그래? 난 그 사람에게 미칠 정도로 사랑에 빠진 적이 없었어. 그 사람에게 느끼는 감정은 저기 있는 저 사람한테서 느끼는 감정이나 다를 바 없어."

머틀이 느닷없이 나를 가리키자, 모두들 나를 비난하는 듯한 눈초리로 바라보았다. 나는 그녀의 관심 따위는 기대하고 있지 않았다는 것을 은연중에 나타내려고 애를 썼다.

"내가 단 한 번 미친 듯이 그 사람한테 반했던 건 결혼식 때뿐이었어. 그러나 곧 내가 실수했다는 것을 깨달았지. 그 사람은 결혼식 때 다른 사람의 양복을 빌려 입었으면서도 나한테는 일언반구도 하지 않았어. 그런데 하루는 그 사람이 외출했을 때 그 옷 임자가 빌려 준 옷을 찾으러 왔어. '어머, 그게 정말 당신 양복이에요? 그 사람이 저한테는 아무 말도 안 했거든요.' 나는 옷 임자에게 양복을 돌려주고는 그날 오후 내내 침대에 엎드려 하염없이 울었어."

"언니는 그 사람과 빨리 헤어져야 해요."

캐서린은 내게 이렇게 말했다.

"두 사람은 자동차 정비소 2층에서 11년 동안이나 함께 살았어요. 그리고 톰은 언니의 첫사랑이기도 하구요."

술은 한 방울도 마시지 않았지만, 거나하게 취한 듯한 캐서린을 제외한 사람들은 이때 두 번째 위스키 병에 손을 내밀고 있었다. 톰이 보이를 불러 유명한 가게로 샌드위치를 사러 보냈다. 그것으로 저녁 식사가 해결되었다.

나는 부드러운 황혼 속의 공원을 걷고 싶었다. 그러나 밖으로 나가려고 할 때마다 격렬한 논쟁에 휘말려 제자리로 되돌아오게 되었다. 그래도 이 도시의 하늘을 향해 나란히 얼굴을 내밀고 있는 노란색 창문들은 저녁 무렵 길가에 서서 그것을 올려다보는 사람의 눈에 저 안에도 인간의 비밀이 숨겨져 있을 것이라는 생각을 갖게 할 것이다.

나는 나 자신 또한 그런 사람 중의 하나일지도 모른다는 생각을 했다. 나는 이 아파트 안에도 있고, 동시에 밖에도 있으면서 인생의 무한한 다양함에 매료되기도 하고, 혐오감을 느끼기도 했다.

73

머틀이 자기 의자를 끌어당겨 내 옆으로 가까이 오더니 술 냄새를 물씬 풍기며 톰을 처음 만나게 된 때의 이야기를 늘어놓기 시작했다.

"우리는 서로 마주보고 앉게 되어 있는 작은 2인용 의자에서 처음 만나게 되었어요. 그곳이 그 열차에서는 항상 마지막까지 비어 있는 자리였죠. 난 뉴욕에 가서 캐서린을 만나고 그날 밤은 여기서 보낼 생각이었어요.

톰은 연미복을 입고 에나멜 구두를 신고 있었는데, 난 그에게서 눈을 뗄 수가 없었어요. 하지만 그와 눈이 마주칠 때마다 일부러 그 사람 머리 위에 있는 광고를 보고 있는 체했지요.

열차가 플랫폼에 도착했을 때 그 사람은 바로 내 뒤에 있었어요. 그 사람의 흰 셔츠 가슴 부분이 내 팔을 눌렀지요. 그런 짓을 하면 당장 경찰을 부르겠다고 말했지만, 내가 그러지 않을 거라는 건 그 사람도 이미 눈치 채고 있었어요. 지하철을 타야 했지만 너무 흥분해서 그 사람과 함께 택시를 타고 있다는 것도 알아차리지 못했지요. 내 머릿속에서는 단지 '어차피 영원히 사는 것도 아닌데……' 하는 말만 맴돌고 있었어요."

머틀이 머키 부인을 돌아보자 방 안은 온통 머키 부인의 부자연스러운 웃음소리로 가득 찼다.

"이봐요!"

머틀은 흥분한 목소리로 외쳤다.

"이 드레스를 벗는 즉시 당신한테 줄게요. 난 내일 또 다른 걸 사면 되니까. 미리 사야 할 물건을 적어 놓아야겠군. 마사지와 파마를 하고, 개 목걸이, 스프링 장치가 달린 작고 예쁜 재떨이, 어머니 무덤 앞에 놓을 화환…… . 여름 내내 시들지 않을 검은 실크 리본이 달린 게 좋겠지. 혹시라도 잊어버리면 안 되니까 모두 적어 놓아야겠군."

그때가 9시였다. 그리고 얼마 지나지 않았다고 생각했는데 다시 시계를 보았을 때는 벌써 10시였다. 머키는 두 주먹을 무릎 위에 얹은 채 사진 속의 모델처럼 의자에서 잠들어 있었다. 나는 오후 내내 눈에 거슬렸던 그의 뺨에 말라붙은 비누 거품을 손수건으로 닦아 주었다.

강아지는 탁자 위에 앉아 담배 연기 때문에 잘 보이지 않는 눈으로 방 안을 둘러보다가 가끔씩 낑낑거렸다. 사람들은 사라졌다가는 다시 나타나 어디론가 갈 계획을 세웠다. 그러다가 또 홀연히 사라졌고, 어디선가 서로를 부르며 나타나곤 했다. 한밤중이 되었을 때 톰과 윌슨 부인은 서로 마주보고 서서 윌슨 부인이 데이지의 이름을 입에 올릴 자격이 있느냐 없느냐를 놓고 말다툼을 벌였다.

"데이지! 데이지! 데이지!"

윌슨 부인이 악을 썼다.

"내가 부르고 싶을 때는 언제든지 부를 거예요! 데이지! 데이……."

톰 부캐넌은 재빠르고도 익숙한 솜씨로 그녀의 코를 손바닥으로 후려쳤다. 이어서 욕실 바닥에 피 묻은 타월 몇 장이 떨어지고 여자들의 비명 소리, 그보다 더 큰 머틀의 고함 소리가 들려왔다.

그 바람에 선잠에서 깨어난 머키가 멍한 표정으로 문 쪽으로 걸어갔다. 그러나 반쯤 가다가 뒤를 돌아보았다. 그의 아내와 캐서린이 구급약을 들고 방 안 가득 들어찬 가구들 사이를 비틀거리며 왔다갔다하고 있었다.

머틀은 긴 의자에 누워서 절망의 탄식을 지르며 피를 뚝뚝 흘리고 있었다. 그러면서도 《타운 태틀》지를 펼쳐 양탄자에 그려진 베르사유 궁전의 경치를 망치지 않으려고 애쓰고 있었다. 이 광경을 본 머키는 그대로 밖으로 나갔다. 나도 샹들리에에 걸어 두었던 모자를 집어 들고 그의 뒤를 따랐다.

"언제 한번 식사하러 오시지 않겠소?"

엘리베이터 속에서 머키가 말했다.

"어디서요?"

"어디서든요."

"레버에 손을 대지 마십시오!"

엘리베이터 보이가 신경질적으로 말했다.

"이거 미안하오. 거기에 손이 닿은 줄 미처 몰랐소."

머키가 점잖게 사과했다.

"네, 가지요."

나는 그의 식사 초대에 기꺼이 응했다.

……나는 그의 침대 곁에 서 있었다. 그는 속옷 차림으로 두 손에 커다란 사진첩을 든 채 홑이불 속에 들어가 앉아 있었다.

"미녀와 야수, 외로움, 식료품 가게의 늙은 말, 브루클린 다리……."

나는 싸늘하고 낮은 펜실베이니아 역의 벤치에 누워 반쯤은 졸아 가면서 《트리윤》지 조간을 들여다보며 새벽 4시 기차를 기다렸다.

여름밤, 이웃 개츠비의 저택에서는 날마다 흥겨운 음악소리가 흘러나왔다. 푸른 정원에서는 뭇 남녀들이 속삭임과 샴페인과 별들 사이를 바쁘게 오가고 있었다.

오후의 밀물 때가 되면 그의 손님들은 전망대에서 다이빙을 하거나 저택 해변의 뜨거운 모래 위에서 일광욕을 하곤했다. 또한 개츠비 소유의 모터보트 두 척은 꽁무니에 수상스키를 단 채 물살을 가르며 하얀 물거품을 만들어 내고 있었다.

주말에는 그의 롤스로이스가 아침 7시부터 밤늦게까지 뉴욕을 오가며 손님들을 실어 날랐다. 스테이션왜건도 노란색

투구벌레처럼 지칠 줄 모르고 기차가 도착할 때마다 역으로 마중을 나갔다.

월요일이 되면 임시로 고용한 정원사까지 모두 12명이나 되는 사람들이 걸레나 수세미, 망치, 정원용 가위 등을 들고 간밤의 어수선했던 흔적을 정리하느라 하루 종일 힘들게 돌아다녔다.

매주 금요일마다 뉴욕의 과일 가게에서 다섯 상자의 오렌지와 레몬이 배달되었다. 그리고 월요일이면 바으로 쭈개진 오렌지와 레몬 껍질들이 산더미처럼 쌓여 뒷문을 통해 사라져 갔다. 부엌에는 엄지손가락으로 작은 버튼을 누르기만 하면, 30분 만에 2백 개의 오렌지 즙을 짜낼 수 있는 기계가 설치되어 있었다.

적어도 이 주일에 한 번씩은 음식점에서 출장 나온 사람들이 5~6미터나 되는 천막과 개츠비의 어마어마한 정원의 나무를 크리스마스트리처럼 장식하는 데 쓸 오색 전구를 가지고 왔다.

뷔페용 식탁에는 눈부시게 화려한 오르되브르와 향신료를 뿌려 구운 햄, 오색으로 치장한 샐러드, 밀가루를 씌워 노랗게 구운 돼지와 칠면조 같은 것들이 가득 놓여 있었다.

메인 홀에 마련된 진짜 놋쇠 난간의 바에는 갖가지 독한 진이나 위스키 등 젊은 여자들은 구별조차 하기 힘든 각종 술들이 진열되어 있었다.

7시에는 오케스트라가 도착했다. 이 또한 5인조로 구성된 빈약한 오케스트라가 아닌 짝수 이상의 오보에, 트럼펫, 색소폰, 현악기, 코넷, 피콜로, 저음과 고음의 드럼으로 구성된 웅장한 규모였다.

이쯤 되면 늦게까지 수영을 즐기던 사람들도 바닷가에서 돌아와 2층에서 옷을 갈아입었다. 현관 앞에는 뉴욕에서 온 차들이 이미 다섯 줄이나 길게 늘어서 있었다. 그리고 홀이나 살롱, 베란다에는 갖가지 화려한 원색의 옷과 최신 유행의 머리, 카스틸 여인들로서는 꿈속에서조차 생각할 수 없을 정도로 화려한 숄들이 북적댔다.

바에서는 이제 분위기가 무르익어 칵테일이 담긴 쟁반이 정원까지 이어지고 있었다. 절정에 달한 파티에서는 떠들썩한 얘기 소리와 웃음소리, 농담이나 간단한 인사가 이어졌다. 그리고 서로 이름도 모르는 여자들끼리 몇 명씩 모여 수다를 떨게 만들었다.

밤이 깊어짐에 따라 불빛은 더욱 밝아져 갔다. 오케스트라가 대중적인 곡을 연주하기 시작하면 사람들의 목소리는 점점 더 높아졌다. 긴장된 분위기가 풀리면서 자연스레 웃음소리도 잦아졌다. 작은 그룹을 만든 사람들의 면면도 빠른 속도로 바뀌고 새로 참석한 사람들로 그룹이 흩어졌다가는 다시 모이곤 했다.

벌써 술에 취해 비틀거리는 사람도 나타나기 시작했다. 자신감에 넘치는 여자들은 아직 취하지 않은 사람들 사이를 오가며 한 그룹의 중심이 되어서는 승리감에 도취되곤 했다. 그리고 계속해서 변하고 있는 불빛 아래에서 물결처럼 끊임없이 변하는 얼굴들, 목소리들, 빛깔들 속을 미끄러지듯 누비고 다녔다.

갑자기 이런 집시 같은 여자들 중의 한 명이 흔들리는 진주 빛깔의 칵테일 잔을 하늘 높이 쳐들었다가 용기를 내려고 단숨에 들이마시고는 양손을 마치 희극 배우 프리스코처럼 흔들면서 춤을 추기 시작했다.

갑자기 주위가 조용해졌다. 오케스트라 지휘자가 다행히 그녀의 춤에 맞는 곡을 연주하자, 그녀가 폴리즈 극단 출신으로 긴더 그레이의 대역이라는 소문이 꼬리를 물었다. 다시 주변이 소란스러워지기 시작했다. 비로소 파티가 시작된 것이었다.

내가 개츠비의 초대를 받아 파티에 참석했을 때는 정식으로 초대받고 온 손님이 나를 포함해 몇 명에 불과했다.

나머지 대다수의 사람들은 정식으로 초대받은 것이 아니었다. 롱아일랜드까지 오는 차에 타고 있다 보니 개츠비의 저택 앞에서 차가 섰던 것이다.

그들은 일단 개츠비를 아는 사람에 의해 서로 소개받고, 그 다음부터는 유원지에서처럼 지켜야 할 규범에 어긋나지 않게 행동하면 그뿐이었다.

하지만 나는 정식으로 초대를 받고 온 손님이었다. 푸른색 제복을 입은 운전사가 토요일 아침 일찍 개츠비의 초대장을 가지고 내 집 잔디밭을 건너왔다. 놀랄 정도로 격식을 차린 초대장이었다.

거기에는 그날 밤 자기 집에서 열리는 보잘것없는 파티에 참석해 주면 자신에게 더없는 영광이 될 것이라고 쓰여 있었다. 그는 지금까지 나를 몇 번인가 본 적이 있다고 했다.

그리고 벌써부터 몇 번이나 나를 만나 보려고 했지만, 이상하게도 그때마다 사정이 생기는 바람에 기회를 놓쳐 버렸다고 했다. 초대장의 끝에는 힘 있는 필체로 제이 개츠비라고 서명되어 있었다.

7시가 조금 지나서 흰 플란넬 옷을 갖춰 입은 나는 개츠비의 저택 정원으로 가서 알지도 못하는 사람들 틈에 끼여 약간 어색한 모습으로 서성거렸다. 실은 통근 기차에서 본 얼굴도 더러 있기는 했다.

파티장에는 영국계 청년들이 여럿 눈에 띄었다. 그들은 하나같이 반듯한 옷차림을 하고 있었지만, 어딘지 약간은 굶주린 듯한 표정이었다. 그들은 실속 있고 부유해 보이는 미국인들을 상대로 낮은 목소리로 이야기를 나누고 있었다.

나는 그들이 채권이나 보험 증권, 자동차 같은 것을 팔고 있는 중이라고 확신했다. 적어도 그들은 자기 주위에 쉽게 움직일 수 있는 돈이 있다는 것을 의식하고 있었다. 그리고 잘만 하면 그 돈이 자기 것이 될 수도 있다고 믿고 있었다.

나는 그곳에 도착하자마자 개츠비를 만나 보려고 했다. 두세 사람에게 개츠비가 있는 곳을 물었으나 그들은 하나같이 놀란 표정으로 나를 빤히 쳐다보며 모른다고 고개를 흔들었다. 나는 하는 수 없이 칵테일이 놓여 있는 탁자 쪽으로 발걸음을 옮겼다. 파트너도 없이 온 남자가 혼자 있어도 어색하지 않을 장소는 그 넓은 정원 안에서 그곳밖에 없었다.

나는 너무나도 어색한 이런 분위기를 참을 수 없어 차라리 술에라도 취해 버리는 것이 나을지도 모르겠다고 생각했다. 그때 조던 베이커가 집 안에서 나와 대리석 계단 꼭대기에 서서 몸을 약간 뒤로 젖힌 채 경멸에 가득 찬 눈빛으로 정원을 내려다보고 있었다.

나는 지나가는 사람들과 의례적인 인사말이라도 나누려면 우선 상대방이 좋아하든 말든 사람들과 어울릴 필요가 있다고 생각했다.

"안녕하세요!"

나는 그녀 쪽으로 걸어가면서 큰 소리로 인사했다. 어색한 내 목소리가 정원 밖으로 퍼져 나가는 것 같았다.

"당신이 여기 와 있을지도 모른다고 생각했어요."

내가 다가가자 그녀는 다른 곳에 신경을 쓰고 있었다는 투로 대답했다.

"바로 옆집에 살고 있다고 했던 게 생각났거든요."

그녀는 곧 내 파트너가 되어 주겠다는 표시로 기계적으로 다가와 내 손을 잡은 채 노란색 드레스를 입고 대리석 계단 밑에 와서 멈춰 선 두 아가씨의 말에 귀를 기울였다.

"안녕하세요!"

두 사람은 동시에 소리쳤다.

"지난번 시합에서 우승하지 못해 유감이에요."

그것은 골프 시합을 두고 한 이야기였다. 베이커는 지난주에 열렸던 결승전에서 지고 말았던 것이다.

"우리가 누군지 모르시겠죠? 하지만 우리는 한달 전에도 여기에서 만났어요."

"머리는 그후에 염색하셨죠?"

그 아가씨들은 조던이 미처 말을 다 마치기도 전에 그대로 걸어가 버렸다. 그 때문에 조던은 허공에다 대고 혼잣말을 한 꼴이 되고 말았다.

조던은 구릿빛이 도는 날씬한 팔로 내 팔을 잡았다. 우리는 팔짱을 낀 채 계단을 내려와 정원을 돌아다녔다. 칵테일이 우리에게 날라져 왔다. 그리고 아까 만났던 노란색 드레스를 입은 두 아가씨와 또 다른 남자 세 명과 함께 자리를 잡고 앉았다. 남자들이 간단한 자기소개를 했다.

"이 저택의 파티에는 자주 오시나요?"

조던이 옆에 앉은 아가씨에게 물었다.

"얼마 전 당신을 만났을 때가 가장 최근에 참석했던 파티였어요."

그 아가씨는 쾌활하면서도 당당하게 말했다. 그리고 함께 온 여자 쪽을 돌아보았다.

"루실, 너도 그렇지?"

루실이라는 아가씨 역시 그렇다며 말을 이었다.

"난 이런 파티를 무척 좋아해요. 자기가 하는 행동에 대해서 일일이 신경 쓰지 않아도 되니까요. 지난번 파티에서는 제 가운이 의자에 걸려 찢어졌는데 그 사람이 내 주소와 이름을 알려 달라고 했어요. 그러고 나서 일주일도 채 지나지 않아 크로이리어 양장점으로부터 이브닝 드레스가 들어 있는 소포를 받았어요."

"그래서 그걸 받았어요?"

조던이 물었다.

"그럼요. 오늘밤에 입고 올 생각이었는데 가슴 부분이 너무 커서 수선을 부탁했어요.

86

라벤더빛 구슬이 달린 파란 드레스인데 265달러나 한대요."

"그런 식으로 지나친 호의를 보이는 사람은 어딘가 이상한 데가 있을 거예요."

다른 아가씨가 진지하게 말했다.

"그 사람은 누구하고든 문제를 일으키고 싶지 않아서 그러는 거예요."

"누가 원치 않는다는 거지요?"

네가 물었다.

"누구긴요. 개츠비 씨를 말하는 거죠. 누군가 말하는 것을 들었는데……."

두 아가씨와 조던은 마치 비밀스러운 이야기라도 하려는 듯 서로에게 몸을 기울였다.

"어디선가 들었는데 그 사람이 전에 살인을 한 적이 있는 것 같대요."

그곳에 있던 사람들은 모두 몸서리를 쳤다. 세 남자는 몸을 앞으로 구부리고 좀더 자세히 듣기 위해 열심히 귀를 기울였다.

"설마 그렇게까지 했겠어?"

루실이 믿을 수 없다는 듯이 말했다.

"그보다는 전쟁 중에 독일의 스파이였을 가능성이 더 많아."

세 남자 가운데 한 사람이 고개를 끄덕였다.

"나도 독일에서 그와 함께 자랐다는 사람한테서 그런 얘기를 들은 적이 있습니다."

그 남자는 확신에 찬 목소리로 말했다.

"어머, 그건 사실이 아니에요."

처음에 말했던 아가씨가 정색을 하며 말했다.

"그럴 리가 없는 게 그 사람은 전쟁 중에 계속 미국에 있었으니까요."

우리가 자신의 말을 믿는 듯한 눈치를 보이자, 그녀는 몸을 앞으로 내밀며 더욱 열을 올렸다.

"그 사람이 혼자 있을 때의 표정을 보세요. 사람을 죽인 게 틀림없어요."

그 아가씨는 눈살을 찌푸리며 몸서리쳤다. 루실도 덩달아 몸서리쳤다. 우리는 누가 먼저랄 것도 없이 모두 몸을 돌려 주위를 둘러보며 개츠비를 찾았다. 아무런 상관도 없는 이런 사람들로부터 갖가지 소문을 이끌어 낸다는 것은 결국 개츠비 자신이 사람들에게 감상적인 상상을 불러일으키고 있다는 증거였다.

첫 번째 저녁 식사 — '첫 번째'라고 한 것은 자정이 지나면 또 한 번 식사가 나오기 때문이다 — 가 나왔을 때 조던은 자기 동료들과 함께 식사하자며 나를 불렀다. 그들은 정원의 한쪽 구석에 있는 테이블에 둘러앉아 있었다. 세 쌍의 부부와 조던의 보디가드 격인 혈기왕성한 대학생이 한 사람 있었다. 이 학생은 조만간에 조던이 자신에게 호의를 갖고 몸을 내맡기게 될 것이라는 생각을 갖고 있는 듯했다.

이 일행은 여기저기 돌아다니지도 않고 처음부터 한 자리에 모여 위엄 있게 자리를 지키고 있었다. 마치 이스트에그가 웨스트에그에게 고개를 숙이기는 하지만 분광기를 통해서 보는 것 같은 웨스트에그의 흥청망청한 분위기를 조심스럽게 경계하고 있듯이 말이다.

"우리 다른 데로 가요."

어색하고 따분한 시간이 30분쯤 지났을 때 조던이 속삭였다.

"이런 자리는 너무 고상해서 나한테 어울리지 않아요."

우리는 자리에서 일어났다. 조던은 내가 아직 이 집 주인을 한 번도 만난 적이 없기 때문에 지금부터 그 사람을 찾으러 갈 거라고 핑계를 댔다. 그 대학생은 침울한 표정으로 고개를 끄덕였다.

우리는 먼저 바를 둘러보았다. 그곳은 많은 사람들로 붐볐지만, 개츠비는 보이지 않았다. 조던은 계단 꼭대기에서도, 베란다에서도 그를 찾아내지 못했다. 그러다 우리는 우연히 묵직해 보이는 문을 열고 천장이 높은 고딕풍의 서재로 들어

가게 되었다. 모든 벽은 영국산 참나무로 되어 있었다. 분명히 외국의 어느 낡은 저택에서 그대로 옮겨온 듯했다.

올빼미 눈처럼 커다란 안경을 쓴 건장한 중년 남자가 큰 테이블 끝에 걸터앉아 있었다. 약간 술에 취한 듯한 그는 불안한 눈초리로 서가를 응시하고 있었다. 우리가 안으로 들어가자 그는 당황한 듯 몸을 돌려 조던을 아래위로 훑어보았다.

"당신들은 이곳을 어떻게 생각합니까?"

그가 갑자기 이렇게 물었다.

"무슨 말입니까?"

그는 서가를 향해 손을 흔들며 말했다.

"저것 말이오. 그렇다고 일부러 확인할 필요까지는 없소. 이미 내가 확인했으니까. 여기 있는 책들은 전부 진짜요."

"저기 있는 책들 말입니까?"

그는 고개를 끄덕였다.

"틀림없는 진짜요. 나는 지금껏 저것들이 그저 보기 좋으라고 갖다 놓은 장식품일 거라고 생각했었소. 그런데 알고 보니 저건 완벽한 진짜였소. 페이지하며…… 자, 내가 보여 주겠소."

우리가 의아해하는 것을 당연하다고 생각했는지 그는 서가에서 『스토더드 강의록』 제1권을 꺼내들고 왔다.

"보시오!"

그는 한층 더 신이 나서 소리쳤다.

"이건 진짜 인쇄물입니다. 이게 날 감쪽같이 속였소. 이 집 주인은 흡사 벨라스코 같습니다. 정말 대단한 사람입니다. 기막힌 리얼리즘이에요. 게다가 어디서 끝내야 하는지도 정확하게 알고 있어요. 아직 책장도 열어 보지 않았으니까 말이오. 더 이상 뭘 바라겠소?"

그는 내 손에서 책을 낚아채더니 책이 한 권이라도 빠지면 책장 전체가 무너지기 쉽다고 중얼거리며 급히 제자리에 꽂았다.

"당신들은 여기에 누굴 따라온 거요?"

그가 다그치듯 물었다.

"아니면 그냥 스스로 찾아온 거요? 나는 대개가 그렇듯이 누굴 따라왔지요."

조던은 아무 대답도 하지 않고 재미있다는 듯 그 신사를 지켜보고 있었다.

"나는 루스벨트라는 여자를 따라왔소. 클로드 루스벨트 부인 말이오. 혹시 그녀를 아시오? 나는 어젯밤에 어디선가 그녀를 만났소. 나는 벌써 일주일째 술에 취해 있소. 그래서 서재에라도 앉아 있으면 혹시 정신이 들지 않을까 해서 말이오."

"그래, 이제 정신이 좀 드세요?"

"아직은 뭐라고 할 수 없소. 여기 온 지 한 시간밖에 안 됐 거든. 참, 내가 책에 대해서 말했소? 이 책들은 전부 진짜라 오. 이건……."

"이미 말했잖아요."

우리는 그와 정중하게 악수를 나누고는 다시 밖으로 나왔다.

이제 정원의 천막 안에서는 무도회가 벌어지고 있었다. 늙 은 남자들은 젊은 여자들을 뒤로 밀어내며 너무나 어색하게 빙빙 돌고 있었고, 제법 추는 커플들은 세련되고 우아한 자세 로 부둥켜안고 한쪽 구석에서 춤을 추고 있었다. 파트너가 없 는 여자들은 혼자서 춤을 추거나 혹은 잠시 밴조나 타악기 연 주자들과 이야기를 나누고 있었다.

밤이 깊어지자 분위기는 더욱 무르익었다. 이름난 테너 가 수가 이탈리아 노래를 부르는가 하면, 인기 있는 알토 가수는 재즈곡을 불렀다. 또 그 사이사이에 여러 사람들이 나서서 저 마다 솜씨를 자랑했다. 유쾌한 웃음소리가 여름 밤하늘을 향 해 솟아올랐다. 무대 위에서는 쌍둥이로 알려진 두 아가씨가 ― 알고 보니 노란색 드레스를 입고 있던 그 아가씨들이었다 ― 무대 의상으로 갈아입고 유치한 연극을 하고 있었다.

핑거볼보다 더 큰 샴페인 잔이 돌았다. 달은 더 높이 솟아 올라 롱아일랜드 해협 위에 물고기 지느러미처럼 떠 있었다. 마치 잔디밭에서 연주되고 있는 밴조 소리에 맞춰 파르르 떨고 있는 것 같았다.

나는 그때까지도 조던 베이커와 함께 있었다. 우리는 내 나이 또래의 한 남자와 수다스러운 아가씨와 같은 테이블에 앉아 있었다. 그 아가씨는 아주 사소한 말에도 터무니없이 큰 웃음을 터뜨렸다. 나도 이제는 나름대로 이런 분위기를 즐기고 있었다. 핑거볼보다 큰 잔으로 샴페인을 두 잔이나 마셨던 터라 눈앞에 펼쳐진 모든 풍경들이 그 나름대로 깊은 의미를 지니고 있는 것처럼 보였다.

분위기가 조금 가라앉자 옆에 앉아 있는 남자가 나를 보며 미소를 지었다.

"어디선가 많이 본 듯한데요."

그가 정중하게 말했다.

"혹시 전쟁 중에 1사단에 있지 않았습니까?"

"네, 그렇습니다. 보병 제28연대에 있었습니다."

"나는 1918년 6월까지 보병 제16연대에 있었습니다. 어쩐지 낯이 익다고 생각했지요."

우리는 한동안 비에 젖어 있던 프랑스의 어느 잿빛 마을에 관해 이야기를 나누었다. 그는 이 근처 어디에 사는 것 같았다. 최근에 수상 비행기를 장만했는데, 내일은 시운전을 해 볼 생각이라고 했기 때문이었다.

"해변 가까이에 있으니까 시간이 되면 함께 가시지요."

94

"몇 시에요?"

"언제라도 당신이 편리한 시간에요."

내가 막 그의 이름을 물어보려고 하는 순간 조던이 내게로 고개를 돌리며 미소를 지었다.

"이젠 좀 재미를 붙였나요?"

그녀가 물었다.

"처음보다는 훨씬 좋아졌습니다."

나는 새로 사귄 남자에게로 다시 얼굴을 돌렸다.

"이런 파티는 난생처음입니다. 아직 이 집 주인도 만나 보지 못했으니까요. 나는 이 옆집에 살고 있습니다."

나는 보이지도 않는 울타리 쪽을 가리키며 말했다.

"이 집 주인인 개츠비 씨가 운전사를 시켜 초대장을 보냈더군요."

잠시 동안 그는 당혹스럽다는 듯 나를 멍하니 바라보았다.

"내가 바로 개츠비입니다."

"뭐라구요?"

나는 어안이 벙벙했다.

"그렇다면 이거 실례가 이만저만이 아닌데요."

"난 당신도 알고 있는 줄 알았습니다. 아마 내가 주인 노릇을 제대로 못한 모양입니다."

그는 지금의 내 기분을 충분히 이해한다는 듯한 아니, 그

이상의 의미가 담긴 듯한 미소를 지었다. 그 미소는 상대로 하여금 영원히 잊혀지지 않을 안도감을 느끼게 했다. 그것은 일생을 통틀어 한두 번 볼까 말까한 아주 신비한 미소였다. 비록 한순간에 불과했지만, 그것은 전 세계를 향한 미소였다.

　실제로 그의 미소는 말로 형언할 수 없는 호감을 가득 머금고 있었다. 그것은 상대방이 자신을 이해해 주기를 바라는 만큼 상대방을 이해해 주는 미소였고, 상대방이 믿어 주기를 바라는 만큼 상대방을 믿어 주는 그런 미소였다. 또한 그것은 상대방이 최선을 다하면서 그것을 알아 주었으면 하고 바랄 때 다 이해했다고 확인시켜 주는 미소이기도 했다.

　바로 그 순간 그의 미소는 사라졌다. 내 눈앞에는 서른을 한두 살 넘긴 듯한 우아하고 건장한 청년이 서 있었다. 나는 빈틈없이 꾸며진 그의 말투가 간신히 어색함을 면하고 있다는 것을 눈치 챘다. 나는 그가 자기 이름을 밝히기 전까지 매우 조심스럽게 말을 골라 한다는 인상을 강하게 받았다.

　개츠비가 자신의 이름을 밝힌 것과 거의 동시에 하인이 달려와서 시카고에서 전화가 왔다고 전했다. 그는 우리에게 가볍게 고개를 숙이며 자리에서 일어났다.

　"필요한 게 있으면 뭐든 어려워 말고 말해 주십시오."

　그러고는 내게 말했다.

　"실례하겠습니다. 나중에 또 뵙도록 하죠."

그가 자리를 뜨자마자, 나는 즉시 조던 쪽을 돌아보았다. 내가 얼마나 놀랐는지 그녀에게 설명해 주지 않고서는 견딜 수 없을 것 같았다. 나는 지금껏 개츠비라는 사람이 뚱뚱하고 혈색 좋은 중년의 사내일 거라고 생각하고 있었던 것이다.

"저 사람은 도대체 어떤 사람입니까? 당신은 뭘 좀 알고 있습니까?"

나는 조급한 목소리로 물었다.

"그냥 개츠비라는 이름의 남자라는 것밖에 몰라요."

"어디 출신이고, 무얼 하는 사람인지는 모른단 말입니까?"

"이제 당신까지 신상 조사를 하기 시작했군요."

그녀는 잔잔한 미소를 띠며 대답했다.

"글쎄요. 언젠가 제게 옥스퍼드 대학 출신이라고 말한 적이 있어요."

막연하게나마 그의 배경을 머릿속으로 그려 보았다. 그러나 그것은 조던의 말 한마디에 지워져 버리고 말았다.

"하지만 난 그 말을 안 믿어요."

"아니, 왜?"

"뭐라고 꼬집어 이유를 댈 수는 없지만, 저 사람이 옥스퍼드를 다니지는 않았을 거예요."

그녀의 말투는 '저 사람은 사람을 죽인 적이 있는 것 같아.'라는 말을 상기시켰다. 그것은 나의 호기심을 자극했다.

차라리 그가 루이지애나의 소택지나 이스트사이드 하류 계층 출신이라는 얘기였으면, 나도 아무 의심 없이 그 사실을 받아들였을지도 모른다. 그렇다면 나도 충분히 납득할 수 있을 것 같았다.

하지만 어디에서 왔는지도 모르는 젊은 남자가 롱아일랜드 해협의 호화 저택을 샀다는 사실을 시골 출신인 나로서는 도무지 믿을 수 없었다.

"하여튼 저 사람은 거장한 파티를 자주 열고 있어요"

조던이 구체적인 이야기를 싫어하는 도시 사람 특유의 기질을 보이며 화제를 바꿨다.

"난 이런 파티가 좋아요. 격식에 얽매이지 않아도 되니까요. 작은 파티에서는 개인적인 자유를 누릴 수가 없거든요"

갑자기 베이스 드럼이 요란스럽게 울리며 지휘자의 목소리가 정원의 소란스러운 소음을 모두 삼켜 버렸다.

"신사 숙녀 여러분! 개츠비 씨의 희망에 따라 지난 5월 카네기 홀에서 많은 관심을 끌었던 블라디미르 토스토프의 최신 작품을 연주해 드리도록 하겠습니다. 신문을 보신 분은 이미 알고 계시겠지만, 그것은 음악인들에게 굉장한 충격이었습니다."

그는 빙그레 미소를 지으며 이렇게 덧붙였다.

"나에게도 약간은 충격이었죠"

그 말에 모두들 웃음을 터뜨렸다.

"연주해 드릴 곡목은 블라디미르 토스토프의 <세계 재즈사>라는 곡입니다."

그는 활기에 찬 목소리로 말을 맺었다.

토스토프의 음악은 내 가슴에 와 닿지 않았다. 나의 관심은 오로지 대리석 계단 위에 혼자 서서 흐뭇한 표정으로 손님들을 둘러보고 있는 개츠비에게 쏠려 있었다.

적당히 햇볕에 그을린 피부는 매력적이었고, 매일 다듬는 듯한 짧은 머리 또한 매우 단정했다. 그의 모습 어디에서도 어두운 구석이라고는 보이지 않았다. 어쩌면 그가 술을 마시지 않았기 때문에 유별나게 두드러져 보이는 것은 아닐까 하는 생각이 들었다. 모두들 취흥에 겨워하는 데 반해 그의 행동은 갈수록 냉철해지는 것 같았기 때문이다.

<세계 재즈사>라는 곡의 연주가 끝나자, 젊은 여자들은 강아지처럼 들떠서 남자들 어깨에 머리를 기대거나 부축해 주리라는 것을 알고 장난스럽게 남자들의 품에 쓰러지기도 했다. 심지어는 누군가 안아 줄 것을 기대하며 남자들 한가운데로 넘어지는 여자들까지 있었다.

그러나 아무도 개츠비의 가슴에는 쓰러지지 않았다. 프랑스식 단발머리를 한 아가씨도 개츠비의 어깨는 건드리지 못했으며, 어떤 사중창단도 개츠비를 그들 무리에 끌어들이지

못했다.

"실례합니다."

개츠비의 하인이 우리 곁으로 다가와 말했다.

"베이커 양이시죠?"

그가 물었다.

"죄송합니다만, 주인님께서 당신하고만 조용히 나눌 말씀이 있으시답니다."

"나하고요?"

"그렇습니다."

그녀는 의외라는 듯 눈썹을 치켜 올리며 나를 한번 쳐다보고는 천천히 일어서서 하인의 뒤를 따라갔다. 야회복을 입은 그녀의 뒷모습은 마치 운동복을 입고 있는 듯했다. 하긴 그녀는 야회복뿐만 아니라 그 어떤 옷을 입어도 운동복처럼 보였다. 그래서인지 그녀에게서는 이른 아침 골프 코스를 걷고 있는 골퍼와 같은 경쾌함이 느껴졌다.

이제 나는 혼자였다. 시간도 어느덧 새벽 2시가 가까워지고 있었다. 좁고 긴 창문들이 줄지어 늘어서 있는 테라스 위쪽에서는 아까부터 소란스럽지만 호기심을 자극하는 소리들이 흘러나왔다. 조던과 같이 온 대학생이 두 명의 코러스 걸과 이야기를 주고받다가 나에게도 끼어들라고 권했지만, 나는 못 들은 척하고 안으로 들어갔다.

커다란 방은 사람들로 몹시 붐볐다. 노란 드레스를 입은 아가씨가 피아노를 치고, 그 옆에서 꽤 알려진 합창단의 젊은 여자가 노래를 부르고 있었다.

그녀는 샴페인을 제법 많이 마신 듯했다. 그래서인지 노래를 부르다가 이 세상에는 슬픈 일만 가득하다는 생각이 든 것 같았다. 노래를 부르며 울고 있었다. 그녀는 노래의 쉬는 부분을 한숨과 흐느낌으로 대신하고는 다시 서정적인 노랫말을 떨리는 소프라노로 이어갔다. 눈물이 그녀의 두 뺨 위로 흘러내렸다. 그러나 짙게 화장한 속눈썹이 흡수하고 난 나머지 눈물만이 검정색 줄기가 되어 느리게 흘러내렸다.

누군가가 그녀에게 얼굴 위의 검정색 눈물을 악보로 삼아 노래하고 있다는 농담을 던졌다. 그 순간 술에 취한 그녀는 두 손을 쳐들고 의자에 주저앉아 그대로 깊은 잠에 빠져 버렸다.

"저 여자는 남편하고 싸웠대요."

내 옆에 있던 한 여자가 말했다. 나는 주위를 둘러보았다. 그러고 보니 그때까지 남아 있던 대부분의 여자들이 자기 남편과 다투고 있었다. 조던을 따라 이스트에그에서 온 네 사람도 서로 의견이 엇갈려 뿔뿔이 흩어져 있었다. 그들 중 한 남자가 어떤 젊은 여배우에게 말을 걸고 있었다. 그의 아내는 처음에는 못 본 체 웃어넘기려 했으나 끝내는 질투를 참지 못하고 자기 남편을 다그쳤다.

"당신, 나와 약속한 걸 벌써 잊었어요?"

집에 돌아가기를 주저하는 것은 바람기 많은 남자들만이 아니었다. 현관으로 통하는 홀에는 뒤늦게 술에서 깨어나 정신이 말짱해 보이는 두 남자와 잔뜩 화가 난 그들의 아내가 실랑이를 벌이고 있었다. 그녀들은 격앙된 목소리로 서로 위로의 말을 주고받았다.

"우리 집 양빈은 내가 즐기워히는 것을 보기만 히면 빨리 집으로 돌아가자고 야단이에요."

"이렇게 자기 생각만 하는 사람은 세상에 둘도 없을 거예요."

"언제나 우리가 제일 먼저 돌아가는 것 같아요."

"우리 부부도 마찬가지예요."

"하지만 오늘밤에는 우리가 거의 맨 마지막이야."

한 남자가 아내의 눈치를 살피며 말했다.

"오케스트라도 벌써 삼십 분 전에 돌아갔어."

이런 고약한 심보를 가진 사람은 믿을 수가 없다는 데 아내들의 의견이 일치하고 있었지만 말다툼은 쉽게 끝이 났다. 두 여자는 자리에서 일어나 어둠 속으로 비틀거리며 사라져 갔다.

나는 홀에서 하인이 모자를 가져다주기를 기다리고 있었다. 그때 서재의 문이 열리면서 조던 베이커와 개츠비가 나왔다. 그는 그녀에게 뭔가 다짐을 받으려는 듯했는데 마침 작별 인사를 하러 오는 몇몇 손님들을 보고는 갑자기 형식적인 태도를 취했다.

조던 일행은 현관에서 큰 소리로 그녀를 부르고 있었지만, 그녀는 나와 인사하기 위해 잠시 멈춰 서 있었다.

"난 지금 아주 놀라운 얘기를 듣고 나오는 길이에요."

그녀가 귓속말로 소곤거렸다.

"우리가 저 방에서 얼마 동안이나 있었지요?"

"글쎄, 한 시간 정도 된 것 같은데요."

"정말 놀라운 일이에요."

그녀는 정신 나간 사람처럼 되풀이해서 말했다.

"아무에게도 말하지 않겠다고 약속했는데 벌써 당신의 궁금증을 부추기고 말았군요."

그녀는 내 앞에서 귀엽게 하품을 했다.

"저를 만나러 와 주세요. 전화번호부에서 시거니 하워드 부인을 찾으세요. 우리 숙모님이거든요."

그녀는 이렇게 말하고는 서둘러 자리를 떴다. 그러고는 손을 흔들며 경쾌하게 인사를 한 후 현관에서 기다리고 있는 일행들 사이로 사라져 버렸다.

처음 방문한 처지에 너무 늦게까지 머무른 것을 약간 부끄럽게 생각하면서 나는 개츠비 주변에 둘러서 있는 마지막 손

님들 속에 끼었다. 나는 초저녁부터 그를 찾아다녔던 사실을 이야기하고, 정원에서 알아보지 못한 것에 대해 사과하고 싶었다.

"천만에요. 그럴 수도 있죠."

그는 아무렇지도 않다는 듯 미소를 지었다.

"그런 생각은 두 번 다시 하지 마세요, 친구."

이 친근한 말투는 그저 다짐하듯이 내 어깨를 쓰다듬는 손의 감촉 이상의 친밀감은 가지고 있지 않았다.

"그리고 내일 아침에 수상 비행기를 타기로 했다는 거 잊지 마십시오. 9시입니다."

그때 하인이 그의 어깨 뒤에서 말했다.

"필라델피아에서 전화가 왔습니다."

"알았네, 곧 가지. 금방 받겠다고 전해 주게. 그럼 안녕히 가십시오."

"안녕히 계십시오."

그는 미소를 지어 보였다. 그 미소는 내가 마지막 손님들 틈에 있었던 것이 그가 바라던 바였다는 의미가 담겨 있는 것 같았다.

"안녕히 가십시오, 친구. 안녕히 가세요."

계단을 내려오면서 나는 아직 파티가 완전히 끝나지 않았다는 것을 알게 되었다. 현관에서 150미터가량 떨어진 곳에서 십여 개의 헤드라이트가 뒤죽박죽 섞인 채 이상한 광경을 연출하고 있었던 것이다.

길 옆 도랑 속에 저택의 차고를 떠난 지 2분도 안 되어서 오른쪽 차체를 위로 하고 바퀴 하나가 흉하게 빠진 채 처박혀 있는 신형 쿠페의 모습이 보였다. 울타리의 한 부분이 날카롭게 튀어나와 있었기 때문에 바퀴가 빠져나온 것 같았다.

대여섯 명의 호기심 많은 운전사들이 구경을 하고 있었다. 구경꾼의 차가 길을 가로막고 있자 뒤에서 오는 차들이 요란하게 경적을 울려 댔다. 그렇지 않아도 소란하기 그지없던 그 장소는 경적 소리로 더욱 엉망이 되어 버렸다.

먼지 방지용 긴 외투를 입은 남자 한 명이 사고가 난 차에서 빠져나왔다. 그는 길 한가운데 멈춰 서서 어이가 없다는 표정으로 빠져나간 바퀴와 구경하는 사람들을 번갈아 보며 외쳤다.

"이것 보세요. 차가 도랑에 처박혀 버렸습니다."

그는 차가 도랑에 빠졌다는 사실이 믿기지 않는 모양이었다. 그런 그를 이상하게 생각하던 나는 잠시 후 그 남자가 누구인지 알게 되었다. 그는 조금 전에 개츠비의 서재에 앉아 있던 바로 그 사람이었다.

"어떻게 하다 이렇게 된 겁니까?"

그는 어깨를 으쓱해 보였다.

"난 기계에 대해서는 전혀 모른다니까!"

그가 단호하게 외쳤다.

"울타리에 부딪힌 겁니까?"

"그런 건 나한테 묻지 마시오."

마치 올빼미 눈 같은 안경을 낀 그 남자는 이 사고와는 아무런 관계도 없다는 듯한 태도였다.

"난 기계에 대해서는 아무것도 모른다고요. 정말 아무것도 몰라요. 내가 아는 것이라곤 사고가 났다는 것뿐이에요."

"운전이 서투르면 밤에는 하지 말았어야지요."

"운전할 생각은 전혀 없었어요."

그가 화를 내며 말했다.

"운전대를 잡을 생각조차 없었다구요!"

구경꾼들은 어이가 없다는 듯 모두 입을 다물고 있었다.

"혹시 자살하려고 했던 건 아닙니까?"

"바퀴 하나만 빠진 걸 천만다행으로 여기세요. 운전도 서툰 사람이……. 더구나 운전할 마음도 없었다면서요!"

"모르면 가만히 계시오!"

그가 버럭 소리를 질렀다.

"내가 운전한 게 아니란 말이오. 차 안에 한 사람이 더 있단 말입니다."

"뭐라구요?"

이 말을 들은 사람들은 모두 깜짝 놀랐다. 그때 차 문이 조금씩 열리며 "아이고, 아이고." 하는 비명이 들려왔다. 군중들은 ─ 그사이 군중이라고 불러야 할 만큼 많은 사람들이 모여 있었다 ─ 자신도 모르는 사이에 뒤로 물러났다.

차 문이 완전히 열리자 군중들은 숨을 죽였다. 창백한 얼굴의 사내가 비틀거리며 부서진 차에서 빠져나오려 하고 있었다. 이윽고 그 사내는 엄청나게 큰 무도화를 신은 발로 땅을 디디며 제 모습을 드러냈다.

쉴 새 없이 울려 대는 요란한 경적 소리와 눈부신 헤드라이트 불빛 때문에 어리둥절해진 그 남자는 잠시 몸을 비틀거리다 먼지 방지용 긴 외투를 입고 있는 사람을 발견했다.

"도대체 어떻게 된 거지?"

그는 침착한 말투로 물었다.

"기름이 떨어진 건가?"

"저걸 좀 보시오!"

대여섯 사람이 손가락으로 무참하게 튕겨져 나온 차바퀴를 가리켰다. 그 남자는 멍하니 그것을 바라보더니, 마치 그것이 하늘에서 떨어져 내린 것인 양 위를 쳐다보았다.

"차에서 빠져나간 거요."

누군가의 설명에 그는 고개를 끄덕였다.

"처음에는 차가 멈춘 것도 몰랐소"

잠시 침묵이 흘렀다. 그는 곧 긴 한숨을 내쉬고는 어깨를 쭉 폈다. 그리고 진지한 목소리로 이렇게 말했다.

"주유소가 어디에 있는지 좀 가르쳐 주시오."

최소한 열 명 이상 되는 사람들 — 그중 몇 명은 그 남자보다 더 부유해 보였다 — 이 이제 이 바퀴와 차는 어떤 방법으로도 고칠 수 없을 거라고 말했다.

"후진해서 빠져나와야겠어."

그는 잠시 동안 궁리를 하다가 이렇게 말했다.

"후진 기어로 바꿔 넣으면 될 거야."

"하지만 바퀴 하나가 없잖아요."

그는 잠시 주저했다.

"한번 해 봐서 손해볼 건 없지요."

나는 요란한 경적 소리를 뒤로 하고 잔디밭을 가로질러 집으로 향했다. 엷지만 둥근 달이 개츠비의 저택을 비추고 있었다. 밤은 여전히 멋있게 보였다. 아직까지 불빛이 환한 정원에서는 웃음소리와 이야기 소리가 끊이지 않고 있었다. 수많은 창문과 출입문에서 갑자기 공허함이 쏟아져 나오는 듯한 느낌이 들었다. 그 공허함은 현관에 서서 손을 들고 형식적인 작별 인사를 하고 있는 개츠비의 모습을 더욱 쓸쓸하게 만들었다.

지금까지 쓴 것을 쭉 읽어 보니 몇 주 동안 일어났던 일 가운데 단지 사흘 밤의 일에만 얽매여 있었다는 느낌이 든다. 그러나 실제로는 그 반대다. 그것은 오히려 지난 여름철에 겪었던 수많은 사건 중에서 어쩌다 기억에 남게 된 것에 불과하다. 더구나 내가 그후 오랫동안 개인적인 일에 몰두했던 것에 비하면 아주 사소한 것들이다.

나는 하루의 대부분을 일을 하며 보냈다. 이른 아침 프로비티 신탁 회사를 향해 뉴욕 북부 지역의 흰 건물들 사이를 서둘러 빠져나갈 때면 햇빛은 내 그림자를 서쪽으로 길게 늘어뜨려 주었다.

나는 다른 직원들이나 채권 외판원들과 서로 이름을 부르며 지낼 정도로 친해졌다. 그들과 어울려 어둡고 북적거리는 식당에서 돼지고기 소시지와 으깬 감자, 커피로 점심을 대신하곤 했다. 저지 시에 살고 있던 경리과 여직원과 잠시 사귀기도 했다. 그런데 그녀의 오빠가 나를 탐탁지 않게 여겨 그녀가 휴가를 떠난 7월에 조용히 관계를 정리했다.

그즈음 나는 늘 예일 클럽에서 저녁 식사를 했다. 이런저런 이유로 그 시간은 하루 중 가장 우울한 시간이 되었다. 저녁을 먹은 후 나는 2층의 도서실에서 투자와 유가 증권에 관한 공부를 했다.

클럽에는 으레 소란스러운 사람이 몇 명쯤은 있게 마련이지만, 도서실까지 찾아와 소란을 피우지는 않았다. 덕분에 그곳은 공부하기에 더할 나위 없이 좋은 장소였다. 공부를 끝내고 나서 기분이 좋은 날이면, 에디슨 가에서 시작해 고풍스러운 머 레이힐 호텔과 33번가를 지나 펜실베이니아 역까지 걸어가곤 했다.

활기와 모험이 넘치는 밤, 끊임없이 오가는 다정한 연인들, 우리의 불안한 시선에 만족감을 안겨 주는 자동차 행렬…… 나는 이런 것들로 인해 점점 뉴욕을 좋아하게 되었다. 그 당시 나는 5번가를 걸으면서 군중들 속에서 아름다운 여자를 골라 그녀의 생활 속으로 파고드는 상상을 하며 즐거워했다. 아무도 내 마음속을 들여다볼 수 없을 테니 뭐라고 손가락질할 사람도 없었다. 비록 상상 속의 일이지만, 때때로 으슥한 길모퉁이에 있는 여자의 아파트 앞까지 따라가기도 했다. 그러면 그녀는 나를 돌아보며 살짝 미소를 짓고는 문을 열고 어둠 속으로 사라져 갔다.

마법에 걸린 듯한 대도시의 황혼 무렵이면, 나는 종종 떨쳐 버릴 수 없는 외로움에 휩싸이곤 했다. 그것은 다른 사람들에게서도 쉽게 발견할 수 있었다. 거리를 서성이며 혼자만의 저녁 식사를 위해 너절한 식당으로 들어갈 시간을 기다리고 있는 가난한 직장인들, 어둠 속에서 밤과 인생이라는 가장 황홀한 순간들을 헛되이 낭비하고 있는 젊은 직장인들에게

서, 나는 그것을 느꼈다.

저녁 8시쯤, 40번가 주변의 좁고 어두운 거리가 극장가로 향하는 택시들로 넘치는 시간이 되면 나는 왠지 서글퍼졌다. 택시에 탄 사람들은 서로 몸을 기대고 노래를 부르기도 하고, 재미없는 농담에도 곧잘 웃음을 터뜨리기도 하며 택시가 출발하기를 기다렸다.

택시 안은 그들이 뿜어 대는 담배 연기가 앞을 분간할 수 없을 정도로 자욱했다. 그럴 때마다 나도 그들처럼 밝은 세상으로 들어가고 싶었다. 나는 그들의 은밀한 흥분까지 함께 나누고 있다고 상상하며 그들의 행복을 빌었다.

나는 한동안 조던 베이커를 만나지 못했다. 우연히 그녀를 다시 만나게 된 것은 한여름이 다 되었을 때였다. 처음에는 그녀와 함께 여기저기 돌아다니는 것이 좋았다. 골프 챔피언인 그녀를 모르는 사람이 거의 없었기 때문이었다.

사실 그녀를 사랑한 것은 아니었다. 그러나 일종의 호감은 가지고 있었다. 그것은 애정이 곁들여진 호기심과 같은 것이었다. 그녀가 세상을 향해 내보이고 있는 권태로운 듯한 오만한 표정 뒤에는 뭔가가 숨겨져 있었다. 처음부터 그렇지는 않더라도 허식이란 결국 뭔가를 감추고 있게 마련이다.

어느 날 나는 그녀가 숨기고 있는 것이 무엇인지 확실히 알게 되었다. 워위크에서 있었던 어느 파티에 함께 갔을 때였

다. 그녀는 비가 오는데도 빌려 타고 온 차의 지붕을 벗겨둔 채 그냥 주차시켜 두었다. 그리고 나중에 그 일을 거짓말로 얼버무리려 했다. 그때 나는 조던을 처음 만났을 때에는 기억 나지 않았던 그녀에 관한 소문이 문득 떠올랐다.

그녀가 처음으로 큰 골프 시합에 참가했을 때 신문에까지 난 일이었는데, 준결승전에서 그녀가 나쁜 위치에 떨어진 공을 치기 쉬운 곳으로 몰래 옮겨 놓았다는 소문이 떠돌았던 것이다.

그 사건은 추문으로 확대되어 법정으로 가는 듯했지만, 어느 날 갑자기 흐지부지되었다. 그때 캐디였던 사람이 자신의 증언을 번복하고, 또 다른 목격자도 자신이 잘못 봤을지도 모른다고 말했기 때문이다. 그 사건과 사건 당사자의 이름까지 내 기억 속에 고스란히 남아 있었다.

조던 베이커는 날카롭고 빈틈없는 사람을 본능적으로 멀리하고 있었는데, 이제야 그 이유를 알 것 같았다. 그녀는 세상의 도덕적인 규범에서 벗어난 행동 같은 것은 절대 저지르지 않을 것 같은 사람들 틈에서 살아가는 편이 훨씬 안전하다고 느끼고 있었다. 그녀의 솔직하지 못한 성격은 고칠 수 없는 것이었다. 그녀는 자신이 불리한 입장에 놓이게 되는 것을 견디지 못했다.

내 생각에 그녀는 아주 어렸을 때부터 모든 일을 대충 거짓말로 얼버무려 온 것 같았다. 그것은 세상을 향한 냉소적이고 오만한 미소를 잃지 않으면서도 자신의 활기차고 발랄한 육체의 요구를 만족시키기 위해서였다.

그렇다고 해서 조던에 대한 내 감정이 바뀐 것은 아니었다. 여자의 부정직함을 심하게 비난할 것까지는 없었으니까. 나는 그녀의 이런 면에 대해 간혹 아쉽게 생각하기는 했지만, 그마저도 곧 잊어버리고 말았다.

우리가 자동차 운전에 대해 많은 이야기를 나눈 것도 앞서 말한 파티 때였다. 그녀가 몇몇 노동자들 옆으로 차를 바싹 붙여 모는 바람에 한 남자의 코트 단추를 떨어뜨리면서 대화는 시작되었다.

"당신, 참 형편없는 운전사로군."

나는 그녀에게 핀잔을 주었다.

"조금 더 조심해요. 아니면 차라리 운전을 그만두든지."

"조심하고 있어요"

"천만에! 그렇지 않아요"

"그러면 다른 사람들이 조심하면 되죠"

그녀는 아무렇지도 않은 듯 가볍게 응수했다.

"그게 무슨 뜻이죠?"

"다른 사람들이 피해 가면 된다는 거예요. 사고는 혼자 내는 게 아니잖아요"

그녀는 고집을 부렸다.

"만약에 당신처럼 조심성 없는 사람과 부딪히면 어떻게 하겠소?"

"그런 일은 절대로 없을 거예요."

그녀는 대답했다.

"전 조심성 없는 사람은 질색이에요. 제가 신중한 당신을 좋아하는 것도 그 때문이구요."

햇빛 때문에 눈이 부신 듯 가늘게 뜬 그녀의 잿빛 눈동자는 똑바로 앞을 바라보고 있었다. 그러나 그녀의 말 속에는 우리 사이에 변화를 주려는 의지가 담겨 있었다. 나도 한순간 그녀를 사랑하고 있을지도 모른다는 생각이 들었다. 하지만 나는 매사를 신중하게 생각하는 편이었고, 자신의 욕망을 억제하는 내면적 규범을 가지고 있었다.

우선 고향에서 있었던 여자 문제를 깨끗하게 정리하는 게 먼저였다. 나에게는 아직도 일주일에 한 번씩은 '사랑하는 닉에게'라고 서명을 한 편지를 보내는 여자가 있었기 때문이다.

그러나 그녀에 대해 생각나는 것이라고는 고작 테니스를 칠 때 그녀의 코밑에 맺히던 조그만 땀방울 정도밖에 없었다. 그래도 우리 둘 사이는 눈에 보이지 않는 가느다란 끈으로 이어져 있었다. 내가 자유로운 몸이 되기 위해서는 먼저 그것을 요령 있게 끊어 버려야 했다.

사람들은 누구나 자신이 최소한의 기본적인 미덕 중 한 가지 정도는 지니고 있다고 믿는다. 나의 미덕은 이것이다. 즉, 지금껏 보아 온 얼마 안 되는 정직한 사람 중의 한 사람이 바로 나라는 것이다.

4

바닷가에 접한 마을의 교회에서 종소리가 울려 퍼지고 있는 일요일 아침이었다. 개츠비의 저택에서는 권력이나 재력이 좀 있다 하는 사람들과 그들의 연인들이 다시 모여 푸른 잔디밭 위를 들뜬 기분으로 거닐고 있었다.

"저 사람은 술을 밀수하고 있대요."

젊은 여자들이 개츠비가 마련한 칵테일을 들고 손질이 잘된 꽃밭 사이를 돌아다니며 수군댔다.

"언젠가 살인을 한 일도 있다는군요. 누군가 저 사람이 폰 힌덴 부르크(1차대전 당시 독일의 육군 원수 — 역주)의 조카이자, 그 악마 같은 독일 황제(1차대전의 도발자로 알려진 독일 황제 빌헬름 2세 ― 역주)의 육촌이라는 사실을 알아내자 그를 죽인 거예요. 이봐요, 저기 장미꽃 좀 주세요. 그리고 저쪽에 있는 크리스털 잔에 마지막으로 조금만 더 따라 주시겠어요?"

언젠가 나는 그해 여름 개츠비의 저택을 방문한 사람들의 이름을 기차 시간표 귀퉁이에다 적어 본 일이 있다.

'1922년 7월 5일부터 유효함'이라고 쓰여 있는 그 시간표는 이제 거의 다 낡아 버렸다. 접었던 부분이 해지고 때가 묻어 시커멓게 되긴 했지만, 아직까지는 거기에 적힌 이름들을 읽을 수는 있다. 개츠비에게 환대를 받은 데 대한 감사의 표시로 개츠비에 대해 아무것도 모른다고 말하던 바로 그 사람들의 이름이다.

이들의 공통적인 특성을 직접 설명하는 것보다는 그들의 이름을 밝혀 두는 편이 독자들에게는 훨씬 더 강한 인상을 줄 수 있을 것이다.

이스트에그에서 온 사람으로는 체스터 베커 부부, 리치 부부 그리고 예일 대학에서 알게 된 번슨이라는 남자와 지난 여름 메인 주에서 익사한 웹스터 시비트 박사, 혼빔 부부, 윌리 볼테어 부부, 또 언제나 한쪽 구석에 모여 앉아 누군가 가까이 다가오면 산양처럼 재빨리 코를 쳐들던 블랙 벅 가족이 있었다. 이즈메이 부부와 크리스티 부부(이들은 부부라기보다는 휴버트 오어바크와 크리스티의 부인이라고 하는 편이 나을 것 같다), 또 어느 겨울날 오후 갑작스레 백발이 되어 버린 에드거 비버라는 사람도 있었다.

클래런스 엔디브도 이스트에그에 살았던 것으로 기억된다. 그는 니커보커즈 차림으로 딱 한 번 왔었는데, 정원에서 에티라는 주정뱅이와 시비가 붙어 큰 싸움을 벌인 적이 있었다.

롱아일랜드에서 멀리 떨어진 곳에서는 치들즈 부부와 O. R. P. 슈레더 부부, 조지아 주 출신의 스톤월 잭슨 에이브럼 부부가 있었다. 피시가드 부부와 리플리 스넬 부부도 기억난다. 스넬은 개츠비의 집에서 엉망으로 취해 자갈이 깔린 주차장에 누워 있다가 율리시즈 스웨트 부인의 차에 오른손을 다쳤다. 그가 교도소로 들어가기 사흘 전의 일이었다. 그리고 댄시 부부와 예순은 훨씬 넘은 듯한 S. B. 화이트 베이트, 모리스깃, 플링크, 해머헤드 부부, 담배 수입업자인 벨루거와 그의 딸들도 왔었다.

웨스트에그에서 온 사람들로는 폴 부부, 멀레디 부부 세실 로벅과 세실 숀, 주 의회 상원의원인 걸리크, 영화 심사위원회를 장악하고 있던 뉴턴 오키드, 에코스트, 클리드 코헨, 돈 S. 슈와르츠(아들), 아더 매카티 등이 있었다. 이들은 모두 어떤 형태로든 영화와 관계를 맺고 있다는 공통점을 가지고 있었다.

이들 외에 캐틀립 부부, 벰버그 부부, 나중에 아내를 교살

한 멀둔의 형인 G. 얼 멀둔, 프로모터인 다 폰타노도 왔다. 에드 레그로스, 제임스 B. 페데트, 드 종 부부, 어네스트 릴리 등도 있었는데, 이들이 개츠비의 파티에 오는 것은 도박을 하기 위해서였다. 페데트가 정원에 모습을 드러내면 그것은 그가 돈을 몽땅 털렸다는 뜻이었다. 그러면 다음날 연합 철도회사는 돈을 만들어 내느라 한바탕 몸살을 앓아야 했다.

클립스프링거라는 남자는 너무 자주 오는데다가 한번 왔다 하면 돌아갈 줄을 몰랐기 때문에 '하숙생'으로 통했다. 그에게 돌아갈 집이나 있는지 의심스러울 정도였다.

연극계 인사들로는 거스 웨이즈, 호레이스 오도너번, 레스터 마이어, 조지 더크워드, 프랜시스 불 등이 있었다.

뉴욕에서는 크롬 부부, 배키슨 부부, 데니커 부부, 러셀 베티, 코리건 부부, 켈러허 부부, 듀어 부부, 스컬리 부부, S. W. 벨처, 스머키 부부, 지금은 갈라선 젊은 퀸 부부, 타임스 광장의 지하철에서 투신자살한 헨리 L. 팔메토가 찾아왔다.

베니 메클레나한은 언제나 네 명의 여자와 함께 왔다. 올 때마다 여자를 바꿔 치웠지만, 워낙 비슷하게 생긴 여자만 데리고 와서 어디선가 본 듯한 착각에 빠지게 했다. 그 여자들의 이름은 잊어버렸다. 재클린이었던 것 같기도 하고, 아니면 콘수엘라나 글로리아나 주디, 그도 아니면 준이었던 것 같다.

그 여자들은 대개 리듬감 있는 꽃 이름이나 달 이름, 그렇

123

지 않으면 틀에 박힌 미국 대자본가들의 성을 가지고 있었다. 아마 꼬치꼬치 따져 물어보았더라면 자신이 그런 자본가들의 친척이라고 고백했을지도 모를 일이다.

이들 외에도 포스티나 오브라이언이 적어도 한 번은 왔던 것 같다. 베데커 자매와 지난 전쟁에서 총에 맞아 코를 다친 앨브럭스버거와 그의 약혼자인 하그, 아디타 피츠피터즈, 전직 재향군인회 회장이었던 P. 주이트 같은 사람들도 왔었다. 미스 클라우디아 히프와 그녀의 운전사로 알려진 남자, 지금은 이름조차 잊어버렸지만 우리가 공작이라고 부르던 어느 왕자도 있었다.

이 모든 사람들이 그해 여름 개츠비의 저택을 방문했었다.

7월도 거의 끝나 가는 어느 날 아침 9시였다. 개츠비의 고급 자가용이 자갈투성이 길을 지나 내가 살고 있는 집의 현관 앞에 멈춰 서더니, 세 가지 음색의 경적을 마치 음악처럼 울려 댔다. 나는 그사이 두 번이나 그의 파티에 참석했고, 수상 비행기도 함께 타 보았다. 또 그가 권하는 대로 그의 소유인 해변을 자주 이용하고 있었지만, 그가 나를 찾아온 것은 그때가 처음이었다.

"안녕하시오. 친구! 오늘은 점심 식사나 같이합시다. 뉴욕으로 가서 말이오."

그는 잠시도 가만히 있지 못하는 미국인 특유의 몸놀림을 하며 자동차 발판 위에 위태롭게 서 있었다. 아마도 어려서부터 무거운 짐을 든다거나 몸을 움직이지 않고, 바른 자세로 앉는 습관을 익히지 못한 것 같았다.

아니 그보다는 근육을 다양하게 움직이고 열광적이기까지 한 미국 특유의 운동 경기가 아름답기는 하지만, 일정한 형태가 없다는 데 더 큰 원인이 있다고 생각한다. 개츠비의 진지한 태도 속에서도 종종 이런 종류의 경박한 기질이 드러나곤 했다. 그는 잠시도 가만히 있지 못하는 사람이었다. 어디에서든 한쪽 발로 무언가를 툭툭 차거나 손을 쥐었다 폈다 했다.

그는 내가 자신의 차를 바라보며 감탄하고 있다는 것을 눈치 챘다.

"어떻습니까, 멋지죠?"

그는 내가 좀더 자세히 살펴볼 수 있도록 차에서 뛰어내렸다.

"이 차를 전에 본 적이 있나요?"

나뿐만 아니라 이 인근에 사는 사람들이라면 누구나 본 적이 있을 것이다. 니켈 장식이 번쩍거리는 크림색의 긴 차체에 화려한 실내 장식을 한 차의 앞 유리로 햇빛이 반사되고 있었다. 마치 온실처럼 몇 겹이나 되는 유리로 둘러싸인 그 차를 타고 우리는 뉴욕으로 출발했다.

우리는 지난 한달 사이에 대여섯 번 정도는 대화를 나누었던 것 같다. 그는 기대와는 달리 이렇다 할 얘깃거리가 없는 남자였다. 막연하게나마 어떤 분야에서 비중 있는 인물일지도 모른다는 그에 대한 나의 첫인상은 점차 엷어져 갔다. 이제 그는 나에게 그저 호화로운 이웃집 주인일 뿐이었다.

그러던 차에 그가 찾아와 자동차를 같이 타게 되었던 것이다. 미처 웨스트에그에 도착하기도 전에 개츠비는 자신의 품위 있는 말을 멈추고, 캐러멜색 양복의 무릎 부분을 경박하게 두드리기 시작했다.

"이봐요. 친구! 나를 어떻게 생각하시오?"

그가 불쑥 말을 걸어왔다. 나는 조금 얼떨떨한 기분으로 의례적인 대답을 하기 시작했다. 그러자 그가 내 얘기를 가로막았다.

"내가 어떻게 살아왔는지 들려주고 싶소. 이미 이런저런 소문을 듣고 있을 테지만 당신한테까지 그런 오해를 받고 싶지는 않으니까요"

그도 자신의 집 파티에서 떠돌고 있는 그렇고 그런 소문들을 알고 있는 모양이었다.

"오로지 진실만을 말하기로 하죠"

그는 갑자기 오른손을 들어 신에게 맹세했다.

"나는 중서부의 어느 부잣집 아들로 태어났

소. 부모님은 이미 돌아가셨고요. 미국에서 자라긴 했지만, 교육은 옥스퍼드에서 받았소. 우리 집안은 모두 그곳에서 교육을 받았으니까요. 그건 우리 가문의 전통이었소."

여기까지 말한 뒤 그는 내 눈치를 살폈다. 나는 조던 베이커가 그의 말은 진실이 아니라고 굳게 믿고 있었던 이유를 알 것도 같았다. 그는 '옥스퍼드에서 교육을 받았다.'는 대목에서는 뭔가를 숨기려는 듯 재빠르게 말했다.

이렇듯 의심이 들기 시작하자, 그의 얘기는 처음부터 끝까지 미덥지 못한 것이 되어 버렸다. 역시 그에게는 뭔가 떳떳하지 못한 비밀이 숨겨져 있는 것 같았다.

"중서부라면 어디쯤입니까?"

나는 지나가는 말로 이렇게 물었다.

"샌프란시스코입니다(샌프란시스코는 중서부가 아니라 서해안에 있다.)."

"그렇군요."

"가족들이 모두 세상을 떠나면서 나는 상당한 재산을 물려받을 수 있었습니다."

그는 아직도 기억이 생생한 자기 가족의 갑작스러운 몰락이 괴로운 듯 엄숙한 표정을 지었다. 나는 그에게 우롱당하고 있는 게 아닌가 하는 생각이 들었다. 그러나 그의 진지한 표정에서 그런 기색을 읽을 수는 없었다.

"그 이후 나는 유럽의 파리나 베니스, 로마 등을 떠돌며 마치 인도의 젊은 왕자 같은 생활을 했습니다. 루비 같은 보석을 수집하거나 맹수 사냥을 하기도 하고요. 가끔은 그림도 그렸습니다. 물론 남 앞에 내놓을 만한 그림은 아닙니다. 나는 그렇게 슬픈 기억을 떨쳐 버리려고 노력했습니다."

나는 도저히 믿기지 않는 그의 이야기를 들으며 웃음이 터지려는 것을 간신히 참았다. 그의 이야기는 속이 뻔히 들여다보일 정도로 판에 박힌 것이라서 아무런 감정도 생기지 않았다. 기껏해야 터번을 두른 개츠비가 볼로뉴 숲속에서 땀을 뻘뻘 흘리며 호랑이 뒤를 쫓는 모습만이 머릿속에 떠오를 뿐이었다.

"그러던 차에 전쟁이 터진 겁니다. 그것은 나에게 구원과도 같았습니다. 나는 죽음을 피하려 하지 않았습니다. 그러나 내 생명은 마치 마력을 지니고 있는 것 같았습니다. 나는 중위로 임관해 아르곤 숲 전투에서 기관총 대대를 지휘하게 되었습니다. 그런데 너무 깊숙이 들어간 나머지 양쪽에 있던 보병 부대가 미처 따라오지 못하는 사태가 발생했습니다. 그 바람에 적군과 아군 사이에 8백 미터 정도의 거리가 생겼습니다. 우리는 그곳에서 겨우 130명의 병사와 루이스 기관총 열다섯 자루로 이틀 밤낮을 적군과 대치했습니다. 마침내 보병 부대가 도착해 적들의 시체 속에서 독일군 3사단의 휘장을 발견했습니다. 덕분에 나는 소령으로 진급하고 연합국 정부는 다투어 내게 훈장을 보내 주었습니다. 심지어 아드리아 해 연안의 작은 나라인 몬테네그로까지 말입니다."

작은 몬테네그로! 그는 이렇게 힘을 주어 말하더니 미소와 함께 고개를 끄덕였다. 그 미소는 시련으로 점철된 몬테네그로의 역사를 충분히 이해하고 있다는 것과 몬테네그로 국민들의 용감하고도 끈질긴 투쟁에 감동했다는 것을 동시에 보여 주고 있었다.

또한 몬테네그로에서 작은 감사의 표시를 받게 된 일련의 복잡한 정치적 상황을 이해하고 있다는 듯한 미소였다.

어느덧 그에 대한 불신은 사라지고 나는 그의 이야기 속으로 빠져들었다. 마치 몇 권의 잡지를 한꺼번에 훑어보는 듯한 기분이었다.

그는 주머니 속에서 리본으로 장식된 메달 하나를 꺼내 내 손바닥 위에 올려놓았다.

"이게 바로 몬테네그로에서 받은 훈장입니다."

그것은 진짜처럼 그럴듯하게 보였다. '다닐로 훈장, 몬테네그로, 국왕 니콜라스' 라는 문구가 원을 따라 돌아가며 새겨져 있었다.

"한번 뒤집어 보십시오."

뒷면에는 '제이 개츠비 소령의 무공을 기리며.' 라고 새겨져 있었다.

"내가 늘 소중하게 간직하고 다니는 게 또 하나 있습니다. 옥스퍼드 시절의 기념품인데, 트리니티관 앞에서 찍은 사진입니다. 내 왼쪽에 있는 사람이 지금의 돈캐스터 백작입니다."

그것은 블레이저 코트를 입은 여섯 명의 젊은이들이 첨탑이 보이는 아치 밑에 서서 찍은 사진이었다. 지금보다는 약간 젊어 보이는 개츠비가 크리켓 배트를 들고 사진 속에 서 있었다.

그렇다면 지금까지 그가 했던 얘기들이 모두 사실이란 말인가? 나는 이탈리아 운하 옆에 있는 대저택에 깔린 화려한 카펫이 떠올랐다. 루비가 가득 담긴 상자를 열고 진홍빛 보석들을 바라보며 상처 입은 가슴을 달래는 그의 모습도 눈에 선했다.

그는 흡족한 듯 기념품들을 다시 주머니에 넣었다.

"오늘은 당신에게 중요한 부탁을 드리려고 합니다. 그러나 그전에 나라는 사람에 대해 조금은 알고 있어야 한다고 생각했습니다. 나를 그저 그렇고 그런 사람으로 생각하지 말아 주십시오. 알다시피 나는 지금 낯선 사람들 틈바구니에 끼어 살아가고 있지만, 그건 다 내게 닥친 슬픔을 잊기 위한 것일 뿐입니다."

그는 뭔가 잠시 망설이는 기색을 보였다.

"더 자세한 얘기는 오늘 오후에 해 드리지요."

"점심을 먹으면서 말인가요?"

"아니, 오후에요. 사실은 당신이 베이커 양과 자주 만난다는 걸 우연히 알게 되었습니다."

"혹시 베이커 양을 사랑하고 있습니까?"

"아니오. 그게 아닙니다. 하지만 친절하게도 베이커 양이 이 문제를 당신에게 말해도 좋다고 했습니다."

나는 그가 '이 문제'라고 한 것이 무엇인지 짐작조차 할 수 없었다. 그러나 그에 대한 궁금증보다는 부아가 먼저 치밀었다. 나는 개츠비의 얘기 따위나 듣자고 조던과 만나고 있었던 것이 아니다. 나는 그의 부탁이라는 것이 분명 엉뚱한 것일 게 분명하다고 생각했다. 그리고 사람들로 북적대는 그의 저택에 무턱대고 발을 들여놓은 것을 후회했다.

그는 더 이상 아무 말도 하지 않았다. 뉴욕이 가까워짐에 따라 그의 자세는 더욱 단정해졌다. 우리는 빨간 띠를 두른 외항선이 들어와 있는 루즈벨트 항을 지나 1900년의 술집들이 황량한 모습으로 즐비하게 늘어선 빈민가의 자갈길을 달렸다. 곧이어 양쪽으로 잿빛 평야가 펼쳐졌다. 주유소에서 윌슨의 아내가 숨을 몰아쉬며 휘발유 펌프를 돌리고 있는 모습이 스쳐 지나갔다.

우리는 차의 흙받이를 날개처럼 펼치고 아스토리아 마을

중간까지 햇살을 가르며 달렸다. 우리가 고가도로의 기둥 사이를 달리고 있을 때 귀에 익은 오토바이 소리와 함께 차 옆으로 흥분한 경찰이 달려들었다.

"이게 뭔지 아나?"

개츠비는 버럭 소리를 지르며 자동차를 세웠다. 그리고 지갑에서 흰색 카드를 꺼내 경찰의 눈앞에 들이댔다.

"몰라봐서 죄송합니다. 다음부터는 조심하겠습니다, 개츠비 씨. 실례했습니다."

경찰은 차를 향해 모자를 들어 올리며 인사했다.

"뭘 보여 준 거죠? 좀 전에 보았던 옥스퍼드에서 찍은 사진입니까?"

나는 왜 갑자기 경찰이 태도를 바꿨는지 궁금하기 짝이 없었다.

"언젠가 여기 경찰국장의 부탁을 들어준 적이 있었습니다. 그랬더니 해마다 크리스마스카드를 보내오더군요."

고가도로 사이를 달리는 자동차들 위로 햇살이 쏟아져 내렸다. 강 건너편에는 '깨끗한 돈으로'라는 희망으로 세워진 듯한 새하얀 건물들이 높이 솟아 있었다. 퀸즈보로 다리에서 바라보는 뉴욕은 볼 때마다 늘 새로웠다. 뉴욕이라는 도시는 세상의 모든 신비와 아름다움을 간직하고 있을 것 같은 환상을 불러일으켰다.

꽃으로 뒤덮인 영구차 한 대가 우리 옆을 지나갔다. 그 뒤를 친지와 친구들을 태운 듯한 몇 대의 마차가 따르고 있었다. 동남부 유럽인으로 보이는 그들은 슬픈 눈망울로 우리를 내다보았다. 나는 개츠비의 멋진 자동차가 그들의 우울한 주말에 끼어든 것이 기뻤다.

블래크웰 섬을 지나고 있을 때는 리무진 한 대가 우리 옆을 스쳐 갔다. 백인 운전사가 몰고 있는 차 안에는 멋지게 차려입은 흑인 남자 두 명과 여자 하나가 타고 있었다. 그들의 달걀 노른자 같은 눈동자가 경쟁심으로 가득 차서 우리를 쳐다보았을 때 나는 그만 소리 내어 웃고 말았다.

'이 다리를 건너면 무슨 일이든 일어날 수 있지. 무슨 일이든…….' 하고 나는 생각했다. 그러니 개츠비 같은 사람이 있다는 것도 그리 놀랄 일은 아니었다.

42번가의 지하 레스토랑에서 개츠비와 점심을 함께 하기로 했다. 밝은 곳에 있다가 갑자기 지하로 들어온 탓에 대기실에서 누군가와 얘기를 나누고 있는 개츠비를 찾아내는 데 애를 먹었다.

"캐러웨이 씨, 이쪽은 내 친구 울프샤임입니다."

작달막한 키에 코가 납작한 유태인이 커다란 머리를 들어 나를 바라보고 있었다. 양쪽으로 가른 텁수룩한 머리칼과 지저분한 그의 코털이 눈에 들어왔다. 그의 조그마한 눈을 발견한 것은 그러고 나서도 한참이 더 지난 후였다.

"그래서 나는 그 녀석을 한 번 쳐다보았지."

울프샤임은 내 손을 열심히 흔들면서 이야기를 계속했다.

"그러고 나서 내가 어떻게 했을 것 같나?"

"어떻게 하다니요?"

나는 정중하게 되물었다. 하지만 그는 내게 물은 것이 아니었다. 그는 곧 내 손을 놓으며 표정이 풍부한 그 얼굴을 개츠비에게 돌렸다.

"나는 개츠포에게 돈을 건네주면서 이렇게 말했지. '좋아. 개츠포. 저 녀석이 입을 다물기 전에는 한 푼도 주지 마.' 라고 말일세. 그랬더니 그놈도 대번에 입을 다물지 뭔가."

개츠비는 우리 두 사람의 팔을 잡아끌며 안으로 들어갔다. 미처 이야기를 끝내지 못한 울프샤임도 몽유병에 걸린 사람처럼 멍하니 안으로 끌려 들어가게 되었다.

"하이볼로 드릴까요?"

수석 웨이터가 다가와 물었다.

"제법 근사하군."

천장에 그려진 장로교풍의 요정들을 보며 울프샤임이 말했다.

"하지만 난 길 건너편에 있는 레스토랑이 더 마음에 들어."

"그래, 하이볼로 주시오."

개츠비는 주문을 마치고 나서 울프샤임을 향해 말했다.

"그 집은 너무 후텁지근해."

"그렇긴 하지만 거기엔 갖가지 추억이 서려 있잖아."

"거기가 어딥니까?"

내가 끼어들며 물었다.

"올드 메트로폴이오."

"올드 메트로폴!"

울프샤임은 갑자기 우울한 표정을 지으며 회상에 젖어들었다.

"그곳은 잊혀진 사람들의 얼굴로 가득 차 있소. 저세상으로 가 버린 친구들 말이오. 로지 로젠탈이 총을 맞은 그날 밤의 일은 아마 죽을 때까지 잊을 수 없을 거요. 그날 우리 여섯은 한 테이블에 둘러앉아 어울렸소. 로지 녀석은 그날 밤 엄청나게 먹고 마셔 댔지요. 새벽이 가까워졌을 때 웨이터가 묘한 표정을 지으며 다가와 밖에서 누군가 기다리고 있다고 전해 주더군요. 로지는 알았다며 자리에서 일어섰지만, 내가 그를 도로 앉히고 말했소. '로지, 볼 일이 있다면 그놈들더러 들어오라고 해. 자넨 절대로 여기서 나가면 안 돼.' 그때가 벌써 새벽 4시경이었으니까 블라인드를 올렸더라면 막 떠오르는 해라도 볼 수 있었을 겁니다."

"그래서 그 사람은 밖으로 나갔습니까?"

나는 울프샤임의 다음 말이 궁금했다.

"물론 나갔죠."

울프샤임은 무척 화가 난 듯했다.

"로지는 일어서서 나가려다 말고 획 돌아서 이렇게 말하더군요. '웨이터가 내 커피 못 치우게 해!' 그런데 놈들이 로지의 불룩한 배에다 총을 세 발이나 갈기고는 차를 타고 달아났던 거요."

"그중 네 놈은 전기의자 형을 받았지요."

그 사건은 나도 기억하고 있던 터라 울프샤임의 말에 끼어들었다.

"베커까지 포함해서 모두 다섯이었소."

울프샤임은 이렇게 말을 바로잡으며 내게 관심을 보였다.

"혹시 사업 거래선을 찾고 있소?"

나는 그의 말에 흠칫 놀랐다. 개츠비도 마찬가지였던지 황급히 내 대신 말했다.

"아니야, 이분은 그런 사람이 아니야."

"그래?"

울프샤임은 다소 실망한 것 같았다.

"이 사람은 그냥 친구라니까. 그 얘기는 나중에 다시 하겠다고 했잖아."

"이거 정말 실례가 많았소. 내가 사람을 잘못 본 모양이오."

고기와 감자튀김이 나오자 울프샤임은 조금 전의 일은 새카맣게 잊은 듯 맛있게 먹기 시작했다. 그는 식사를 하면서도 레스토랑 안을 두리번거리며 살폈다. 심지어 바로 뒷자리에 앉아 있는 사람까지도 고개를 돌려 확인해 보았다. 내가 그 자리에 없었더라면, 그는 우리가 앉아 있던 테이블 밑까지도 들여다보았을 것이다.

"그런데 친구!"

개츠비는 내 쪽으로 몸을 기울였다.

"오늘 아침 차 안에서 했던 얘기 때문에 기분이 상하지 않았는지 모르겠군요."

이렇게 말하는 개츠비의 얼굴에는 또다시 특유의 미소가 떠올랐으나 나는 못 본 척 외면했다.

"나는 솔직하지 못한 걸 싫어합니다. 무슨 부탁을 하고 싶은지는 모르겠지만, 왜 당신이 직접 하지 않는지 이해할 수가 없습니다. 왜 베이커 양을 통해야만 합니까?"

"아, 그건 다른 뜻이 있어서 그런 게 아닙니다."

그는 나를 안심시키려 했다.

"아시다시피 베이커 양은 훌륭한 선수인데, 그런 사람이 사리에 어긋나는 일을 할 리가 있겠습니까?"

139

그는 갑자기 시간을 확인하더니 자리에서 벌떡 일어나 나와 울프샤임을 남겨 둔 채 급히 밖으로 나갔다.

"아마 전화를 걸러 갔을 겁니다."

울프샤임이 개츠비의 뒷모습을 눈으로 좇으면서 말했다.

"멋진 친구죠. 얼굴도 잘생긴데다가 흠잡을 데 없는 신사거든요."

"저도 그렇게 생각합니다."

"저 사람은 옥스퍼드를 나왔습니다."

"아! 예."

"영국의 옥스퍼드 대학에서 공부했는데, 당신도 그 학교를 알고 계시겠죠?"

"예, 들었습니다."

"세계에서 가장 이름난 대학 가운데 하나지요."

"개츠비 씨와 알고 지낸 지 오래됐습니까?"

"몇 년 됐습니다."

그는 자랑스럽다는 듯한 표정을 지었다.

"전쟁 직후에 친해졌죠. 한 시간 정도 얘기를 나누다 보니 좋은 사람이라는 것을 금방 알 수 있더군요. 이 사람 정도면 집에 데리고 가서 어머니나 여동생에게 소개해도 되겠구나 하는 생각이 들었습니다."

그는 잠시 말을 멈추었다.

"내 커프스 단추를 보고 있는 겁니까?"

사실 나는 그것을 보고 있지 않았지만, 그의 말을 듣고는 자연스레 그곳으로 눈길이 갔다. 왠지 눈에 익은 듯한 상아 제품이었다.

"이건 어금니로 만든 최고급품입니다."

"그래요."

나는 커프스 단추를 더욱 자세히 살펴보았다.

"정말 기발한 세품이군요."

"그렇죠."

그는 양복 소매를 걷어 올렸다.

"개츠비는 여자들에게는 아주 소심하지요. 특히 친구의 부인한테는 눈길조차 주지 않습니다."

그의 말이 끝나자마자 개츠비가 돌아왔다. 울프샤임은 단숨에 커피 잔을 비우고 자리에서 일어났다.

"점심은 맛있게 잘 먹었소. 너무 오래 앉아 있다가 눈치 받기 전에 난 이만 빠지겠소."

"그렇게 서두를 필요 없소."

말은 그렇게 했지만, 개츠비도 굳이 그를 붙잡지는 않았다. 울프샤임은 마치 축복이라도 하듯 한 손을 들어 보였다.

"고맙지만, 두 사람과 어울리기엔 내 나이가 너무 많은 것 같군요."

그가 정중하게 말했다.

"두 분은 여기 앉아서 얘기들 나누시오. 스포츠 얘기나 아가씨 얘기도 좋고 또……."

그는 다시 한 번 손을 흔들며 덧붙였다.

"내 나이 벌써 쉰이오. 더 이상 두 분을 방해하고 싶진 않습니다."

나는 악수를 나누고 돌아설 때 그의 코끝이 가늘게 떨리는 것을 보았다. 혹시 내가 그의 기분을 상하게 한 것은 아닌가 하는 걱정이 들었다.

"저 사람은 가끔 지나치게 감상적이 되곤 합니다."

개츠비가 내 마음을 읽은 듯 그 이유를 설명해 주었다.

"오늘도 바로 그런 날입니다. 저 사람은 뉴욕에서 소문난 괴짜죠. 브로드웨이에서 살고 있습니다."

"뭘 하는 사람이죠? 배우입니까?"

"아니오."

"치과 의사입니까?"

"마이어 울프샤임이? 천만에요. 그는 도박꾼입니다."

개츠비는 잠시 주저하다 냉정하게 덧붙였다.

"바로 1919년의 월드 시리즈를 조작한 장본인입니다."

"월드 시리즈를 조작했다고요?"

나는 너무 놀라 그의 말을 되뇌었다. 1919년의 월드 시리즈가 협잡에 의해 치러졌다는 것은 나도 알고 있었다. 그러나 그 내막 같은 것은 생각해 본 적도 없었다. 설령 그런 생각을 했다고 하더라도 뭔가 불가피한 일들이 얽혀서 우연히 그런 일이 일어났을 거라고 생각했을 것이다. 한 사람이 5천만 명이나 되는 사람들의 신념을 농락하리라고는 전혀 상상도 못할 일이었다.

"어떻게 그런 짓을 할 엄두가 났을까요?"

"그거야 그런 기회가 있었으니까 가능했겠지요."

"그런데 어떻게 잡혀가지 않았죠?"

"그럴 만한 증거가 없었기 때문이지요. 그는 조금도 빈틈이 없으니까요."

나는 음식값을 내겠다고 우겼다. 웨이터가 거스름돈을 가지고 왔을 때 나는 사람들로 북적거리는 방 저편에서 톰 부캐넌을 발견했다.

"잠깐 저쪽으로 함께 가시죠. 인사를 해야 할 사람이 있군요."

톰은 우리를 보자, 황급히 자리에서 일어나 우리 쪽으로 다가왔다.

"도대체 어떻게 된 건가?"

톰이 내게 따졌다.

"자네가 연락을 안 해서 데이지가 몹시 화가 나 있다네."

"부캐넌, 이쪽은 개츠비 씨일세."

두 사람은 악수를 나누었다. 그 순간 개츠비의 얼굴은 긴장한 탓인지 잔뜩 굳어 있었다.

"도대체 어떻게 지내나? 그리고 무슨 일로 이렇게 먼 곳까지 식사하러 온 거지?"

"여기 개츠비 씨하고 점심 식사를 하러 왔네."

나는 개츠비 쪽을 돌아보았다. 그러나 그는 이미 그곳에서 사라지고 없었다.

조던 베이커는 그날 오후 플라자 호텔 찻집 의자에 꼿꼿한 자세로 앉아 이야기를 시작했다.

"1917년 10월의 어느 날이었어요. 나는 줄지어 늘어선 저택들 옆으로 난 보도와 잔디밭을 걷고 있었죠. 그때 난 영국제 구두를 신고 있었는데, 밑창이 고무로 되어 있어 잔디 위를 걸을 때마다 부드러운 흙을 느낄 수 있어 좋았어요. 바람이 불면 체크무늬 새 스커트가 조금씩 펄럭였지요. 그럴 때면 집집마다 걸려 있던 붉고 하얗고, 또 푸른 깃발들이 바람에 나부끼며 못마땅하다는 듯 요란하게 펄럭거렸지요.

제일 큰 깃발과 제일 넓은 잔디밭을 가지고 있는 저택이 바로 데이지네였어요. 데이지는 나보다 두 살 많은 열여덟 살이었는데, 루빌에서 가장 인기 있는 아가씨였죠. 그녀는 흰색

145

소형 로드스터를 타고 다녔고, 흰 옷을 즐겨 입었어요. 테일러 기지에서 근무하는 젊은 장교들이 그녀와 데이트할 수 있는 특권을 얻으려고 하루 종일 그녀의 집으로 전화를 걸어 댔죠. '단 한 시간만이라도.' 하고 애원하면서 말이에요.

그날 아침 내가 데이지네 집 앞을 지나고 있을 때였어요. 그녀의 새하얀 로드스터가 길 옆에 서 있었어요. 그녀는 처음 보는 어떤 장교와 함께 차 안에 앉아 있더군요. 그 두 사람은 서로에게 너무 열중해 있던 탓인지 내가 바로 앞까지 다가갈 때까지 나를 알아보지 못했어요. 그런데 뜻밖에 그녀가 '조던, 안녕!' 하고 말을 걸어왔어요. 그러더니 이리 좀 오라고 나를 부르더군요.

나는 데이지가 말을 거는 바람에 우쭐해졌죠. 왜냐하면 데이지는 나에게 선망의 대상이었으니까요. 그녀가 내게 적십자 센터에 붕대를 만들러 가는 길이냐고 묻길래, 그렇다고 대답했죠. 그러자 자기는 오늘 갈 수 없으니 좀 전해 달라고 하더군요.

내가 데이지와 얘기를 하고 있는 동안 그 젊은 장교는 내내 그녀를 그윽한 눈길로 바라보고 있었어요. 젊은 여자라면 누구나 언젠가는 멋진 남성이 자신을 그런 시선으로 바라봐 주기를 원할 그런 눈길이었어요. 너무나도 낭만적이어서 나는 지금도 그 일을 잊지 못해요. 그 장교가 바로 제이 개츠비였지요.

그후 4년이 지나도록 나는 그 사람을 다시 만나지 못했어요. 나중에 롱아일랜드에서 그 사람을 다시 만났을 때에도 나는 두 사람이 같은 인물이라고는 생각하지 못했죠.

그 이듬해에는 나에게도 몇 명의 남자친구가 생겼고, 또 시합에 나가게 되면서부터 데이지와 자주 만나지도 못했어요. 데이지는 남자들과 별로 어울리지 않았죠. 어울린다고 하더라도 나이 차이가 좀 나는 사람이었고요. 그런데 그녀에 대해 좋지 못한 소문이 퍼졌어요.

어느 겨울 밤 해외로 파견되는 어떤 군인을 배웅하려고 뉴욕으로 갈 채비를 하다가 어머니한테 들켰다는 거예요. 결국은 아무 데도 못 가게 되었지만, 그 일 때문에 식구들과 몇 주 동안 말도 하지 않았대요. 그 일이 있고 나서부터 데이지는 군인들과 거리를 두기 시작했죠. 그리고 군대에는 들어가지도 못할 것 같은 평발에다가 근시인 청년 두엇하고만 사귀었어요.

이듬해 가을쯤에는 그녀도 예전처럼 명랑해졌죠. 전쟁이 끝나면서 사교계에 데뷔했고, 2월에는 뉴올리언즈 출신의 남자와 약혼했다는 소문도 있었어요. 그런데도 결혼식은 시카고 출신의 톰 부캐넌과 올렸지요. 그때가 6월이었는데 루빌에서는 다시 볼 수 없을 정도로 거창했어요.

톰은 네 대의 승용차로 백 명이나 되는 하객을 실어 날랐어요. 멀바크 호텔의 한 층을 통째로 빌려야 했지요. 결혼식 전날에는 35만 달러나 하는 진주 목걸이를 선물하기도 했어요.

나는 그때 신부의 들러리였어요. 피로연을 30분쯤 앞두고 데이지의 방에 들렀는데 그녀는 꽃으로 장식된 드레스를 입고, 오월의 장미처럼 아름다운 모습으로 침대에 엎드려 있더군요. 한 손에는 프랑스산 백포도주 병을 들고, 다른 한 손에는 편지 한 통을 든 채로 말예요. 그녀는 엉망으로 취해 있었어요.

'축하해 줘.'

그녀는 혀가 꼬부라진 소리로 이렇게 중얼거렸어요.

'술은 처음 마셔 보는데, 이렇게 기분이 좋을 줄은 몰랐어.'

'도대체 어떻게 된 거야, 데이지?'

나는 겁이 났어요. 데이지가 이러는 모습을 한 번도 본 적이 없었거든요.

'이, 이걸……'

데이지는 침대 곁에 있던 쓰레기통을 뒤져 진주 목걸이를 꺼내더군요.

'이걸 아래층에 있는 주인에게 돌려줘. 그리고 모두에게 데이지의 마음이 변했다고 전해 줘. 데이지의 마음이 변했다고 말이야!'

148

그녀는 울음을 터뜨렸어요. 영원히 울음을 그칠 것 같지 않았죠. 나는 달려 나가 그녀 어머니의 하녀를 데리고 왔어요. 그리고 문을 잠근 뒤 둘이서 데이지를 차가운 물속에 집어넣었죠. 그 와중에도 그녀는 편지를 놓으려 하지 않았어요. 그녀는 편지가 물에 젖은 공처럼 뭉쳐졌다가 눈송이처럼 산산이 부스러지는 것을 보고서야 내게 건네주면서 비누 접시에 놓아두게 했지요.

데이지는 더 이상 아무 말도 하지 않았죠. 우리는 얼음과 암모니아수까지 동원해 그녀가 정신을 차리게 하고 원래대로 드레스를 입혀 주었어요. 그로부터 30분쯤 뒤 진주 목걸이를 목에 건 그녀가 방을 나섬으로써 그 소동은 무사히 마무리되었죠. 그녀는 다음날 다섯 시에 톰 부캐넌과 결혼했고, 남태평양으로 석 달 동안의 신혼여행 길에 올랐지요.

난 여행에서 돌아온 그들을 산타 바바라에서 만나게 되었어요. 그때 난 데이지처럼 남편한테 푹 빠져 있는 여자는 처음 보았어요. 잠시라도 남편이 자리를 뜨면 불안한 듯 여기저기를 둘러보며 '톰은 어디 갔지?' 하면서 그가 돌아올 때까지 정신을 못 차렸어요.

그리고 바닷가 모래 위에 앉아서 자기 무릎을 베고 누운 톰의 눈을 쓰다듬으며 한없이 기쁜 표정으로 한 시간씩이나 그를 들여다보고 있었어요. 그런 두 사람의 모습은 너무나 감동적이었죠. 사람들로 하여금 저절로 감탄의 미소를 짓게 할 만큼요.

그때가 8월이었어요. 내가 산타 바바라를 떠난 지 일주일이 되던 날 밤에 톰이 벤튜라에서 교통사고를 냈고 신문에 그 기사가 실렸어요. 마차와 부딪쳤는데, 자동차 앞바퀴가 튀어나가고 옆 좌석에 타고 있던 젊은 여자는 팔이 부러졌죠. 그 여자는·산타 바라라 호텔의 여종업원이었어요.

이듬해 4월에 데이지는 딸을 낳았어요. 그후 두 사람은 일년간 프랑스에 가 있었지요. 나는 칸느와 도빌에서 그들 내외를 만나기도 했죠. 두 사람은 아주 눌러 살 작정으로 시카고로 돌아왔어요.

아시다시피 데이지는 시카고에서 인기가 대단했죠. 그들은 젊고 돈도 많아 무절제한 생활을 하는 부류와 주로 어울렸지만, 데이지에 관한 스캔들은 하나도 없었어요. 그건 아마도 데이지가 술을 마시지 않았기 때문일 거예요. 술꾼들과 어울리면서 술을 마시지 않는다는 건 여러모로 유리하거든요. 술을 마시지 않으면 지나치게 말을 많이 할 필요도 없고, 흥에 겨워 정도가 지나치는 일이 있더라도 남들이 술에 취해 눈뜬 장님이나 마찬가지니 안심이죠.

하지만 데이지는 외도 같은 건 한 번도 생각해 보지 않았을 거예요. 그녀의 목소리를 듣노라면 뭔가 있는 것 같긴 하지만……

그런데 약 6주일 전, 데이지는 수년 만에 개츠비란 이름을 듣게 된 거죠. 내가 당신한테 웨스트에그에 사는 개츠비를 아느냐고 물었잖아요, 생각나시죠? 당신이 돌아간 뒤 데이지가 내 방으로 와서 '그 사람 무슨 개츠비야?' 하고 묻더군요. 반쯤 잠들어 있던 나는 대강 그 사람에 대해 말해 주었죠

그랬더니 데이지는 자신이 알고 있는 그 사람이 틀림없다고 정신이 나간 듯 중얼거렸어요. 나는 그제야 새하얀 로드스터에 앉아 있던 그 장교가 바로 개츠비라는 사실을 깨닫게 됐죠."

조던 베이커가 이 모든 이야기를 끝마쳤을 때는 우리가 플라자 호텔을 떠난 지 30분이나 지난 후였다. 우리는 2인용 유람 마차를 타고 센트럴 파크를 달리고 있었다. 해는 이미 영화배우들이 사는 50번가의 고층 아파트 뒤로 넘어가 버린 뒤였다. 어디선가 풀숲의 귀뚜라미처럼 모여든 아이들의 맑은 목소리가 아직 식지 않은 황혼 속에 울려 퍼지고 있었다.

나는 아라비아의 왕
그대의 사랑은 나만의 것

그대가 잠든 한밤에

나는 가리라

그대의 천막 속으로……

"우연의 일치라고 하기에는 너무 이상하군요"

"그건 우연의 일치가 아니었어요"

"어째서죠?"

"개츠비 씨는 데이지가 건너편에 살고 있다는 걸 알고서 그 저택을 산 거니까요"

그렇다면 지난 6월의 그 밤, 개츠비가 갈망하듯 바라보고 있던 것은 단지 별만이 아니었던 것이다. 그는 아무런 목적도 없는 화려함 속에서 벗어나 살아 있는 한 인간으로 내게 다시 나타났다.

조던이 하던 이야기를 계속 이어 나갔다.

"그는 당신이 데이지를 집으로 초대한 날, 자신도 초대해 줄 수 있는지 알고 싶어해요"

그의 소망이 너무나 소박한 것에 나는 감동하고 말았다. 그는 7년이나 기다린 끝에 대저택을 샀고, 그곳으로 모여드는 하루살이들에게 빛을 나누어 주었다. 정작 그 자신은 어느 날 오후 남의 집 정원으로 '초대받을 수 있기를' 간절히 바라고 있으면서 말이다.

153

"지난 일을 모두 털어놓지 않고서는 그런 사소한 일조차 부탁할 용기가 없었던 걸까요?"

"그는 두려웠던 거예요. 너무나 오랫동안 기다려 왔으니까요. 또 당신이 혹시 불쾌하게 생각하지는 않을까 걱정도 했고요. 그는 여간 신중한 게 아니거든요."

나는 조던의 설명을 듣고 나서도 어딘지 미심쩍었다.

"그런데 왜 당신한테 데이지를 만나게 해 달라고 부탁하지 않았을까요?"

"그는 데이지에게 자기 집을 보여 주고 싶은 거예요. 당신 집은 바로 그 옆집이고요."

"그렇군요!"

"내 생각에 그는 데이지가 언젠가는 자기 집 파티에 참석할지도 모른다고 기대하고 있던 것 같아요. 하지만 그녀는 끝내 나타나지 않았죠. 그는 파티에서 만나는 사람마다 데이지를 아느냐고 묻기 시작했어요. 그렇게 해서 찾아낸 사람이 바로 나였죠. 우리가 댄스 파티를 구경하고 있을 때 따로 만나고 싶다면서 하인을 보냈던 바로 그날 밤이었어요. 그가 얼마나 이 일을 정성들여 추진해 왔는지 당신에게도 들려주고 싶군요.

나는 그 자리에서 뉴욕에서 점심 식사를 함께하는 게 어떻겠느냐고 물었지요. 그러자 그는 정신이 어떻게 된 건 아닐까 싶을 정도로 흥분하더군요. 그런 이상한 짓은 하고 싶지 않다고 되풀이해서 말하더니 '나는 바로 옆집에서 그 사람을 만나고 싶소!' 라고 하지 않겠어요.

당신이 톰과 특별한 관계라고 했더니 그는 이 계획을 모두 포기하려고 했어요. 그는 데이지의 이름이라도 우연히 들을 수 있을까 해서 몇 년 동안이나 시카고 신문을 구독해 왔다지만, 톰에 대해서는 별로 아는 게 없었어요."

서서히 어둠이 깔리기 시작했다. 우리를 태운 마차가 조그마한 육교 아래로 접어들었다. 나는 황혼 빛에 물든 조던의 어깨를 한 팔로 감싸 안으며 저녁 식사를 함께 하자고 했다. 어느새 데이지나 개츠비에 대해서는 까맣게 잊어버리고 말았다.

대신 언제나 당당하며 약간은 냉소적인 까다롭기 그지없는 여자, 조던에 대해서만 생각했다. 그녀는 뜻밖에도 순순히 내 가슴에 몸을 기댔다. 그 순간 나는 걷잡을 수 없는 흥분 속으로 빠져들었다. 내 귓전으로는 이런 문구가 울려 퍼지고 있었다.

'세상에는 쫓기는 자와 쫓는 자, 분주한 자와 지친 자가 있을 뿐이다.'

"데이지의 삶에도 뭔가 의미 있는 일이 생겼으면 좋겠어요"

조던이 나에게 속삭였다.

"데이지도 개츠비를 만나고 싶어할까요?"

"데이지한테는 아무 말도 하지 않기로 했어요. 개츠비 씨는 그러길 원해요. 그러니 당신도 그냥 차나 함께하자고 초대하기만 하면 되는 거예요."

검푸른 나무들의 장벽을 지나 77번가로 접어들자 희미한 가로등 불빛이 공원을 내리비추고 있었다. 개츠비나 톰처럼 내게는 몇 년씩이나 잊지 못하고 가슴 아파하는 그런 여인이 없었다. 나는 두 팔에 힘을 주어 조던을 끌어당겼다. 그녀의 입가로 비웃는 듯한 창백한 미소가 떠올랐다. 나는 그녀를 좀더 가까이 끌어당겼다. 그리하여 마침내 입술이 맞닿을 때까지.

그날 밤 웨스트에그로 돌아왔을 때 나는 한순간 우리 집에 불이 난 건 아닌가 하는 착각에 빠졌다. 새벽 2시가 지났는데도 집 주변 전체가 불빛으로 환하게 빛나고 있었고, 그 불빛을 받은 관목 숲은 현실이라고는 차마 믿을 수 없을 정도였다. 도로변의 전선들마저 가느다란 황금빛으로 변해 번뜩이고 있었는데, 길모퉁이를 돌고 나서야 나는 이 모든 것이 개츠비의 저택 전체에 불을 밝혀 두었기 때문이라는 사실을 알게 되었다.

처음에는 또 파티가 열린 것이라고 생각했다. 요란한 파티가 '숨바꼭질'이나 '밀어내기' 놀이로 발전해 저택 전체가 그 놀이터로 변해 있는 것이 아닌가 하는 생각이 들었던 것이다. 그러나 그곳에서는 아무 소리도 들리지 않았다. 단지 나무 사이를 지나는 바람소리만 들릴 뿐이었다. 바람이 전선을 흔드는 통에 집 전체가 어둠 속에서 깜박이고 있었다.

택시는 나를 내려놓은 뒤 요란한 엔진 소리와 함께 어둠 속으로 사라졌다. 그와 동시에 개츠비가 잔디밭을 가로질러 내게 다가왔다.

"집이 정말 휘황찬란하군요."

"그렇습니까?"

그는 멍하니 자신의 집 쪽으로 시선을 돌렸다.

"집 안을 둘러보고 있었습니다. 괜찮다면 내 차로 코니아 일랜드에 가 보지 않겠습니까?"

"너무 늦은 것 같은데요."

"그럼 수영은 어떻습니까? 올여름엔 아직 한 번도 저 수영장을 이용해 보지 않았거든요."

"고맙지만, 난 이제 그만 자야겠습니다."

"그렇군요."

그는 그래도 돌아가지 않고 뭔가 물어보고 싶은 것을 참고 있는 듯한 표정으로 내 눈치를 살폈다.

"베이커 양에게 얘기를 들었습니다. 내일쯤에는 데이지와 통화해서 가까운 시일 안에 차나 한잔 마시러 오라고 할 작정입니다."

"아아, 그거 좋은 생각입니다. 그렇지만 당신한테 폐를 끼치고 싶지는 않습니다."

그는 무관심한 듯이 말했다.

"언제쯤 괜찮겠습니까?"

"당신이야말로 언제가 좋겠습니까?"

그는 대답 대신 오히려 내게 물었다.

"내일 오후는 어떻겠습니까?"

그는 잠시 생각에 잠긴 듯하더니 주저하며 입을 열었다.

"내일은 잔디를 손질하려고 했습니다만."

우리는 동시에 잔디를 내려다보았다. 볼품없이 자라난 내 집 잔디밭과 그의 잘 손질된 잔디밭 사이에는 경계가 뚜렷하게 나 있었다. 나는 그가 우리 집 잔디를 두고 하는 말이 아닌가 생각했다.

"그리고 한 가지 더 할 말이 있는데……"

그는 무엇 때문인지 망설이고 있었다.

"그럼 며칠 뒤로 연기할까요?"

"아니, 그런 게 아닙니다. 적어도……"

그는 어쩔 줄 몰라 하며 말을 잇지 못했다.

"그러니까…… 있잖소, 친구. 난 당신의 수입이 그리 넉넉하지 않을 거라고 생각해서요."

"그렇게 대단치는 않지요."

그는 내 대답에 다소 안심이 된 듯했다. 그는 조금 전보다 한결 자신 있는 태도로 말을 이었다.

"나도 그럴 거라고 생각했습니다. 실례가 될지도 모르지만 말씀드리겠습니다. 나는 부업으로 장사에 손을 대고 있는데 당신 수입이 별로 좋지 못하다면 채권 매매를 해 보는 게 어떨까 해서요."

"나도 관심은 가지고 있지요."

"이 일은 생각보다 꽤 괜찮은 편입니다. 시간도 별로 뺏기지 않을 뿐더러 괜찮은 수입을 올릴 수도 있지요. 물론 약간의 비밀을 요하는 일이기는 합니다만."

지금 생각해 보면 개츠비의 제의가 만약 다른 상황에서였다면, 그것은 내 인생에서 하나의 전환점이 되었을 것이다. 그러나 당시 그의 제안은 속이 빤히 들여다보였기 때문에 나는 그 자리에서 깨끗하게 거절할 수밖에 없었다.

"호의는 고맙지만, 나는 지금 하고 있는 일만으로도 벅찹니다."

"울프샤임과 거래하는 건 절대 아닙니다."

개츠비는 아마도 점심 식사 도중 나온 '거래선'이라는 말 때문에 내가 거절하는 것으로 생각한 모양이었다. 나는 그것 때문이 아니라고 분명히 해 두었다. 그는 내가 다시 무슨 얘기를 꺼내지는 않을까 하고 기다렸다. 그러나 나는 이미 다른 일에 정신이 팔려 있었기 때문에 그의 제안이 별로 중요하게 들리지 않았다. 그는 마지못해 자기 집으로 돌아갔다.

그날 밤 나는 무척 행복했다. 나는 방문을 들어서자마자 깊은 잠 속으로 빠져들었다. 개츠비가 밤새 코니아일랜드에 갔는지 아니면 계속 자신의 집을 환하게 밝혀 둔 채 방을 둘러보고 있었는지는 알 수 없었다. 다음날 아침 나는 사무실에서 메이지에게 전화를 걸었다.

"톰은 떼어 놓고 와."

나는 그렇게 다짐을 받았다.

"뭐라고요?"

"톰은 데리고 오지 말라고."

"톰이라니, 누구 말이에요?"

능청스럽게도 그녀는 이렇게 말했다.

데이지가 오기로 한 날은 비가 억수같이 쏟아졌다. 11시쯤 우의를 입은 한 남자가 잔디 깎는 기계를 끌고 와서 현관문을 두드렸다. 개츠비가 우리 집 잔디를 깎으라고 보낸 모양이었다. 나는 그때서야 핀란드 인 가정부에게 다시 와 달라고 말하지 않은 것을 깨달았다.

나는 웨스트에그로 자동차를 몰았다. 그리고 흠뻑 젖은 골목길을 정신없이 돌아다닌 끝에 그녀를 찾아냈다. 돌아오는

162

길에는 찻잔과 레몬, 꽃을 샀다. 그러나 꽃은 미리 살 필요가 없었다. 2시가 되자 개츠비의 집에서 온실을 통째로 옮겨온 게 아닌가 싶을 정도로 많은 꽃과 꽃병을 보내왔기 때문이다.

한 시간쯤 지나자 현관문을 벌컥 열고 개츠비가 들어왔다. 개츠비는 은빛 셔츠에 금색 넥타이를 매고 흰 플란넬 윗도리를 입고 있었다. 잠을 설쳤는지 얼굴은 창백했고 눈 주위에는 그늘이 져 있었다.

"준비는 잘 돼 갑니까?"

"잔디를 말씀하시는 거라면 아주 말끔해졌죠"

"잔디라니요? 아, 정원의 잔디 말이군요"

개츠비는 창 너머로 정원을 내다보았지만, 그의 눈에는 아무것도 들어오지 않는 것 같았다.

"아주 좋습니다."

그는 건성으로 이렇게 말했다.

"어느 신문을 보았는데 네 시쯤에는 비가 그칠 거라고 하더군요. 아마 《저널》지였을 겁니다. 참, 차 준비는 다 되었습니까?"

나는 그를 부엌으로 데리고 갔다. 그는 그곳에 있던 핀란드 인 가정부를 좀 못마땅한 눈길로 바라보았다. 우리는 식료품점에서 산 열두 개의 레몬 케이크를 자세히 살펴보았다.

"이 정도면 되겠습니까?"

"물론이죠. 충분합니다!"

그는 이번에도 건성으로 대답하고는 이렇게 덧붙였다.

"……친구."

3시 30분쯤 되자, 빗줄기는 점점 약해져 안개로 변했다. 가끔 안개 속으로 작은 빗방울이 이슬처럼 흩날렸다. 개츠비는 멍한 눈으로 클레이가 쓴 『경제학』을 훑어보다가 부엌에서 들려오는 핀란드 인 가정부의 발소리에 깜짝 놀라곤 했다.

또 밖에서 뭔가 어마어마한 일이 벌어지고 있다는 듯이 창밖을 내다보기도 했다. 그러다 결국 자리에서 벌떡 일어나 떨리는 목소리로 집으로 돌아가겠다고 했다.

"왜 그러시죠?"

"아무도 오지 않는군요. 벌써 올 시간이 지났어요."

그는 다른 곳에 갈 약속이라도 있는 듯 시계를 들여다보았다.

"이렇게 하루 종일 기다리고 있을 수는 없습니다."

"얼마나 기다렸다고 그래요. 아직 4시 2분 전입니다."

그는 내가 붙잡기라도 한 것처럼 도로 의자에 털썩 주저앉았다. 그때서야 우리 집으로 들어오고 있는 자동차 소리가 들렸다. 우리는 약속이라도 한듯 동시에 벌떡 일어났다. 나는 조금 걱정스러운 마음으로 마당으로 나갔다.

빗방울이 뚝뚝 떨어지고 있는 앙상한 라일락 아래를 지나 큰 오픈카 한 대가 다가왔다. 라벤더 색 삼각 모자를 한쪽으로 살짝 기울어지게 쓴 데이지가 밝은 미소와 함께 나를 바라보고 있었다.

"여기가 오빠가 사는 집인가요?"

빗속에서 들려오는 데이지의 산뜻한 목소리는 듣는 이의 마음을 달아오르게 했다. 나는 잠시 그녀가 무슨 말을 하는지 귀를 세우고 기다렸다. 그녀의 젖은 머리카락이 푸른 물감으로 가늘게 그어 놓은 것처럼 뺨에 달라붙어 있었다. 차에서 내리는 것을 도와주려고 잡은 그녀의 손이 빗방울에 젖어 반짝였다.

"오빠, 날 사랑하고 있는 거야?"

데이지는 낮은 목소리로 내 귀에다 속삭였다.

"그렇지 않다면 왜 나 혼자만 오라고 했겠어요?"

"그건 래크렌트 성의 비밀이야. 운전사한테 어디 가서 한 시간쯤 있다가 오라고 해."

"퍼디, 한 시간 후에 데리러 와요."

데이지는 운전사에게 이렇게 말하고 이번에는 점잖은 목소리로 속삭였다.

"운전사 이름이 퍼디예요."

"저 사람 코도 휘발유의 영향을 받고 있는 거냐?"

"아니에요. 오빠 왜 그렇게 생각하세요?"

165

그녀는 순진하게 대답했다.

우리는 집 안으로 들어갔다. 그러나 거실은 텅 비어 있었다.

"이거 이상하군!"

나는 무심코 큰 소리로 중얼거렸다.

"뭐가 이상하다는 거죠?"

그때 점잖게 현관문을 두드리는 소리가 들려왔다. 데이지는 고개를 돌려 그쪽을 바라보았다. 내가 문을 열었을 때 현관에는 창백한 얼굴의 개츠비가 비를 맞으며 서 있었다. 그는 양손을 코트 주머니에 찔러 넣은 채 침통한 표정으로 나를 뚫어지게 쳐다보았다.

개츠비는 주머니에서 손을 뺄 생각도 하지 않고, 내 옆을 지나 안으로 들어가더니 줄타는 인형처럼 빙그르 돌아 거실 안으로 사라졌다. 나는 그의 모습이 조금도 우습지 않았다. 오히려 나 또한 가슴이 두근거리는 것을 억제할 수 없었다. 나는 다시 퍼붓기 시작한 비를 막기 위해 현관문을 닫았다.

거실에서는 한동안 아무 소리도 들리지 않았다. 잠시 후 조심스러운 속삭임과 짧은 웃음소리에 이어 데이지의 들뜬 목소리가 들려왔다.

"다시 만나게 되다니 정말 기쁘네요."

그러고 나서 또 말이 끊겼다. 그 시간이 너무나 길게 느껴졌다. 더 이상 현관에는 아무 볼일이 없었기 때문에 나도 거실로 들어갔다.

개츠비는 그때까지도 양손을 주머니에 찔러 넣은 채 몹시 지루한 표정으로 벽난로에 기대 서 있었다. 그는 벽난로 위에 놓여 있던 고장난 시계의 숫자 판에 닿을 정도로 머리를 뒤로 젖힌 채 데이지를 뚫어지게 내려다보고 있었다. 데이지는 조금 놀란 듯했지만, 우아한 자세로 딱딱한 의자 끝에 앉아 있었다.

"우리는 전에 만난 적이 있습니다."

개츠비가 중얼거렸다. 그는 한순간 내게 눈길을 주며 미소를 지으려고 했다. 그러나 미소는커녕 입가만 어색하게 일그러졌다. 다행히도 그때 그의 머리에 눌려 시계가 뒤로 넘어졌다.

그는 뒤로 돌아서서 떨리는 손으로 시계를 원래대로 세워 놓았다. 그리고 어색한 동작으로 소파에 앉아 팔걸이에 팔꿈치를 세우고 손으로 턱을 괴었다.

"시계를 건드려서 죄송합니다."

이번에는 내 얼굴이 화끈 달아올랐다. 머릿속에는 하고 싶은 말이 너무나 많았지만, 단 한마디의 평범한 말조차 꺼낼 수 없었다.

"다 낡아 빠진 시계일 뿐인데요. 뭐……."

나는 바보처럼 이렇게 대꾸했다. 모르는 사람이 들었으면,

시계가 바닥에 떨어져 박살이라도 난 줄 알았을 것이다.

"우리가 몇 년 만에 다시 만나는 거죠?"

데이지의 목소리는 뜻밖에도 덤덤했다.

"오는 11월이면 꼭 5년이 됩니다."

개츠비의 대답도 덤덤하기는 마찬가지였다. 다시 침묵이 흘렀다. 내가 부엌으로 가서 다과 준비를 도와주지 않겠냐고 두 사람을 억지로 일어나게 했지만, 마침 눈치 없는 가정부가 차를 내왔다.

차와 케이크를 먹고 마시는 동안에도 우리 세 사람 사이에는 자연스레 예의가 지켜졌다. 데이지와 내가 이야기를 나누는 동안 개츠비는 뒤로 물러나서 침울한 눈으로 우리 두 사람을 번갈아 가며 바라보았다. 나는 이 자리를 마련한 본래 목적이 이런 것은 아니었기 때문에 핑계를 대고 자리에서 일어났다.

"어딜 가시려고요?"

개츠비는 당황했다.

"금방 돌아오겠습니다."

"그전에 먼저 말씀드릴 게 있습니다."

개츠비는 허둥대며 나를 따라왔다. 부엌문을 닫으며 그는 절망적인 목소리로 속삭였다.

"세상에 이럴 수가!"

"왜 그러시죠?"

"이번 일은 실패입니다."

그는 고개를 가로저었다.

"이건 정말 엄청난 실패라고요."

"아니에요. 지금 당신은 약간 당황하고 있을 뿐입니다."

그리고 나는 이렇게 덧붙여 말했다.

"데이지 역시 당황하고 있고요."

"그녀도 당황하고 있다고요?"

그는 믿을 수 없다는 듯이 내 말을 되풀이했다.

"그래요, 당신 못지않게 당황하고 있습니다."

"목소리를 좀 낮추세요."

"당신은 정말 어린애 같군요."

나는 참다 못해 화를 냈다.

"게다가 예의도 없군요. 지금 저 방에는 데이지가 혼자 있지 않습니까?"

개츠비는 한 손을 들어 내 말을 가로막았다. 그는 원망이 가득 담긴 눈길로 나를 잠시 바라보다가 조심스레 문을 열고 거실로 돌아갔다.

나는 뒷문을 통해 밖으로 빠져나와 30분쯤 전에 개츠비가 초조하게 집을 한 바퀴 돌던 때와 같은 모습으로 마디가 툭툭 불거져 나온 커다란 검은 나무를 향해 달려갔다. 다행히 울창하게 자란 이파리들이 비를 막아 주었다.

또다시 비가 쏟아지고 있었다. 개츠비의 정원사가 말끔하게 손질해 준 잔디밭에는 작은 구덩이와 물웅덩이가 여기저기 생겨나고 있었다. 그 나무 밑에서는 거대한 개츠비의 저택 밖에는 눈에 들어오는 것이 없었다.

나는 30분 동안이나 교회의 첨탑을 바라보던 칸트처럼 개츠비의 저택을 노려보았다. 개츠비의 저택은 한 양조업자가 10년 전쯤 당시의 유행에 따라 지은 것이었다. 그 사람은 인근의 주민들에게 지붕을 모두 짚으로 덮는다면, 그 집들의 세금을 5년간 대신 내주겠다고 했다고 한다. 그러나 이웃들이 그 제의를 받아들이지 않았던 탓에 '일가를 이루겠다.'는 그의 계획도 좌절되었다고 한다.

그 뒤 그의 건강은 악화되었고, 자식들이 현관문에서 검은 화환을 떼어 내기도 전에 그 집을 팔아 버렸다고 한다. 미국인들은 자유를 빼앗긴 농노가 되더라도 소작농이 되는 것만은 완강하게 거부해 왔다.

30분쯤 지나자 다시 햇빛이 나기 시작했다. 저녁 식사 재료를 실은 식료품점의 자동차가 개츠비 집을 향해 달려왔다. 나는 지금 개츠비가 분명 아무것도 먹고 싶은 기분이 아닐 거라고 생각했다. 하녀 하나가 2층 창문을 열고 밖으로 상체를 내밀더니 천천히 정원에 침을 뱉었다.

이제는 나도 돌아가야 할 시간이었다. 비가 내리고 있는 동안에는 빗소리가 마치 감정이 격해짐에 따라 높아지곤 하는 개츠비와 데이지의 속삭임처럼 들렸다. 그러나 비가 그치고 또다시 정적이 찾아오자 집 안까지도 정적 속에 잠긴 것 같은 느낌이 들었다.

조리용 스토브까지 넘어뜨리지는 않았지만, 나는 거실로 들어가기 전에 될 수 있는 한 시끄러운 소리를 냈다. 그러나 그 두 사람의 귀에는 아무것도 들리지 않았던 것 같았다. 두 사람은 긴 의자의 양끝에 앉아 서로 마주보고 있었다. 무슨 질문이 오가고 있는 듯했는데 아까처럼 당황한 기색은 아니었다.

데이지의 얼굴은 눈물로 얼룩져 있었다. 내가 들어서자 그녀는 황급히 거울 앞으로 가 손수건으로 눈물을 닦기 시작했다. 개츠비는 놀랄 만큼 변해 있었다. 그는 온몸으로 빛을 발하고 있는 듯했다. 비록 말이나 행동으로 나타내지는 않았지만, 지금까지는 느낄 수 없던 행복한 감정이 넘쳐흘러 좁은 거실을 가득 채우고 있었다.

"안녕하시오, 친구!"

개츠비는 마치 오랜만에 만난 것처럼 반갑게 말했다. 한순간 악수라도 청하지나 않을까 싶을 정도였다.

"비가 그쳤습니다."

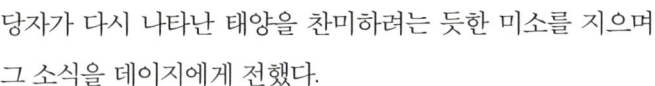

"그래요?"

개츠비는 내가 무슨 말을 하는지 알아차렸다. 그는 거실 안으로 햇빛이 들어오자 마치 일기예보 담당자가 다시 나타난 태양을 찬미하려는 듯한 미소를 지으며 그 소식을 데이지에게 전했다.

"비가 그쳤답니다."

"잘 됐군요, 제이."

가슴을 저밀 정도로 슬픔이 깃든 데이지의 목소리는 예기치 못한 기쁨을 나타내고 있었다.

"당신과 데이지를 초대하고 싶군요. 데이지에게 우리 집을 보여 주고 싶습니다."

"내가 끼어도 괜찮겠습니까?"

"물론입니다, 친구."

데이지는 얼굴을 씻으러 2층으로 올라갔다. 나는 지저분한 수건을 생각해 내고는 부끄러운 마음이 들었지만 이미 늦은 후였다. 나는 개츠비와 함께 잔디밭에서 데이지가 나오기를 기다렸다.

"괜찮아 보이죠?"

개츠비가 자신의 집을 가리키며 물었다.

"집 앞면 전체에 햇빛이 드는 걸 좀 보십시오."

"아주 훌륭하군요."

나 또한 개츠비의 집이 멋있다는 것을 부인할 수는 없었다. 그는 자기 집의 아치형 문 하나하나와 네모난 탑을 자랑스럽다는 듯이 바라보았다.

"저 집을 사려고 꼬박 3년 동안이나 돈을 모았습니다."

"나는 당신이 꽤 많은 유산을 물려받은 줄 알고 있었는데요."

"물려받긴 했죠. 하지만 대공황 때 거의 다 날려 버렸습니다."

지금 생각해 보면 그는 그때 자신이 무슨 말을 하고 있는지도 몰랐던 것 같다. 내가 무슨 사업을 하고 있느냐고 묻자, 그런 건 당신이 알 바 아니라고 해 놓고서는 뒤늦게 자신의 무례를 깨달은 듯했기 때문이다.

"이것저것 많은 일을 해 왔습니다."

그는 황급히 자신의 말을 정정했다.

"처음엔 제약업을 하다가 석유 사업에 손을 좀 댔지요. 지금은 모두 그만두었지만 말입니다."

그는 은근한 눈빛으로 나를 바라보았다.

"내가 지난밤에 제의했던 건 좀 생각해 보셨습니까?"

내가 미처 대답하기도 전에 데이지가 집 밖으로 나왔다. 드레스에 두 줄로 나란히 붙어 있는 진주 단추가 햇빛을 받아 반짝거렸다.

"저 어마어마한 저택이 당신 집인가요?"

데이지가 손으로 가리키면서 외쳤다.

"마음에 듭니까?"

"정말 멋있어요. 하지만 저렇게 큰 집에 어떻게 혼자지요?"

"내 집에는 늘 흥미로운 사람들로 넘쳐 납니다. 재미있는 일을 하고 있는 사람들 말입니다. 그중에는 꽤 알려진 사람도 있습니다."

우리는 해협으로 난 지름길 대신 도로까지 나간 다음 뒷문을 통해 개츠비의 저택 안으로 들어갔다. 데이지는 하늘을 배경으로 한 봉건시대풍의 건물을 살펴보며 감탄했다. 정원에서는 수선화의 빛나는 향기, 아가위나무와 자두나무의 풍성한 향기, 제비꽃의 연한 향기에 감동했다.

앞 대리석 계단에 이르기까지 그 누구도 볼 수 없었다. 새소리밖에는 아무 소리도 들리지 않는 것이 오히려 낯설게 느껴졌다.

집 안으로 들어가 마리 앙투아네트 양식의 음악실과 영국 복고풍의 살롱을 둘러볼 때까지도 상황은 마찬가지였다. 나는 손님들이 우리가 지나갈 때까지는 숨을 죽이고 조용히 숨어 있으라는 부탁을 받은 건 아닌가 하는 생각이 들었다. 개츠비가 '머튼 대학 도서실'의 문을 닫을 때는 올빼미 눈 같은 안경을 낀 남자가 내는 유령 같은 웃음소리를 들은 것도 같았다.

우리는 2층으로 올라갔다. 장밋빛과 라벤더 빛 비단으로 둘러싸이고 갓 꺾어 온 꽃들로 산뜻한 느낌을 연출한 고풍스러운 침실을 지나 화장실과 당구장, 욕조가 딸린 욕실을 둘러보았다.

다음 방문을 열고 보니 한 남자가 머리가 헝클어진 채 파자마 차림으로 운동을 하고 있었다. '하숙생' 클립스프링거였다. 그날 아침 해변에서 하릴없이 서성이던 그를 본 기억이 났다.

마지막으로 침실과 욕실, 서재가 갖추어진 개츠비의 방을 보았다. 우리는 그 서재에 앉아 개츠비가 벽장에서 꺼내 온 샤트르를 한 잔씩 마셨다.

개츠비는 한시도 데이지에게서 눈을 떼지 않았다. 그는 데이지에게 자기 집 구석구석을 보여 주며 그녀의 반응에 따라 자신의 집을 재평가하고 있는 것 같았다. 때로는 이제 데이지가 자신의 눈앞에 있는 이상 자신이 소유하고 있는 물건 따위는 아무런 의미도 없다는 듯 멍하니 자기 물건들을 둘러보기도 했다. 그러다가 한번은 계단에서 굴러 떨어질 뻔하기도 했다.

개츠비의 침실은 다른 어느 방보다도 수수했다. 단지 순금으로 장식해 세면용품을 얹어 둔 화장대만은 예외였다. 데이지는 그 앞에서 즐거운 듯 빗을 들고 머리를 매만졌다.

그동안 개츠비는 의자에 앉아서 두 눈을 가리고 유쾌하게 웃었다.

"정말 알 수 없는 일입니다, 친구."

그가 들뜬 목소리로 말했다.

"나는 아무리 애를 써도 저렇게 할 수 없거든요."

개츠비는 이제 두 단계를 지나 세 번째 단계로 접어들고 있음이 분명했다. 당황함과 이유 없는 환희의 단계를 거친 그는 지금 그녀가 자기 눈앞에 있다는 경이로움에 넋을 잃고 있었다.

그는 아주 오랜 기간 동안 데이지만을 생각하고 있었다. 언젠가는 이런 날이 오리라는 것을 믿고 상상조차 할 수 없을 정도로 이를 악물고 기다려 왔던 것이다. 그는 이제 그 반동으로 너무 많이 감아 놓은 시계의 태엽처럼 천천히 풀어지고 있었다.

곧 평정을 되찾은 개츠비는 우리에게 두 개의 커다란 특수 옷장을 열어 보여 주었다. 그 안에는 정장과 가운, 넥타이, 벽돌을 쌓아올린 것처럼 셔츠가 차곡차곡 정리되어 있었다.

"영국에 내 옷을 사서 부쳐 주는 사람을 하나 두고 있습니

다. 그는 봄가을로 새 옷을 골라 이곳으로 보내 줍니다."

개츠비는 셔츠 더미 하나를 꺼내 우리 앞에 한 장 한 장 펼쳐 놓기 시작했다. 얇은 마, 두꺼운 실크, 곱게 짠 플란넬 셔츠 등이 테이블 위를 형형색색으로 물들였다.

우리가 감탄하자, 그는 더 많은 셔츠를 내놓았다. 산호색, 연한 녹색, 라벤더 색, 엷은 주황색 바탕의 줄무늬, 소용돌이무늬, 체크무늬의 셔츠까지 없는 게 없었다. 개중에는 짙은 청색으로 개츠비의 이니셜을 수놓은 것까지 있었다. 데이지는 갑자기 셔츠 더미에 얼굴을 묻고는 격렬하게 울기 시작했다.

"너무나 아름다운 셔츠예요."

데이지의 목소리는 겹겹으로 쌓인 셔츠에 파묻혀 잘 들리지도 않았다.

"지금껏 이렇게 아름다운 셔츠는 본 적이 없어요."

우리는 집 안을 둘러본 후에 정원과 수영장, 수상 비행기와 여름 꽃들을 볼 작정이었다. 그러나 다시 비가 내리기 시작해 우리는 나란히 창가에 서서 파도가 치는 바다를 바라보았다.

"안개만 끼지 않았다면 건너편 당신 집도 볼 수 있을 텐데……. 당신네 선창 끝에는 항상 녹색등이 켜져 있더군."

데이지는 갑자기 개츠비에게 다가가 팔짱을 꼈다. 그러나 개츠비는 조금 전에 한 자신의 말에 몰두해 있는 것 같았다. 그 불빛이 지니고 있던 의미가 이제는 완전히 사라져 버렸다는 생각을 하고 있는지도 몰랐다. 자신과 데이지를 갈라놓고 있던 그 머나먼 거리에 비하면, 그 불빛은 데이지 바로 옆에 거의 맞닿을 정도로 가까운 곳에 있었던 것이다.

그런데 이제 그것은 선창 위에서 깜빡이는 평범한 녹색등에 지나지 않게 되어 버렸다. 그를 사로잡고 있던 것 중 하나가 사라진 것이었다.

나는 어두컴컴한 서재 안을 거닐며 그의 물건을 살펴보기 시작했다. 책상 위쪽에 걸려 있던 요트복 차림을 한 중년 남자의 사진이 내 눈길을 끌었다.

"저 사람은 누굽니까?"

"댄 코디 씨입니다."

언젠가 들어본 기억이 있는 이름이었다.

"지금은 이 세상에 없지만, 몇 해 전만 해도 나의 가장 절친했던 친구였습니다."

작은 옷장 위에 걸린 개츠비의 사진도 역시 요트복 차림이었다. 반항적으로 보이기 위해서인지 머리를 약간 뒤로 젖히고 있었다. 열여덟 살쯤에 찍은 사진 같았다.

"이 사진이 무척 마음에 들어요."

데이지가 소리를 질렀다.

"머리를 뒤로 빗어 넘겼군요! 이런 머리를 했었다는 얘기는 지금껏 한 번도 하지 않았잖아요. 요트 얘기도 마찬가지고요."

"이걸 좀 봐요."

개츠비가 급하게 말했다.

"여기 스크랩을 해 놓은 게 있습니다. 모두 데이지, 당신에 관한 기사지요."

두 사람은 나란히 서서 그것을 살펴보았다. 내가 언젠가 수집했다던 루비를 좀 보여 달라고 하려는 순간 전화벨이 울렸다. 개츠비가 수화기를 집어 들었다.

"여보세요. …… 글쎄, 지금은 말할 수 없소. …… 내가 분명히 소도시라고 말했잖소? …… 그 사람도 소도시가 어떤 곳이라는 것쯤은 알고 있을 거요. …… 그 사람이 디트로이트를 소도시로 생각하고 있다면 더 이상 얘기할 필요도 없을 것 같소."

그는 전화를 끊었다.

"이쪽으로 좀 와 보세요, 빨리요."

데이지가 창가에서 그를 불렀다.

밖에는 여전히 비가 내리고 있었다. 그러나 서쪽 하늘에는 구름이 물러가고 바다 위로 분홍빛과 황금빛이 섞인 구름이 파도처럼 소용돌이치고 있었다.

"저것 좀 보세요. 저 분홍빛 구름을 한 덩어리 떼어 그 위에 당신이 올라타게 해 주고 싶어요."

데이지가 속삭였다.

나는 그쯤에서 집으로 돌아오려 했지만, 두 사람은 아랑곳하지 않았다. 도리어 내가 함께 있는 것이 그들에게는 두 사람뿐이라는 기분을 더욱 만끽할 수 있게 해 주는 것 같았다.

"마침 좋은 생각이 있습니다. 클립스프링거에게 피아노를 쳐 달라고 하는 겁니다."

개츠비는 방을 나서며 "유잉!" 하고 소리쳤다. 그는 잠시 후 수척한 얼굴에 당황한 기색이 역력한, 안경을 쓴 금발의 청년을 데리고 돌아왔다. 클립스프링거는 이제 앞이 터진 스포츠 셔츠와 누런 즈크 바지에 운동화를 신고 있었다.

"우리가 운동을 방해한 건 아닌지 모르겠네요?"

데이지가 공손하게 물었다.

"아뇨, 아닙니다."

클립스프링거는 허둥대며 대답했다.

"사실은 지금껏 자고 있었습니다. 그러다가 일어나서……."

"클립스프링거는 피아노를 잘 칩니다. 그렇지, 유잉?"

개츠비가 그의 말을 가로막으며 끼어들었다.

"잘 치지는 못합니다. 게다가 요즘엔 연습도 게을리 하는 바람에……"

"아래층으로 내려갑시다."

개츠비는 그의 말을 가로막으며 전등 스위치를 올렸다. 집 안이 온통 빛으로 가득 차 반짝이기 시작하면서 잿빛을 띠고 있던 유리창도 사라져 버렸다.

응접실에 들어선 개츠비는 피아노 옆에 있는 전등을 켰다. 그는 떨리는 손으로 데이지의 담배에 불을 붙여 주고, 그녀와 함께 방구석에 있는 긴 의자에 가서 앉았다. 바닥에 희미하게 반사되는 빛을 제외하고는 아무런 불 빛도 닿지 않는 곳이었다. 클립스프링거는 <사랑의 보금자리>를 연주한 뒤 의자에 서 일어났다. 그는 난감한 표정으로 어 둠 속에서 개츠비를 찾았다.

"연습을 전혀 하지 않았습니다. 잘 못 친다고 했잖아요. 연습을 통 못 해 서……"

"변명할 것 없네, 친구. 계속 치라구!"

개츠비가 말했다.

아침에도

저녁에도

우리에게 즐거움이라곤 없네.

밖에서는 점점 바람소리가 요란해졌다. 간간이 해협 쪽에
서 울려 퍼지는 천둥소리도 들려왔다. 어느새 웨스트에그에
는 환하게 불이 밝혀지고 있었다. 뉴욕에서 서둘러 귀가하는
사람들을 태운 기차가 빗속을 달려오고 있었다. 이제 사람들
의 일상에 중요한 변화가 일어나는 시간이었다. 그래서인지
주변의 공기 속에도 온통 흥분이 일렁이고 있었다.

오직 한 가지 분명한 것은, 그 무엇보다 분명한 것은

부자는 점점 더 많은 돈을 벌고, 가난한 자에겐 자식들만
늘어난다는 것.

그러는 동안,

그러는 사이에……

내가 작별 인사를 하러 갔을 때 개츠비의 얼굴에는 또다시
곤혹스러운 빛이 감돌고 있었다. 마치 지금 자신이 느끼고 있
는 행복에 막연한 의심이라도 생긴 것처럼 말이다.

거의 5년 만의 만남이었다. 그날 오후만 하더라도 데이지

185

는 몇 번이고 그의 꿈을 깨 버렸을 것이다. 그것은 데이지의 잘못만은 아닐 것이다. 오히려 잘못이 있다면 그것은 그동안 너무나 커져 버린 개츠비의 환상에 있다. 환상 속의 데이지는 현실 속의 그녀를 비롯한 모든 것을 뛰어넘어 버렸다.

그는 창조적인 정열을 기울여 자기 환상 속에 빠져들었다. 그리고 환상을 키워 나가며 자기 멋대로 찬란한 깃털로 장식해 버렸다. 아무리 뜨거운 정열이나 순수한 애정을 가지고 있다 하더라도 한 남자가 자기 가슴속에서 키워 온 환상을 만족시킬 수는 없는 법이다.

내가 지켜보고 있는 동안 개츠비는 눈에 띄게 기분을 회복한 것 같았다. 데이지가 자신의 손을 잡고 있던 개츠비의 귀에다 대고 뭐라고 속삭였다. 그러자 그는 갑자기 감정이 복받치는 듯 그녀에게 시선을 돌렸다. 아마도 그녀의 목소리에 담뿍 담긴 매력이 그를 완전히 사로잡은 것 같았다.

그녀의 목소리는 그의 상상을 뛰어넘을 만큼 매력적인 것이었으리라. 데이지의 목소리는 영원히 사라지지 않을 노래였다.

그들은 잠시 동안 나라는 존재를 잊어버린 듯했다. 그러다 데이지가 나를 쳐다보며 한 손을 내밀었다. 그때까지도 개츠비는 나를 전혀 의식하지 못했다. 나는 다시 한 번 두 사람을 바라보았다. 그들도 나를 쳐다보긴 했지만, 그것은 열정에 사로잡힌 사람들의 무의미한 시선일 뿐이었다. 나는 그들을 남겨 둔 채 그곳을 빠져나왔다. 그리고 대리석 계단을 내려와 빗속으로 발걸음을 옮겼다.

그 일이 있고 난 며칠 후, 아침부터 뉴욕에서 야심만만한 젊은 신문기자가 개츠비를 찾아와 뭔가 할 말이 없느냐고 질문 공세를 폈다.

"말할 것이라니요? 도대체 뭘 말하라는 겁니까?"

개츠비가 정중하게 되물었다.

"글쎄요, 어떤 얘기라도 좋습니다."

5분 정도 엉뚱한 대화가 오간 끝에 이 기자는 어떤 사건과 관련해서 개츠비의 이름을 듣고 찾아왔다고 털어놓았다. 어떤 사건인지는 끝내 밝히려 하지 않았다. 그도 어떤 사건인지 잘 모르는 눈치였다. 하지만 그는 마침 휴일이었는데도 직업 의식을 발휘해 뭔가를 캐내려고 급히 달려왔던 것이다.

마치 대상을 겨냥하지 않고 마구 총을 쏘아 대는 셈이었지만, 그 기자의 직감은 정확했다. 개츠비의 과거에 대해 무엇이든 알고 있다고 생각하는 수백 명의 사람들이 그의 환대를 받아 가며 여름 내내 소문을 퍼뜨리고 다닌 결과, 마침내 그것이 뉴스거리가 된 것이다.

'캐나다로 통하는 지하 정보망'이라는 풍문이 개츠비를 싸고 떠돌아다녔다. 그가 집처럼 생긴 배 안에 살면서 비밀리에 롱아일랜드 해안을 드나든다는 소문도 끊이지 않았다. 아무런 근거도 없는 뜬소문에 불과했지만, 그것이 어떻게 노스다코다 주 출신의 제임스 개츠를 만족시켰는지 쉽게 설명할 수는 없었다.

제임스 개츠, 이것이 그의 본명이자 법률상의 이름이었다. 그는 열일곱 살이 되어 진정한 의미에서 세상에 첫발을 내디디던 순간에 자신의 이름을 바꾸어 버렸다. 댄 코디의 요트가 슈피리어호에서도 가장 위험한 여울에 닻을 내리던 바로 그때였다.

찢어진 녹색 스웨터에 즈크바지 차림으로 호숫가를 방황하고 있을 때까지만 하더라도 그는 제임스 개츠였다. 그러나 보트를 빌려 타고 코디의 '튜올로미' 호로 가서 그곳에 있다가는 30분도 지나지 않아 요트가 바람에 박살날 것이라고 일러 줄 때 그는 이미 제이 개츠비가 되어 있었다.

나는 그가 오래전부터 제이 개츠비라는 이름을 준비해 두고 있었을 거라고 생각한다. 그의 부모는 무능한 농부에 불과했다. 그들을 부모로 인정하기에는 개츠비의 야심이 허락하지 않았을 것이다.

롱아일랜드의 웨스트에그에 사는 제이 개츠비라는 사나이는 자신의 이상 속에서 태어난 것이다. 그는 어떤 의미에서는 '신의 아들'이었다. 그는 자신을 창조한 신이 하고 있던 일, 즉 현란하고 속된 아름다움을 지닌 생활을 추구해야만 했다. 그가 만들어 낸 제이 개츠비라는 인물은 열일곱 살 먹은 소년이 생각해 내기에 충분한 것이었다. 그는 마지막 순간까지 자신이 창조한 인물의 역할에 충실했다.

개츠비는 일년 이상을 조개를 캐거나 연어를 잡으며 슈피리어 호수의 남쪽 기슭에서 떠돌이 생활을 했다. 먹을 것과 잠자리를 얻을 수 있는 일이라면 무엇이든 가리지 않았다. 햇빛에 그을려 다갈색으로 단련되어 가던 그의 육체는 온갖 거칠고 험한 일을 꿋꿋이 견뎌 냈다.

그는 일찌감치 여자를 경험했지만, 자신의 생활을 망쳐 놓는다는 이유로 여자들을 멀리했다. 젊은 처녀들은 머리에 아무것도 든 게 없다고, 그밖의 여자들은 그가 오로지 자기 자신의 운명에만 몰두해 있는 것을 이해하지 못하고 생떼를 썼기 때문에 경멸했다.

개츠비의 마음은 언제나 휘몰아치는 혼란 속에 놓여 있었다. 잠자리에서까지 이상야릇하고 비현실적인 생각이 그를 괴롭혔다. 세면대 위에서는 쉴 새 없이 시계가 똑딱거리고 바닥에 아무렇게나 벗어 놓은 그의 옷을 은근한 달빛이 비추고 있었다. 그동안에도 그의 머릿속에는 말로 표현할 수 없는 현란한 세계가 끝없이 펼쳐졌다. 그는 매일 밤 졸음이 몰려와 눈꺼풀을 무겁게 내리누를 때까지 자신만의 환상의 세계에 새로운 것을 더해 갔다.

한동안 이러한 환상들이 그의 상상력에 탈출구를 마련해 주었다. 그것은 그에게 현실이, 사실은 비현실일지도 모른다는 것과 꼼짝도 하지 않을 것 같은 거대한 바위처럼 보이는 이 세계가 가냘픈 요정의 날개 위에 놓인 것에 불과하다는 것을 넌지시 알려 주었다.

개츠비는 코디를 만나기 몇 개월 전에 자신의 미래를 바꿔 보겠다는 생각으로 미네소타 주 남부에 있는 루터파 계열의 세이트 올라프 대학에 입학했다. 그러나 그는 그곳을 이 주만에 그만두고 말았다. 자기 운명의 북소리, 아니 운명 그 자체가 지나칠 정도로 기대에 어긋났던 것이다.

학비를 벌기 위해 해야만 했던 학교의 수위 겸 관리인 노릇도 내키지 않았다. 그는 다시 슈피리어 호수로 돌아왔다.

댄 코디의 요트가 호숫가의 얕은 여울에 닻을 내리던 그날도 그는 여전히 일거리를 찾아 헤매고 있던 중이었다.

그 당시 댄 코디는 쉰 살이었다. 그는 네바다 주의 은광지대와 유콘 강 일대가 낳은 인물로 1875년 이래 계속된 노다지판에서 많은 사람들의 부러움을 살 만큼 성공했다. 몬태나 주에서 행해진 구리 거래는 그를 백만장자로 만들어 주었다.

그러나 그 거래를 통해 그가 의외로 마음이 약하다는 사실이 드러났다. 이것을 눈치 챈 수많은 여자들이 그에게서 돈을 긁어내려고 몰려들었다. 어느 신문의 여기자였던 앨러 케이가 메잉트농 부인과 같은 농간을 부려 그를 요트에 태워 항해에 나서게 했다. 그녀가 댄 코디를 어떻게 요리했는지 그 자세한 내막은 1902년 당시 선정적인 신문 지면을 요란하게 장식했다.

댄 코디는 5년간에 걸쳐 가는 곳마다 환대를 받으며 연안지대를 항해하던 끝에 리틀걸 만에 모습을 드러냈다. 제임스 개츠에게는 더할 수 없이 좋은 행운의 시간이었다.

댄 코디의 노에 기대어 난간과 연결된 갑판을 올려다보고 있던 젊은 개츠에게는 그 요트가 이 세상의 모든 아름다움과 멋을 대표하고 있는 것처럼 보였다. 그는 코디에게 미소를 지어 보였을 것이다. 아마 자신의 미소에 대부분의 사람들이 호감을 갖는다는 사실을 그도 알고 있었을지 모른다.

코디는 그에게 몇 가지를 물어보았는데, 그 질문 가운데 하나가 그의 새로운 이름을 탄생시켰다. 코디는 개츠비가 머리 회전이 빠른데다가 대단한 야심을 품고 있다는 것을 알게 되었다.

며칠 후 코디는 개츠비를 덜루드로 데리고 가서 청색 상의와 흰 삼베 바지 여섯 벌에 요트 모자까지 사 주었다. 그리고 튜올로미호가 서인도 제도와 바바리 해안을 향해 출항할 때 개츠비도 데리고 갔다.

개츠비는 하는 일이 정해져 있지 않았다. 코디를 따라다니는 동안 그는 급사였다가 항해사가 되기도 했고, 선원이었다가 선장이 되기도 했다. 때로는 비서 역할도, 심지어 간수 노릇까지도 했다. 코디는 평소 자신이 술에 취하기만 하면 분별력을 잃고 만다는 것을 잘 알고 있었기 때문이다.

코디는 이런 힘든 상황에 대비하기 위해 개츠비의 판단에 의존하는 경우가 많아졌다. 그럴수록 개츠비에 대한 믿음은 점점 깊어졌다. 이런 관계가 5년 동안 계속되는 사이 그들은 미 대륙을 세 바퀴나 돌았다.

어느 날 밤 보스턴에서 앨러 케이가 요트에 올라탔다. 그 뒤 일주일 만에 댄 코디가 급작스레 죽지만 않았다면 그들의 관계는 영원히 지속되었을 것이다.

나는 개츠비의 서재에 걸려 있던 댄 코디의 사진을 아직도 기억하고 있다. 그는 감정이라고는 눈곱만큼도 없을 것 같아 보이는 백발의 중년 신사였다. 그는 미국 역사의 한 장을 장식했던 개척 시대의 매춘굴과 술집들의 야만스럽고 거친 분위기를 고스란히 간직한 채 동부 해안 지방으로 돌아온 방탕아 같았다.

개츠비가 술을 거의 마시지 않았던 것도 간접적으로 코디의 영향을 받았기 때문이었다. 간혹 파티가 절정에 달했을 때 술에 취한 여자들이 개츠비의 머리에 샴페인을 쏟아 붓기도 했지만, 그는 결코 술을 입에 대지 않았다.

개츠비가 2만 5천 달러의 유산을 물려받은 것도 코디에게서였다. 단지 그것뿐이었다. 어떤 법 조항 때문에 그렇게 되었는지 그는 끝까지 이해할 수 없었다. 나머지 수백만 달러의 유산은 고스란히 앨러 케이의 몫으로 넘어갔다. 개츠비에게 남은 것이라고는 코디에게서 각별하게 받은 교육뿐이었다. 제이 개츠비는 이렇게 한 사람의 강인한 남자로 성숙해 갔다.

개츠비가 이 모든 이야기를 내게 들려준 것은 훨씬 나중의 일이다. 내가 여기서 먼저 이런 이야기를 하는 것은 그의 과거에 대한 근거 없는 소문의 진실을 밝히고 싶어서이다.

그가 이 이야기를 내게 해 주었을 때는 그에 관한 소문들이 모두 진실인 것 같기도 하고 또 그렇지 않은 것도 같아서

195

갈피를 잡지 못하던 시기였다. 그래서 나는 잠시 개츠비가 한숨을 돌리는 이 짧은 시간을 이용해 그에 대한 뜬소문을 해명하려는 것이다.

그 기간은 내가 개츠비와의 관계를 잠시 끊고 있던 시기였다. 나는 몇 주 동안 그를 만나기는커녕 전화 통화조차 하지 못했다. 나는 그동안 조던과 함께 뉴욕 시내를 돌아다니거나 그녀의 숙모 비위를 맞추느라 바빴다.

그러던 어느 일요일 오후 나는 개츠비를 찾아갔다. 내가 그곳에 도착한 지 채 2분도 지나지 않아 누군가가 톰 부캐넌과 함께 술을 마시러 왔다. 나는 매우 당황했다. 그러나 지금 생각해 보면 그때까지 한 번도 그런 적이 없었다는 사실이 오히려 더 놀라운 일이었다.

그들 일행은 말을 타고 있었다. 톰과 슬론이라는 남자, 라벤더색 승마복을 입은 아름다운 여자였다. 그 여자는 전에도 몇 번 본 적이 있었다.

"잘 오셨습니다."

개츠비가 현관에서 그들을 맞았다.

"이렇게 찾아 주셔서 정말 기쁩니다."

그는 마치 그들이 오기를 오래전부터 기다렸다는 듯이 말했다.

"자, 앉으시죠. 담배는 여기 있습니다."

그는 분주하게 방 안을 오가며 하인들을 부르기 위해 벨을
울렸다.

"곧 마실 것을 내오도록 하겠습니다."

그는 톰이 왔다는 것 때문에 몹시 긴장하고 있었다. 그러
나 그들이 단지 한잔하기 위해 들렀다는 것을 알고 있던 터라
그들 앞에 뭔가 내놓기 전까지는 마음이 진정되지 않았을 것
이다. 슬론은 아무것도 마시고 싶지 않다고 했다.

"레모네이드라도 한잔 하시지요."

"아니, 괜찮습니다."

"그럼, 샴페인을 좀 드릴까요?"

"고맙지만, 별로 생각이 없습니다. 전 정말 괜찮습니다."

"승마는 재미있었습니까?"

"이 주위는 길이 아주 좋더군요."

"아마 자동차 때문에……."

"그렇습니다."

개츠비는 충동을 참지 못하고 조금 전 초면인 것처럼 서로
인사했던 톰을 바라보았다.

"부캐넌 씨, 전에 어딘가에서 뵌 것 같습니다."

"아, 그랬던가요."

톰은 퉁명스럽지만 예의에 어긋나지 않게 대답했다. 그러
나 그는 개츠비를 기억하지 못하는 것 같았다.

"그랬었죠. 기억이 납니다."

"2주일쯤 전이었을 겁니다."

"맞습니다. 여기 있는 닉하고 함께 계셨죠?"

"저는 당신 부인도 알고 있습니다."

개츠비는 공격적인 태도를 취했다.

"그렇습니까?"

톰은 이렇게 대꾸하고 나를 돌아다보았다.

"닉, 자네 집이 이 근처라고 했지?"

"바로 옆집이라네."

"그래?"

슬론은 대화에 끼어들지 않고, 거만한 자세로 의자에 기대어 앉아 있었다. 함께 온 여자도 아무 말이 없었다. 그녀는 하이볼을 두 잔 마시고 나서야 기운을 차리기 시작했다.

"개츠비 씨, 우리 모두 다음번 파티에 참석할까 하는데 괜찮으세요?"

"물론입니다. 그래 주시면 정말 영광이겠습니다."

"매우 친절하시군요."

슬론은 별로 고마울 것도 없다는 투로 말했다.

"이젠 그만 돌아가야 할 것 같군."

"그렇게 서두르지 마십시오."

개츠비는 그들을 붙들었다. 마음의 안정을 되찾은 그는 톰을 좀더 지켜보고 싶어했다.

"괜찮으시면 저녁 식사나 함께 하시죠. 어쩌면 뉴욕에서 다른 사람들도 찾아올지 모르니까요."

"그러지 말고 저와 함께 식사하러 가요. 두 분 다 말이에요."

여자가 진지하게 권했다.

"자, 그만 갑시다."

슬론이 자리에서 일어나며 말했다. 그러나 그것은 여자에게만 하는 말이었다.

"진심이에요. 여러분이 함께 가 주신다면 정말 기쁘겠어요."

여자가 다시 한 번 청했다.

개츠비는 어떻게 해야 좋을지 결정을 내리지 못하고 나를 돌아보았다. 그는 가고 싶어하는 눈치였다. 그러나 나는 슬론이 못마땅하게 생각한다는 것을 알고 있었다.

"미안하지만, 저는 갈 수 없습니다."

내가 말했다.

"그럼 당신만이라도 함께 가요."

여자가 개츠비에게 다시 권했다.

슬론이 여자에게 다가가 뭐라고 속삭였다.

"지금 출발하면 시간은 충분해요."

여자는 큰 소리로 이렇게 말했다.

"저는 말이 없습니다. 군에 있을 때는 늘 타고 다녔지만, 말을 산 적은 없습니다. 저는 차를 타고 따라가야겠습니다. 잠깐 기다려 주시겠습니까?"

우리는 현관으로 나갔다. 슬론이 여자 옆으로 다가가더니 격한 어조로 말다툼을 시작했다.

"맙소사! 저 사람 정말 따라올 모양이야. 여자가 싫어한다는 걸 모르는 모양이지?"

톰이 말했다.

"저 여자는 자기 입으로 함께 가자고 했네."

"성대한 만찬을 열어도 저 사람이 알고 있는 사람은 한 사람도 없을걸."

톰은 눈살을 찌푸렸다.

"그런데 저 친구는 대체 어디서 데이지를 만났다는 거지? 내 생각이 구식인지는 모르겠지만, 요즘 여자들은 너무 쏘다녀서 큰일이야. 그러다 보니 저런 인간도 만나게 되고 말이야."

슬론과 여자는 갑자기 계단을 내려가 말에 올라탔다.

"가자구. 이러다 늦겠어."

슬론은 톰을 재촉했다. 그리고 거기에

덧붙여 내게 부탁했다.

"바빠서 먼저 간다고 그 사람한테 전해 주시겠습니까?"

톰과 나는 악수를 했다. 슬론과 여자는 내게 고개만 끄덕해 보이고는 차도를 달려 내려갔다. 8월의 나뭇잎 아래로 그들의 모습이 사라지자 개츠비가 모자와 가벼운 코트를 들고 현관 앞으로 나타났다.

톰은 데이지가 혼자 돌아다니는 게 불안했던 모양이었다. 그는 그 다음 주말 개츠비의 파티에 그녀를 따라왔다. 톰 때문이었는지 그날 저녁 파티는 조금 부담스럽게 느껴졌고, 그해 여름 개츠비의 집에서 열렸던 다른 파티와는 판이했던 것으로 기억하고 있다.

여느 때와 같은 부류의 사람들이 참석했고, 같은 샴페인이 나왔다. 익숙한 목소리가 어우러진 떠들썩한 소동도 예전과 다르지 않았다. 그러나 그날 밤에는 전에 없던 불쾌감과 삭막한 분위기가 감돌았다. 그것은 어쩌면 내가 개츠비의 파티에 익숙해졌기 때문인지도 모른다.

웨스트에그가 하나의 완전한 세계로 그 나름대로 독자적인 가치 기준을 가지고 있고 그곳에서 내로라하는 사람들이 참석했음에도 그 자체를 인정하지 않은 탓이었다. 더구나 나는 그 파티를 데이지의 눈을 통해 새롭게 바라보고 있었다. 지금껏 자신의 시각으로 보아 온 사물을 다른 사람의 눈을 통해 새롭게 본다는 것은 서글픈 일이 아닐 수 없다.

톰과 데이지가 도착한 것은 황혼이 깃들 무렵이었다. 우리는 북적대는 군중 사이를 한가롭게 거닐고 있었다.

"늘 꿈꿔 오던 그런 파티예요."

문득 데이지가 내 귀에 대고 소곤거렸다.

"오늘밤 저하고 키스하고 싶으면 언제든지 말해요. 기꺼이 응해 줄 테니까. 제 이름을 부르기만 하세요. 아니면 녹색 카드를 살짝 보여 주든가요."

"여기저기 둘러보십시오."

개츠비가 권했다.

"그러고 있는 중이에요. 정말 대단하군요."

"이름만 듣던 유명한 사람들을 직접 만나 볼 수 있을 겁니다."

톰은 거만한 눈빛으로 모여 있는 사람들을 훑어보았다.

"별로 돌아다니지는 않았지만, 내가 알고 있는 사람은 하나도 없는 것 같군요."

"그래도 저 여자는 아실 겁니다."

개츠비는 흰 자두나무 아래를 가리켰다. 그곳에는 거의 인간미가 느껴지지 않는 난초 같은 여자가 품위 있게 앉아 있었다. 톰과 데이지는 화면으로만 보아 온 영화계의 유명인사를 실감나지 않는다는 듯 뚫어지게 쳐다보았다.

"정말 아름답군요."

데이지가 말했다.

"그녀에게 다가가고 있는 남자는 영화감독입니다."

개츠비는 사람들 사이를 돌아다니며 두 사람을 소개했다.

"부캐넌 부인과 부캐넌 씨입니다."

그는 잠시 주저하다가 이렇게 덧붙였다.

"부캐넌 씨는 폴로 선수입니다."

"아, 아닙니다. 저는 선수가 아닙니다."

톰이 재빨리 개츠비의 말을 정정했다. 그러나 개츠비는 폴로 선수라는 말이 마음에 들었던 모양이다. 그는 그날 밤 내내 톰을 폴로 선수라고 소개하고 다녔다.

"이렇게 많은 유명인을 한꺼번에 만나 보기는 처음이에요."

데이지가 들뜬 목소리로 소리쳤다.

"저 남자가 인상에 남는군요. 이름이 뭐였더라? 왠지 청교도적인 냄새가 풍기던 저 남자 말예요."

개츠비는 그 남자의 이름을 알려 주며 별로 유명하지 않은 프로듀서일 뿐이라고 덧붙였다.

"그래도 저 사람이 마음에 드는걸요."

"저는 이제 폴로 선수 노릇은 그만두는 게 좋겠습니다."

톰이 유쾌하게 웃었다.

204

"저는 그냥 조용히 유명인들을 바라보고 있는 편이 낫겠습니다."

데이지는 개츠비와 함께 춤을 추었다. 나는 개츠비의 품위 있고 신중한 폭스트롯 스텝에 놀랐다. 그때까지 나는 그가 춤 추는 것을 한 번도 본 적이 없었던 것이다. 그러다가 두 사람은 천천히 내 집 쪽으로 가서는 반시간이나 계단에 앉아 있었다. 나는 그동안 데이지의 부탁으로 개츠비의 정원에 남아 감시원 노릇을 했다.

"불이나 홍수가 날지도 모르잖아요. 그것도 아니면 천재지변이 일어났을 경우를 대비해서요."

데이지는 내게 부탁하며 이렇게 말했다.

우리가 저녁 식사를 위해 테이블에 모여 앉았을 때 혼자 떨어져 있던 톰이 나타났다.

"저쪽에 앉아 있는 사람들과 같이 식사를 해도 괜찮겠소?"

톰이 양해를 구했다.

"마침 흥미 있는 얘기를 하고 있는 사람을 만나서 말이오."

"좋도록 하세요."

데이지가 상냥하게 대답했다.

"혹시 주소라도 메모해 두고 싶으면, 여기 내 금제 연필을 쓰세요."

그녀는 잠시 후 고개를 돌려 톰 옆에 앉아 있던 여자를 살펴보았다.

"그저 그렇고 그런 여자지만 예쁘긴 하군."

나는 그녀가 개츠비와 단둘이 보냈던 반시간을 제외하면, 이 파티가 그리 즐겁지 않았다는 것을 느낄 수 있었다.

우리는 정신을 잃을 정도로 술에 취해 있던 일행과 같은 테이블에 앉아 있었다. 그것은 나의 실수였다. 개츠비가 전화를 받으러 간 사이에 나는 이 주일 전에 즐겁게 어울렸던 사람들이 모여 있던 테이블로 자리를 옮겼던 것이다. 그러나 그때는 나를 즐겁게 해 주던 것이 이제는 그렇지 않았다.

"베데커 양, 괜찮으십니까?"

그 여자는 내 어깨에 몸을 기대려 애를 쓰다가 내 물음에 정신이 든 듯 똑바로 앉아 눈을 크게 떴다.

"뭐라구요?"

데이지에게 내일 함께 골프나 치자던 몸집이 크고 둔하게 생긴 여자가 베데커를 변호하고 나섰다.

"베데커는 이제 괜찮을 거예요. 칵테일을 대여섯 잔만 마시면 항상 저런 식으로 고함을 지르지요. 내가 술을 끊으라고 그렇게도 충고했는데."

"난 소리치지 않았어."

베데커가 힘없이 말했다.

"네가 고함을 질렀기 때문에 내가 시베트 박사님께 도움을

청한 거야. '박사님! 박사님의 도움이 필요한 사람이 있어요.' 라고 말이야."

"분명 그녀도 고마워하고 있을 겁니다."

옆에 있던 다른 한 친구가 못마땅하다는 듯이 나섰다.

"하지만 당신이 베데커의 머리를 수영장에 밀어 넣어서 옷까지 젖게 만들었잖아요."

"난 머리를 물속에 넣는 게 정말 싫어!"

베데커가 취한 목소리로 중얼거렸다

"언젠가 뉴저지에서는 숨이 막혀 죽을 뻔했어."

"그럼 술을 끊도록 해요."

시베트 박사가 충고했다.

"그렇게 말하는 당신이나 조심하세요!"

베데커가 격렬한 기세로 소리를 질렀다.

"당신 손을 좀 봐요. 당신처럼 손이 떨리는 의사한테는 아무도 수술을 받으려고 하지 않을 거라구요!"

그날은 모두 이런 식이었다. 내가 마지막으로 기억하는 일이라고는 데이지와 나란히 서서 그 영화감독과 여배우를 지켜보던 것뿐이다. 그들은 그때까지도 흰 자두나무 아래에 서로 얼굴이 맞닿을 정도로 가까이 붙어 앉아 있었다.

문득 저 감독은 저녁 내내 아주 조금씩 여배우 쪽으로 몸을 기울여 마침내 지금처럼 가까이 마주앉게 되었을 거라는 생각이 떠올랐다. 우리가 지켜보고 있는 동안에도 그 감독은 점점 더 가까이 다가가 끝내는 여배우의 뺨에 키스를 했다.

"난 저 여자가 좋아요. 보세요, 얼마나 사랑스러워요!"

그 여배우를 제외한 나머지 사람들은 데이지를 불쾌하게 했다. 특별한 이유가 있었던 것은 아니다. 그것은 단지 데이지의 감정일 뿐이었다. 그녀는 브로드웨이를 통째로 옮겨 온 듯한 웨스트에그의 이 화려한 저택을 두려워했다.

그것은 이곳 사람들이 쓰고 있는 말투 속에 살아 꿈틀거리는 생명력과 결국에는 빈손으로 돌아갈 인생인데도 기를 쓰며 경쟁하고 있는 이곳 사람들의 강한 힘 같은 것 따위에서 느끼게 되는 두려움이었다. 그녀는 자신으로서는 도저히 이해할 수 없는 그 단순함 앞에서 어떤 무서운 힘을 느꼈던 것이다.

나는 톰과 데이지가 돌아가기 위해 차를 기다리는 동안 현관 앞 계단에 같이 앉아 있었다. 계단 주위는 어두컴컴했다. 현관 바로 앞 한 평 정도만 불빛을 받아 희뿌연 새벽 어둠 속에 빛나고 있었다.

이따금 2층 화장실 블라인드 너머로 사람 그림자가 어른거렸다. 그림자 하나가 나타났다 사라지면 곧 다른 그림자가 그 뒤를 이었다. 화장을 고치려는 여자들이 대부분이었다.

"도대체 개츠비라는 사람은 뭐 하는 작자야?"

갑자기 톰이 캐물었다.

"혹시 주류 밀매업자가 아닐까?"

"그런 말은 어디서 들었나?"

내가 되물었다.

"어디서 들은 게 아니라 내 생각이지. 요즘 밀주로 벼락부자가 된 작자들이 꽤 있거든."

"개츠비는 그런 사람이 아니야."

톰은 한동안 잠자코 서 있었다. 자갈들이 부딪치는 작은 소리만이 그의 발밑에서 들려왔다.

"어쨌든 이렇게 많은 유명인사들을 불러 모으느라 꽤나 고생했겠는걸."

데이지의 잿빛 모피 잔털이 바람에 흔들렸다.

"그래도 여기 모인 사람들이 우리가 알고 지내는 사람들보다 훨씬 재미있잖아요."

데이지는 톰의 말이 못마땅한 눈치였다.

"당신은 별로 재미있어 하지도 않았잖아."

"천만에요. 전 정말 재미있었어요."

톰은 나를 쳐다보며 웃었다.

"아까 그 여자가 데이지더러 냉수 샤워를 시켜 달라고 졸랐을 때 데이지의 표정이 어땠는지 자네도 봤겠지?"

데이지는 희미하게 들려오는 음악소리에 맞춰 허스키한

목소리로 노래를 부르기 시작했다. 노랫말 하나하나에 그 의미를 담아 가며……. 멜로디가 높이 올라가자 감미로운 그녀의 목소리도 따라 올라갔다. 그녀 같은 콘트랄토만이 그렇게 할 수 있었다. 그녀는 자신의 따스한 인간적인 매력을 조금씩 허공 속으로 던져 놓았다.

"초대받지 못한 사람들도 많이 왔어요."

데이지는 문득 노래를 멈추고 이렇게 말했다.

"아마 그 여자도 초대받지 못한 게 틀림없어요. 이런 사람들이 무작정 몰려와도 개츠비 씨는 마음이 약해서 야무지게 거절을 못하는 걸 거예요."

"난 저자가 어떤 사람이고, 무슨 일을 하는지 정말 궁금해. 반드시 알아내고야 말겠어."

톰은 보기와는 달리 끈질긴 면이 있었다.

"알아볼 것도 없어요. 내가 지금 당장 가르쳐 줄 수 있으니까요."

데이지가 대답했다.

"그는 약국을 여러 개 가지고 있어요. 그것도 다 혼자 힘으로 마련한 거래요."

마침내 톰의 리무진이 차도를 따라 천천히 다가왔다.

"잘 자요. 오빠."

데이지는 내게 작별 인사를 했다.

그녀의 시선은 나를 떠나 불 켜진 계단 위를 더듬으며 무언가를 찾고 있었다. 열려 있던 현관문으로 그 무렵 유행하고 있던 <새벽 3시>라는 산뜻한 왈츠곡이 흘러나왔다. 개츠비의 파티에는 그녀에게서 완전히 잊혀졌던 낭만이 깃들어 있었다.

그녀의 마음을 다시 사로잡은 저 노래에는 도대체 무엇이 숨어 있을까? 이제 이 어둠 속에서는 무슨 일이 일어날까? 어쩌면 예정에도 없던 귀한 손님이 올지도 모른다. 더할 수 없이 귀하고 경이로운 사람이, 지나간 5년 동안 한 번도 흔들린 적이 없었던 개츠비의 열정을 지워 버릴 정도로 눈부시고, 젊음이 넘치는 여인이 올지도 모르는 것이다.

나는 그날 밤 늦게까지 파티에 남아 있었다. 개츠비가 손님들이 돌아갈 때까지 기다려 달라고 부탁했던 것이다. 어디서든 수영을 하지 않고는 못 배기는 사람들이 검은 밤바다에서 돌아오고, 머리 위로 보이는 객실의 불빛이 꺼질 때까지 나는 정원을 산책하고 있었다.

마침내 개츠비가 계단을 내려왔다. 햇볕에 그을린 그의 얼굴에는 다른 때와는 달리 긴장감이 감돌고 있었다. 그는 몹시 지친 듯했지만, 묘하게도 눈빛만은 밝게 빛났다.

"데이지는 오늘 별로 즐거워하지 않았지요?"

개츠비는 나를 보자마자 이렇게 물었다.

"아니, 데이지는 무척 즐거워했어요."

"아니오. 데이지는 별로 즐겁지 않은 것 같았습니다."

그는 이렇게 말하고 한참 동안이나 말이 없었다. 나는 그의 침묵에서 침울함을 읽었다.

"어쩐지 데이지가 내게서 너무 멀어진 듯한 느낌이 듭니다."

"춤 때문에 그러는 겁니까?"

"춤이라니요?"

그는 그날 밤 자신이 몇 번인가 추었던 춤 따위는 한꺼번에 떨쳐 버리려는 듯 손가락을 튕겼다.

"그런 건 아무 문제도 아닙니다."

개츠비는 데이지가 톰에게 '한순간도 당신을 사랑한 적이 없다.'고 말하기를 바랐다고 했다. 그 말로 데이지의 4년이라는 지난 세월을 깨끗이 지워 버리고 난 후에야 비로소 다음 계획을 세울 수 있다는 것이었다.

이를테면 자유의 몸이 된 그녀와 함께 루빌로 돌아가 그녀의 집에서 결혼식을 올린다는 것과 같은 계획 말이다. 마치 5년 전으로 되돌아간 것처럼.

"그런데 그녀는 이런 내 속마음을 이해하지 못하고 있습니다. 예전에는 서로를 너무나도 잘 이해했는데 말입니다. 그때 우리는 몇 시간이고 함께 앉아 있곤 했는데……."

개츠비는 갑자기 말을 멈추고는 과일 껍질과 버려진 파티 회원권, 짓밟힌 꽃들로 어지럽혀진 길을 왔다갔다했다.

"나라면 데이지에게 그렇게 무리한 요구는 하지 않겠습니다. 지나간 과거를 돌이킬 수는 없는 노릇 아닙니까?"

나는 용기를 내서 이렇게 말했다.

"그럼 과거로 돌아갈 수 없다는 말입니까?"

그는 믿을 수 없다는 듯이 소리쳤다.

"아닙니다. 과거도 되풀이할 수 있습니다."

그는 마치 과거가 자신의 정원 어느 한구석에 숨어 있기라도 한 듯이 성난 눈초리로 주위를 둘러보았다.

"나는 모든 걸 예전처럼 되돌려 놓을 겁니다. 이제 두고 보면 알게 될 겁니다."

그는 고개를 끄덕이며 단호하게 말했다.

개츠비는 그날 자신의 과거에 대해 많은 이야기를 했다.

나는 그의 얘기를 들으며 그가 데이지를 사랑하면서 갖게 된 그 무엇인가를 되찾으려는 것은 아닌가 하는 생각이 들었다. 그것은 아마 자신에 대한 어떤 신념 같은 것인지도 모른다.

그의 인생은 그때부터 엉망이 되어 버린 것이다. 그는 예전으로 되돌아가 그것을 되풀이할 수만 있다면, 자신이 잃어버린 것이 무엇이었는지 찾을 수 있을 거라고 생각하고 있었다.

5년 전 어느 가을밤, 개츠비와 데이지는 낙엽이 지는 거리를 걷고 있었다. 달빛을 받은 거리는 하얗게 빛나고 있었다. 두 사람은 걸음을 멈추고 서로 마주보았다. 한 해에 두 번, 계절이 바뀔 때면 찾아오곤 하는 신비로운 흥분이 감도는 그런 밤이었다. 집에서 새어 나오는 희미한 불빛도 어둠 속에서 뭔가를 속삭이고, 작은 별들도 가늘게 떨고 있었다. 개츠비는 곁눈질로 각 블록 사이의 샛길들이 실제로 거대한 사다리를 만들고 있고, 그 사다리는 나무 꼭대기 저 위쪽의 신비스러운 장소로 통하고 있는 것을 보았다. 만약 혼자라면 그곳으로 올라갈 수 있을 것 같았고, 그곳에 올라가기만 하면 생명의 빵과 상상할 수도 없이 경이로운 젖을 마음껏 먹고 마실 수 있을 것 같았다.

데이지의 하얀 얼굴이 가까이 다가오자, 개츠비의 가슴은 더욱 세차게 고동쳤다. 그는 지금 이 여자와 입을 맞춘다면, 그리하여 말로는 다 표현할 수 없는 자신의 꿈과 덧없이 사라질 이 여자의 숨결을 합한다면, 자신의 마음이 이제 다시 신의 그것처럼 붕붕 떠다니는 일은 없으리라는 것을 알고 있었다.

이런 이유로 그는 소리굽쇠가 어떤 별에 부딪쳐서 내는 소리에 귀를 기울이며 망설였다. 그러나 그는 그녀에게 키스했다. 그의 입술이 닿자 그녀는 마치 한 송이 꽃처럼 활짝 피어나 그를 받아들였다. 그들의 결합은 완벽하게 이루어졌다.

개츠비가 들려준 이야기는 다분히 그의 지나친 감상으로

215

채색되어 있었다. 하지만 나는 그 이야기를 들으면서 먼 옛날 어디선가 들었던 음악의 리듬과 잊어버린 이야기의 조각들을 떠올렸다.

한순간 내 입 속에서는 어떤 문장이 형태를 갖추려 애를 썼고, 내 입술은 조금이라도 더 움직이려고 기를 쓰는 벙어리의 그것처럼 벌어졌다. 그러나 내 입에서는 끝내 한마디도 나오지 않았고 내가 거의 기억해 냈던 그 말은 영원히 전달되지 못했다.

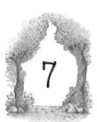

7

개츠비에 대한 나의 호기심이 절정에 달해 있던 어느 토요
일 저녁이었다. 그의 저택은 불도 켜지 않은 채 조용히 잠들
어 있었다. 벼락부자로서의 그의 생활은 시작이 그랬던 것처
럼 그 끝도 석연치 않았다. 후에 알게 된 사실이지만, 기대에
잔뜩 부풀어 그의 집으로 찾아왔던 차들은 얼마 되지도 않아
황급히 돌아가야만 했다.

나는 개츠비가 몸져누운 게 아닌가 하는 걱정으로 그를 찾
아갔다. 현관에서 험상궂게 생긴 하인이 미심쩍은 눈초리로
나를 맞았다.

"요즘 개츠비 씨가 어디 불편합니까?"

"아닙니다."

그는 일단 말을 끊었다가 마지못해 이렇게 덧붙였다.

"선생님."

"근래 들어 통 뵙지를 못해 걱정했소. 캐러웨이가 다녀갔
다고 좀 전해 주시오."

"누구시라구요?"

그는 무례하게 다그쳐 물었다.

"캐러웨이요."

"캐러웨이? 알겠습니다. 그렇게 전해 드리지요."

그는 거칠게 문을 닫고 안으로 들어갔다.

우리 집 가정부가 들려준 말에 의하면, 개츠비는 일주일
전쯤에 지금까지 있던 하인들을 모두 내보내고 새로 대여섯
명을 고용했다고 한다. 새로 고용된 하인들은 웨스트에그의
장사치들과 결탁하는 일도 없이 전화로만 적당한 값의 물건
을 주문한다고 했다. 식료품을 배달하는 소년은 그 저택의 부
엌이 마치 돼지우리처럼 변했다고 전했다. 동네 사람들은 이
번에 새로 들어온 사람들이 하인 같지는 않다고 수군거렸다.

그 이튿날 개츠비가 전화를 했다.

"어디로 이사하는 겁니까?"

"천만에요, 친구."

"부리던 사람들을 모두 내보냈다고 들었는데요."

"입이 좀 무거운 사람들을 두고 싶어서 그렇게 했습니다. 오후에는 데이지가 자주 드나드니까요."

그러니까 데이지 때문에 그 대저택 전체가 종이로 만든 집처럼 내려앉고 만 것이었다.

"이번에 들어온 사람들은 울프샤임이 돌봐 주고 싶어하던 사람들입니다. 모두 형제자매들이지요. 전에는 작은 호텔을 경영하기도 했었답니다."

"그런 일이 있었군요."

개츠비가 전화한 것은 데이지의 부탁 때문이었다. 그는 내게 그녀의 집으로 점심 식사를 하러 가지 않겠냐고 물었다. 조던 베이커도 온다고 했다. 30분쯤 후에는 데이지가 직접 전화를 했다. 내가 가겠다고 하자 그녀는 한시름 놓는 눈치였다.

무슨 일이 생긴 것이 틀림없었다. 그렇더라도 그 자리에서 무슨 소란을 일으킬 것 같지는 않았다. 특히 지난번에 개츠비가 내게 말해 주었던 것과 같은 그런 일은 더더욱.

그날은 유난히도 더웠다. 아마 그해 여름 중 가장 무더운 날이었을 것이다. 내가 탄 열차가 터널을 지나 이글거리는 햇빛 속으로 뛰어들었을 땐 오직 내셔널 비스킷 회사의 정오를 알리는 사이렌 소리만이 한낮의 정적을 깨뜨리고 있었다. 객차 안의 밀짚 좌석은 금방이라도 불이 붙을 것처럼 후끈거렸다.

내 옆자리에 앉아 있던 여자는 땀을 식힐 요량으로 흰 블라우스의 윗부분을 손으로 잡아당겨 바람을 불어넣었다. 그러나 손에 쥐고 있던 신문마저 땀에 젖어 버리자 더는 어쩔 수 없다는 듯 처량한 비명을 지르며 찌는 듯한 무더위에 몸을 맡겨 버렸다. 그 와중에 지갑이 바닥으로 떨어졌다.

"어머나!"

그 여자는 숨을 헐떡이며 어쩔 줄 몰라 했다. 나는 귀찮았지만 지갑을 주워 그 여자에게 돌려주었다. 오해를 피하려고 될 수 있는 한 지갑 모서리를 잡고 멀찍이서 건네주었지만, 그 여자는 물론 주위에 있던 사람들까지 나를 의심하는 눈치였다.

"아이고, 덥다!"

차장이 다가와 안면이 있는 사람들에게 말을 걸었다.

"정말 대단하군요. 아이고, 더워라, 아이고 더워! 정말 지독하게 덥죠?"

차장에게 돌려받은 내 정기 승차권에는 그의 검은 손자국이 묻어 있었다. 이런 더위라면 누구든지 차장이 다가와 키스를 하든 머리를 기대 땀을 닦든 상관하지 않았을 것이다. 차표의 얼룩 따위는 말할 것도 없었다.

개츠비와 내가 부캐넌의 집에 도착해 안내를 기다리고 있을 때였다. 마침 지나가던 바람이 우리가 서 있던 현관 밖까지 전화벨 소리를 실어 날랐다.

"주인어른의 시신이라고요?"

하인이 수화기를 들고 소리를 질렀다.

"부인, 죄송합니다만 지금은 안 되겠습니다. 오늘 낮은 너무 더워서 손을 댈 수가 없습니다."

그러나 그가 마지막으로 한 말은 "네…… 네…… 알아보겠습니다."였다.

수화기를 내려놓은 하인은 땀에 젖어 번들거리는 얼굴로 우리에게 다가와 빳빳한 밀짚모자를 받아들었다.

"부인께선 객실에서 기다리고 계십니다."

그는 우리도 이미 잘 알고 있는 객실 쪽을 가리키며 큰 소리로 말했다. 오늘같이 더운 날씨에는 이런 불필요한 몸짓 하나에도 짜증이 나게 마련이었다.

그 방은 커튼으로 햇빛을 가려 놓은 탓에 약간 어두웠지만 시원했다. 데이지와 조던은 기다란 의자에 누워 있었다. 마치 은으로 만든 인형 둘이 선풍기 바람에 흩날리는 흰 드레스를 다소곳이 누르고 있는 듯한 모습이었다.

"너무 더워서 꼼짝도 못 하겠어요."

두 사람이 입을 모아 말했다.

햇볕에 그을린 피부에 하얗게 분을 바른 조던의 손가락이 잠시 내 손에 와 닿았다.

"그런데 톰은 어디 갔지?"

내가 이렇게 묻는 순간, 홀에서 전화를 하고 있는 톰의 무뚝뚝하고 탁한 목소리가 들려왔다.

개츠비는 진홍색 양탄자 한가운데 서서 방 안을 둘러보고 있었다. 데이지는 그런 그의 모습을 지켜보다 특유의 웃음을 터뜨렸다. 그녀의 가슴에서 분가루가 뽀얗게 솟아올랐다.

"소문대로라면, 저 전화는 톰의 애인일 거예요."

조던이 낮게 속삭였다.

우리는 잠시 침묵을 지켰다. 톰은 귀찮다는 듯 짜증을 부리고 있었다.

"그럼 좋소. 당신한테 그 차를 팔기로 했던 건 그만두기로 하지. 당신한테 팔아야 할 이유가 없으니까. 그리고 점심시간에 그런 일로 사람을 귀찮게 한 건 절대 용서하지 않겠소!"

"우리가 들으라고 수화기를 내려놓고 일부러 저러는 거예요."

데이지가 빈정거렸다.

"아니, 그게 아니야."

나는 데이지에게 사실을 말해 주었다.

"나도 우연히 알게 된 일이지만, 톰은 정말로 거래를 하려는 거야."

그때 톰이 문을 확 열어젖히며 방 안으로 서둘러 들어왔다.

"개츠비 씨!"

톰은 감쪽같이 싫은 기색을 감추고 개츠비에게 넓적한 손을 내밀었다.

"잘 오셨습니다. 닉, 자네도……."

"시원한 음료수 좀 갖다 주세요."

데이지가 톰에게 소리쳤다.

톰이 다시 방을 나가자, 데이지는 의자에서 일어나 개츠비에게 다가갔다. 그리고 그의 얼굴을 당겨 키스를 했다.

"내가 당신을 얼마나 사랑하고 있는지 아시죠?"

데이지가 속삭였다.

"여기에 요조숙녀도 있다는 걸 잊어버리면 곤란해요."

조던이 이렇게 말하자, 데이지는 무슨 말을 하는지 모르겠다는 듯 실내를 돌아보았다.

"그럼 너도 닉하고 키스하면 되잖아."

"어쩌면 그런 말을 아무렇지도 않게 해요!"

"난 아무렇지도 않아."

데이지는 이렇게 말하고는 벽난로에 기름을 채우기 시작했다. 그러다 문득 더위를 느꼈는지 쑥스러운 표정으로 다시 의자에 앉았다. 그때 유모가 단정하게 차려입은 여자아이를 데리고 들어왔다.

"귀엽고 예쁜 우리 아가!"

데이지는 아이를 향해 양팔을 벌  리며 상냥하게 말했다.

"이리 오렴."

유모의 손을 벗어난 아이는 부끄러운 듯 곧장 데이지의 품 속으로 뛰어들었다.

"귀엽고 예쁜 우리 딸, 엄마 때문에 네 머리에 분이 묻었구 나. 자, 일어서서 '안녕하세요.' 하고 인사해야지."

개츠비와 니는 번갈아 가며 마지못해 내민 아이의 조그마 한 손을 잡아 주었다. 개츠비는 그 뒤에도 계속 놀란 표정으 로 아이를 바라보았다. 아마 그때까지는 아이의 존재를 단 한 번도 생각해 본 적이 없는 것 같았다.

"점심 먹기 전에 새로 옷을 갈아입었어요."

아이는 데이지를 돌아보며 이렇게 말했다.

"그건 엄마가 널 손님한테 예쁘게 보이려고 그런 거야."

데이지는 아이의 가느다란 목에 얼굴을 비볐다.

"넌 내 희망이야. 작지만 소중한 희망!"

"맞아요."

아이가 조용하게 말했다.

"조던 아줌마도 흰 드레스를 입었네요?"

"너도 엄마 친구들이 마음에 드니?"

데이지는 아이를 돌려세워 개츠비를 보게 했다.

"저 아저씨들도 멋지지?"

"아빠는 어디 갔어요?"

"이 아인 제 아빠를 닮지 않았어요. 나를 쏙 빼닮았죠. 머리 색깔이며 얼굴 생김새 할 것 없이 전부요."

데이지는 허리를 펴고 다시 긴 의자 위에 앉았다. 유모가 아이에게 손을 내밀었다.

"패미, 우린 이제 그만 나가자."

"안녕, 내 아가!"

그 아이는 가고 싶지 않은 듯 뒤를 힐끔거리면서도 아무 말 없이 유모의 손을 잡고 밖으로 나갔다. 예절 교육을 잘 받은 듯했다. 그때 톰이 얼음을 가득 채운 진 리키 네 잔을 들고 돌아왔다.

개츠비가 자기 잔을 들었다.

"이거 정말 시원하겠는데요."

개츠비가 긴장된 얼굴로 한마디했다.

목이 말랐는지 모두들 단숨에 잔을 비웠다.

"어느 책에선가 읽었는데 태양이 갈수록 뜨거워지고 있다는군요."

톰이 친근감 있게 말했다.

"지구는 이제 곧 태양 속으로 떨어져 버릴지도 모릅니다. 아니, 가만있자…… 그 반댄가, 태양은 해마다 식어 가고 있

226

다는 거였소. 그만 나갑시다."

톰이 개츠비에게 권했다.

"우리 집을 보여 드리고 싶습니다."

나도 그들과 함께 베란다로 나갔다. 뜨거운 열기로 가득한 파란 바다 위로 작은 요트 한 척이 떠 있었다. 개츠비는 눈으로 그 요트를 쫓다가 손을 들어 만 건너편을 가리켰다.

"바로 저기가 우리 집입니다."

"그렇군요."

우리는 장미 화원과 더위에 지쳐 늘어진 잔디밭, 물가에 버려진 쓰레기 더미 위로 무성하게 자라난 잡초에서 눈을 돌렸다. 요트의 흰 돛이 푸른 하늘을 등지고 천천히 움직이고 있었다. 그 앞쪽으로는 부채꼴 모양의 바다와 풍요로운 섬들이 놓여 있었다.

"재미있는 놀이가 되겠는데요."

톰이 턱으로 요트를 가리켰다.

"나도 저걸 타고 한 시간쯤 바다에 나가 보고 싶은 생각이 드는군요."

우리는 햇빛을 가린 그늘진 식당에서 점심을 먹었다. 그리고 시원한 맥주와 함께 불안한 즐거움을 들이켰다.

"우리 오늘 오후엔 뭘 하죠?"

데이지가 외쳤다.

"그리고 내일은요? 앞으로 30년 동안은 뭘 할 거죠?"

"제발 별나게 굴지 좀 마세요."

조던이 말했다.

"가을이 오고 날씨도 선선해지면, 또 새로운 인생이 시작될 거니까요."

"하지만 지금은 너무 더워."

데이지는 금방이라도 울음을 터뜨릴 것 같은 모습이었다.

"게다가 모든 게 엉망이야. 우리 이러지 말고 뉴욕에나 가요."

데이지의 변덕스러운 제안에 귀를 기울이는 사람은 아무도 없었다.

"마구간을 차고로 개조했다는 얘기는 가끔 들어 보셨을 겁니다."

톰이 개츠비에게 말했다.

"하지만 차고를 마구간으로 뜯어고친 사람은 아마 내가 처음일 겁니다."

"뉴욕에 가고 싶은 사람 없냐구요?"

데이지는 쉽게 포기하지 않았다. 개츠비가 그런 그녀를 향해 눈길을 돌렸다.

"어머!"

데이지가 소리쳤다.

"너무 멋져 보여요."

두 사람의 시선이 마주쳤다. 그들은 한동안 주위 사람을 의식하지 않은 채 서로를 말없이 바라보았다. 데이지는 힘없이 식탁 위로 시선을 떨구었다.

"당신은 언제나 멋있게 보여요."

데이지는 같은 말을 몇 번이고 되풀이했다. 그것은 개츠비에 대한 애정의 표시였다. 톰도 그것을 알아차리고는 깜짝 놀라 입을 조금 벌린 채 개츠비를 바라보았다. 그리고 마치 몇 년 만에 만난 친구를 이제야 알아보겠다는 듯이 데이지에게 시선을 돌렸다.

"당신, 마치 광고 모델 같아요."

데이지는 천연덕스럽게 말을 이었다.

"광고에 나온 그 남자……."

"좋아!"

갑자기 톰이 끼어들었다.

"나도 뉴욕에 가는 데 찬성이야. 자, 갑시다. 우리 모두 뉴욕으로 가는 겁니다."

톰은 자리에서 일어났다. 그 사이에도 그는 개츠비와 데이지를 번갈아 가며 노려보고 있었다. 그러나 톰 이외에는 아무도 일어서지 않았다.

"가자니까!"

톰은 짜증을 냈다.

"대체 왜들 이러고 있는 거죠? 뉴욕에 가려면 서두릅시다."

톰은 자신의 감정을 억누르느라 떨리는 손으로 잔을 들어 남아 있는 음료수를 마셨다. 우리는 자리에서 일어나 뜨겁게 달귀진 자갈길로 나섰다.

"그냥 이대로 가자는 거예요?"

데이지가 투덜거렸다.

"이런 식으로 말이에요? 우선 담배라도 한 대 피우고 가자구요."

"여태껏 피웠잖아?"

"그러지 말고 부탁해요."

데이지는 고집을 부렸다.

"너무 더워서 아무것도 못 하겠어요."

톰은 더 이상 아무런 대꾸도 하지 않았다.

"그럼, 당신 마음대로 해요."

데이지는 포기한 듯 베이커를 돌아보았다.

"조던, 이리 와."

두 사람이 2층으로 외출 준비를 하러 간 사이 우리 세 사람은 뜨거운 자갈을 발로 건드리며 서 있었다.

서쪽 하늘에는 벌써 하얀 초승달이 떠 있었다. 개츠비는 무슨 말인가를 하려고 입을 열다가 금세 마음이 바뀐 듯 입을 다물었다. 그러나 톰은 이미 개츠비를 바라보며 그의 말을 기다리고 있었다.

"여기에 마구간이 있단 말이죠?"

개츠비가 마지못해 입을 열었다.

"이 길로 4백 미터 정도 내려가면 있습니다."

"아, 그렇습니까?"

잠시 대화가 끊겼다.

"느닷없이 뉴욕이라니? 여자들이란 항상 생각한다는 게……."

톰은 괜한 짜증을 부리고 있었다.

"마실 것 좀 챙겨 갈까요?"

2층 창가에서 데이지가 소리쳤다.

"내가 위스키를 좀 가지고 갈게."

톰은 이렇게 대답하고 다시 집 안으로 들어갔다.

개츠비가 굳은 표정으로 나를 돌아보았다.

"이 집에서는 도무지 아무런 말도 할 수가 없군요. 친구."

"데이지의 목소리는 천박해요. 뭐랄까, 그녀의 목소리는……."

나는 적절한 말을 찾지 못해 잠시 머뭇거렸다.

"그녀의 목소리는 돈으로 치장되어 있지요."

문득 개츠비가 이렇게 말했다.

미처 깨닫지 못하고 있었지만, 개츠비의 말은 사실이었다. 높낮이가 분명한 데이지의 목소리가 지닌 매력의 비밀은 바로 그것이었다. 여운을 남기며 짤랑이는 심벌즈의 노래같기도 한 그녀의 목소리는 바로 돈의 소리였다. 저 높은 궁전에 앉아 호령하는 공주의 모습이 바로 그녀의 모습이었다.

톰이 일 리터들이 위스키 병을 타월로 감싸고 나왔다. 그 뒤로 데이지와 조던이 금속 느낌의 천으로 만든 작고 꼭 끼는 모자를 쓴 채 가벼운 케이프를 팔에 걸치고 나타났다.

"모두 내 차로 모시지요."

개츠비는 이렇게 말하고 뜨겁게 달아올라 후끈거리는 녹색 가죽 시트를 만져 보았다.

"그늘 밑에 세워 둘 걸 그랬습니다."

"이 차의 변속기는 표준형입니까?"

"그렇습니다."

"그럼, 개츠비 씨가 내 쿠페를 타시지요. 당신 차는 내가 몰고 가겠습니다."

개츠비는 톰의 제안이 마음에 들지 않은 듯했다.

"휘발유가 얼마 안 남았을 텐데요."

개츠비가 은근히 반대 의사를 내비쳤다.

"충분하겠는데요, 뭘."

톰은 계량기를 들여다보며 문제없다는 듯이 말했다.

234

"혹시 휘발유가 떨어지더라도 가는 길에 약국에 들르면 되지 않소. 요즘 약국에서는 뭐든지 파는 모양이던데."

톰의 어처구니없는 말에 우리 모두는 입을 다물고 말았다. 데이지는 얼굴을 찡그리며 톰을 노려보았다. 개츠비의 표정도 뭐라 표현할 수 없이 묘하게 일그러졌다. 방금 그 말을 어디에선가 들어 본 적이 있는 듯한 모양이었다.

"어서 가자고, 데이지."

톰은 한 손으로 데이지를 개츠비의 자동차 쪽으로 끌었다.

"당신을 이 서커스 마차로 뉴욕까지 모시지."

톰이 자동차 문을 열었지만, 그녀는 그의 팔에서 빠져나왔다.

"당신은 닉과 조던을 태우고 가세요. 우리는 쿠페로 따라갈 테니까."

데이지는 개츠비에게 다가가 그의 옷매무새를 고쳐 주었다. 조던과 나는 톰과 함께 개츠비의 자동차에 올라탔다.

톰은 자기 손에 익숙하지 않은 기어를 조심스레 넣었다. 우리가 탄 차는 곧 데이지와 개츠비를 뒤에 남겨 둔 채 찌는 듯한 더위 속으로 달려 나갔다.

"자네도 봤나?"

톰이 물었다.

"뭘 말인가?"

톰은 조던과 내가 처음부터 모든 걸 다 알고 있었다는 것

235

을 눈치 챈 듯 날카로운 시선으로 쏘아보았다.

"자넨 내가 그렇게 미련하게 보이나, 그런가?"

톰은 나를 떠보려는 것 같았다.

"그럴지도 모르지. 그러나 내게도 직감이란 게 있네. 자네가 믿을지 모르겠지만, 그것은 때로 내게 어떻게 하라고 가르쳐 주지. 과학적으로도……."

톰은 이야기를 중단했다. 우연히 눈앞에 나타난 생각지도 못했던 사건이 그를 사로잡아 이론적 함정에서 그를 다시 끌어냈던 것이다.

"내가 그 작자에 대해 좀 알아봤지. 진작 알았다면 좀더 깊이 캐볼 수도 있었는데……."

"점쟁이라도 찾아갔었나요?"

조던이 장난스레 물었다.

"뭐라구?"

조던과 내가 웃어 대자 톰은 당황하며 우리를 쳐다보았다.

"점쟁이라니?"

"개츠비의 뒷조사 말이에요."

"그런 일을 점쟁이에게? 난 그런 짓은 하지 않아. 단지 그 작자의 과거를 좀 알아본 것뿐이야."

"그래서 그가 옥스퍼드 출신이라는 걸 알게 되었군요."

조던은 자신도 뭔가 좀 아는 것처럼 말했다.

톰은 깜짝 놀라며 우리를 쳐다보았다.

"말도 안 되는 소리요! 핑크빛 옷이나 걸치고 다니는 그런 작자가 옥스퍼드 출신이라니."

"그래도 그는 옥스퍼드 출신인걸요."

"뉴멕시코 주에 있는 옥스퍼드 말인가?"

톰은 코웃음을 쳤다.

"이봐요, 톰. 그를 그렇게 무시하면서 식사에는 왜 초대한 거죠?"

조던이 짓궂게 따져 물었다.

"그자는 데이지가 초대한 거요. 데이지는 결혼하기 전부터 그자를 알고 있었던 모양이오. 어디서 어떻게 만났는지는 내 알 바 아니지만."

차츰 술이 깨고 있던 우리는 모두 신경이 날카로워져 있었다. 한동안 침묵이 흘렀다. 그때 T. J. 에클버그 박사의 퇴색한 두 눈이 시야로 들어왔다. 나는 문득 휘발유가 모자랄지도 모른다는 개츠비의 말이 생각났다.

"뉴욕까지는 문제없어."

톰이 말했다.

"하지만 저기 주유소가 있잖아요."

조던은 그래도 걱정이 된다는 듯이 말했다.

"이렇게 푹푹 찌는 더위 속에서 오도 가도 못 하게 되는 일을 당하고 싶진 않아요."

톰이 급하게 브레이크를 밟자, 차는 모래 먼지를 일으키며 윌슨네 가게 간판 아래에서 급정거했다. 잠시 후 주인이 움푹 들어간 눈을 하고 나타나 자동차를 노려보았다.

"휘발유 좀 넣어 주시오."

톰이 거칠게 소리쳤다.

"우리가 뭣 때문에 차를 세웠겠나? 경치라도 감상하려고 차를 세웠겠나? 빨리 넣어 주시오!"

"몸이 좋지 않아서요."

윌슨은 꼼짝도 하지 않고 이렇게 말했다.

"아침부터 몸이 안 좋습니다."

"어떡하다 그렇게 된 거요?"

"그동안 너무 지쳤어요."

"그럼, 나더러 직접 넣으란 말이오?"

톰이 재촉했다.

"전화했을 땐 아무렇지도 않았잖소?"

윌슨은 간신히 기대고 서 있던 문에서 나와 숨을 가쁘게 몰아쉬며 휘발유 탱크 뚜껑을 비틀어 열었다. 햇빛 아래로 드러난 그의 얼굴은 몹시 창백해 보였다.

"점심 식사를 방해할 생각은 없었습니다."

윌슨은 변명했다.

239

"하지만 요즘 돈이 좀 궁해서요. 당신이 언제쯤 그 낡은 차를 파실지 궁금하기도 해서 전화했던 겁니다."

"그렇다면 이 차는 어떤가?"

톰이 물었다.

"지난주에 새로 샀는데."

"노란색이 아주 잘 어울리는군요."

월슨은 힘겹게 휘발유 펌프 핸들을 잡고 서서 말했다.

"사겠소?"

"구미가 당기기는 합니다만."

월슨은 희미하게 미소를 지었다.

"이 차는 제게 좀 무리군요. 하지만 저번의 그 차라면 이익을 좀 남길 수 있을 것 같습니다."

"돈은 갑자기 왜 필요하다는 거요?"

"이곳에서 너무 오랫동안 살았어요. 이젠 여길 떠나고 싶습니다. 우리는 서부로 갈 생각입니다."

"자네 부인도 그러길 바란단 말이오?"

톰이 깜짝 놀라 급하게 물었다.

"아내는 벌써 십 년 전부터 떠나자고 절 졸랐는걸요."

월슨은 손으로 햇빛을 가리면서 주유 펌프에 기대어 숨을 돌렸다.

"그러나 이젠 아내가 원하든 원하지 않든 떠날 생각입니다. 여기는 이제 진절머리가 다 납니다."

쿠페가 먼지를 일으키며 우리 옆을 지나쳐 갔다. 차 안에서 데이지가 열심히 손을 흔들고 있는 것이 보였다.

"얼마요?"

톰이 퉁명스럽게 물었다.

"이틀 전부터 좀 이상한 사실을 알게 됐습니다."

윌슨이 말했다.

"그래서 여기를 떠나려고 하는 겁니다. 차 때문에 당신을 귀찮게 한 것도 그 때문입니다."

"얼마냐니깐?"

"1달러 20센트입니다."

무자비하게 내리쬐는 햇빛 때문에 내 머리도 잠시 어떻게 되었는지 윌슨이 의심하고 있는 것은 톰이 아니라는 사실을 깨닫기까지 시간이 좀 걸렸다. 윌슨은 머틀이 자신을 떠나 다른 세계에서 별개의 생활을 하고 있다는 것을 알고는 그 때문에 병이 난 것이었다.

나는 톰과 윌슨을 번갈아 가며 바라보았다. 톰도 한 시간 전에 자신의 아내에게서 그와 비슷한 사실을 알게 되었던 것이다. 나는 지성이나 신분의 차이가 병자와 건강한 사람의 그것처럼 근본적인 것은 아니라는 사실을 깨달았다.

윌슨은 뭔가 용서받지 못할 중죄를 지은 사람처럼 창백해

보였다. 마치 어느 가엾은 여자에게 애라도 배게 한 것처럼.

"아까 얘기했던 차는 자네한테 팔도록 하지."

톰이 말했다.

"내일 오후에 넘겨주겠네."

이 지역은 태양이 사방을 환하게 밝히고 있는 낮 시간에도 뭔가 불안한 느낌이 드는 곳이었다. 나는 그때도 왠지 좋지 않은 일이 벌어지고 있는 것 같아 뒤를 돌아보게 되었다. 잿빛 벌판 너머로 에클버그 박사의 거대한 두 눈이 우리를 노려보고 있었다. 나는 잠시 후 10미터도 채 안 되는 거리에서 또 다른 눈이 우리를 지켜보고 있다는 것을 눈치 챘다.

윌슨의 정비소 2층 창문에서 머틀이 우리를 내려다보고 있었던 것이다. 그녀는 우리를 내려다보는 일에 너무 열중한 나머지 내가 자신을 보고 있다는 것도 전혀 눈치 채지 못했다.

막 현상되기 시작한 인화지에 갖가지 물체들이 그 모습을 드러내듯 그녀의 얼굴에서도 오만 가지 표정이 나타났다 사라지곤 했다. 묘하게도 그것은 내게 전혀 낯설지 않은 것이었다. 여자들에게서 흔히 볼 수 있는 것이었지만, 그녀의 얼굴에서는 아무 의미 없이 뭐라 설명할 수도 없는 그 무엇이었다.

나는 곧 질투와 공포로 휘둥그레진 머틀의 시선이 톰이 아니라 조던 베이커를 향하고 있다는 것을 알아냈다. 머틀은 조던을 톰의 아내로 오해하고 있었던 것이다.

8

단순한 사람에게 닥친 혼란처럼 위험한 것도 없다. 톰은 차를 몰면서 심하게 채찍질을 당하는 듯한 초조함을 느끼는 것 같았다. 한 시간 전까지만 하더라도 그의 아내와 정부는 모두 그의 손안에 있었다. 그런데 이제는 두 사람 다 그에게서 벗어나려 하고 있지 않은가.

데이지를 따라잡고 윌슨으로부터 빨리 벗어나려는 생각이 그에게 본능적으로 가속 페달을 밟게 했다. 우리가 탄 자동차는 시속 80킬로미터로 아스토리아를 향해 달려갔다.

마침내 거미줄처럼 엉킨 고가도로 사이를 달리고 있는 푸른색 쿠페가 우리 시야에 들어왔다.

"50번가 근처에 있는 대형 극장은 시원해요."

조던이 말을 꺼냈다.

"난 사람들이 시외로 빠져나간 여름철의 뉴욕 오후가 좋아요. 왠지 관능적인 느낌이 들거든요. 마치 온갖 과일들이 완전히 무르익어 손에 떨어질 것처럼요."

이 '관능적'이라는 말이 톰의 불안을 더욱 부추기는 꼴이 되었다. 그가 미처 불평할 새도 없이 쿠페가 다가왔다.

구페 안에 디고 있던 데이지가 차를 가까이 대라고 손짓을 했다.

"어디로 갈까요?"

데이지가 소리쳤다.

"영화를 보러 가는 게 어때?"

"이렇게 더운데요."

그녀가 불평했다.

"영화를 보고 싶으면 당신들이나 가세요. 우린 드라이브나 할 테니까 나중에 만나요."

그녀는 이렇게 말하고 나서 재치 있게 농담을 던졌다.

"어느 길모퉁이에서 만나요. 찾기 쉽게 담배 두 개비를 입에 물고 있을 테니까요."

"여기서 그딴 걸 의논하자는 거야?"

뒤에 있던 트럭이 요란하게 경적을 울려 대자 톰이 신경질을 냈다.

"우리를 따라서 센트럴 파크 남쪽 플라자호텔 앞으로 와."

톰은 호텔까지 가면서 몇 번이고 뒤를 돌아보며 두 사람이 따라오고 있는지 확인했다. 다른 차 때문에 쿠페가 뒤처지기라도 하면, 그는 두 사람이 따라올 때까지 속도를 늦췄다. 톰은 그때 분명히 두 사람이 옆길로 빠져나가 자신의 인생에서 영원히 사라져 버리지는 않을까 두려워하고 있었던 것 같다. 그러나 그 두 사람은 그렇게 하지 않았다.

우리는 플라자호텔의 특별 휴게실을 빌렸다. 우리가 그 방으로 들어갈 때까지 쉬지 않고 떠들어 댔던 얘기들은 지금 기억나지 않는다. 그러나 땀이 바지 속으로 흘러내려 물에 젖은 뱀이 정강이를 타고 기어 올라오는 듯한 느낌이 들었던 것과 땀방울이 쉴 새 없이 등을 타고 흘러내리던 것은 생생하게 기억하고 있다. 그것은 욕실을 다섯 개 빌려 냉수욕이나 하자고 했던 데이지의 엉뚱한 제안 때문에 기억할 수 있었다.

데이지의 엉뚱한 제안은 결국 '민트 줄렙을 마실 수 있는 곳'이라는 보다 구체적인 것으로 바뀌었다. 우리는 서로 그것이 '미친 짓'이라고 떠들어 댔다.

모두가 이렇게 소란을 피우자, 프런트에 있던 호텔 직원은 우리가 장난을 치는 것으로 생각하는 듯했다. 적어도 우리가 보는 앞에서는 그렇게 생각하고 있는 것처럼 행동했다.

휴게실은 컸지만, 여전히 숨이 막힐 듯 답답했다. 오후 4시가 되어 창문을 열었지만 공원의 뜨거운 관목 숲에서는 바람조차 불지 않았다. 데이지는 화장대 앞으로 가 우리에게 등을 돌린 채 머리를 매만졌다.

"근사한 방이에요."

조던이 낮게 소곤거리자 모두들 한바탕 웃었다.

"다른 창문도 여는 게 좋겠어요."

데이지가 거울을 보며 등을 돌린 채 말했다.

"이게 다 열어 놓은 거야."

"그럼 전화해서 도끼라도 가져오라고 해야겠군요."

"더위는 그만 잊어버려."

톰이 무뚝뚝하게 한마디 했다.

"당신이 자꾸 짜증을 내니까 열 배는 더 더운 것 같잖아!"

톰은 타월로 싸 가지고 온 위스키 병을 꺼내 테이블 위에 올려놓았다.

"부인을 그냥 내버려 두십시오, 친구."

개츠비가 끼어들었다.

"뉴욕으로 가자고 서둘렀던 사람은 당신이잖소."

개츠비의 말을 끝으로 잠시 침묵이 흘렀다. 못에 걸려 있던 전화번호부가 스르르 빠져 바닥으로 떨어졌다. 조던이 또다시 작은 소리로 소곤거렸다.

"어머, 미안해요."

그러나 이번에는 아무도 웃지 않았다.

"내가 줍지요."

내가 일어서며 앞으로 나섰다.

"아니, 내가 줍지요."

개츠비는 끊어진 끈을 유심히 살펴보더니 재미있다는 듯 "흠!" 하는 소리와 함께 전화번호부를 의자 위로 던졌다.

"당신, 멋진 표현을 쓰는군그래."

톰이 날카롭게 쏘아붙였다.

"무슨 말입니까?"

"말끝마다 '친구'라고 하는 당신 말버릇 말이오. 도대체 그런 걸 어디서 배웠소?"

"이봐요, 톰."

데이지가 화장대에서 몸을 돌리며 말했다.

"그렇게 인신공격이나 계속할 생각이라면, 난 지금이라도 당장 이 방에서 나가겠어요. 그러지 말고 전화해서 민트 줄렙에 넣을 얼음이나 갖다 달라고 하세요."

톰이 수화기를 들자 팽팽했던 긴장감은 조금 풀어졌다. 대신 아래층에서 멘델스존의 장엄한 <결혼 행진곡>이 들려왔다.

"이런 무더위에 결혼하는 사람도 있네!"

조던은 생각만 해도 질린다는 표정으로 이렇게 말했다.

"그러고 보니 내가 결혼한 것도 6월 중순이었어."

데이지는 지난 일을 떠올렸다.

"6월에 루빌에서 그때 누군가 기절한 사람도 있었는데……. 그게 누구였죠. 톰?"

"빌록시였잖아."

톰이 덤덤하게 대답했다.

"맞아. 빌록시라는 사람이었어. 어딘가 좀 모자라는 사람이었는데, 상자 만드는 일을 하고 있었지, 틀림없어. 그 사람은 테네시 주 빌록시 출신이었어요."

"사람들이 그 사람을 우리 집으로 데리고 왔죠."

조던이 끼어들었다.

"우리는 교회에서 바로 두 번째 집에 살고 있었으니까요. 그 사람은 3주 동안이나 우리 집에서 나가지 않았어요. 결국 우리 아버지가 나가 달라고 했죠. 그런데 그 사람이 떠난 바로 다음날 우리 아버지가 세상을 떠났어요."

조던은 잠시 말을 멈췄다가 이렇게 덧붙였다.

"물론 우연히 그렇게 된 일이지만요."

"나도 멤피스 출신의 빌록시라는 사람을 알고 있는데……."

나도 대화 속으로 끼어들었다.

"그 사람 사촌이에요. 우리 집에서 나가기 전까지 자기 친척 얘기를 많이 해서 나도 알아요. 그 사람은 내게 알루미늄 골프채도 하나 줬는데, 지금까지 사용하고 있어요."

결혼식이 시작되었는지 음악소리가 그쳤다. 곧이어 환호성과 함께 박수소리가 열어 놓은 창문을 통해 들려왔다.

그리고 "그래요……그래……그래!" 하는 고함소리가 들려오더니 마침내 재즈곡이 울려 퍼지면서 춤판이 벌어졌다.

"우리도 이제 나이가 들었나 봐요."

데이지가 말했다.

"젊었을 때 같으면 일어나서 신나게 춤을 출 텐데 말이에요."

"빌록시란 사람 기억하세요?"

조던이 데이지에게 물었다.

"톰, 당신은 그 사람을 어떻게 알게 됐죠?"

"누구, 빌록시 말이오?"

톰은 기억을 되살리려고 애를 썼다.

"난 그 사람을 잘 모르겠는데, 그 사람은 아마 데이지의 친구였을 거요."

"아니에요. 내가 그 사람을 처음 본 건 당신이 전세 낸 차를 타고 왔을 때였어요."

데이지가 톰의 말을 부정했다.

"그 사람은 당신을 잘 안다고 했어. 아마 루빌에서 자랐다고 했을 거야. 에이서 버드가 뒤늦게 그를 데리고 와서 자리가 있느냐고 물었지."

톰의 이야기를 듣고 있던 조던이 미소를 지었다.

"아마 그 사람은 무전여행을 하던 중이었을 거예요. 내게 고향으로 간다고 했으니까요. 나한테는 자기가 예일 대학 시절 당신과 같은 과였고, 대표까지 했다던걸요."

톰과 나는 이이가 없어 서로 마주보았다.

"빌록시가?"

"우리 과에 대표 같은 건 없었어."

개츠비는 초조한 듯 발로 바닥을 구르고 있었다. 갑자기 톰이 그에게 눈길을 주었다.

"마침 대학 얘기가 나와서 하는 말인데요, 개츠비 씨. 당신이 다들 옥스퍼드 대학 출신이라고 하던데요."

"그렇게도 말할 수 있지만, 엄격하게 따지자면 아닙니다."

"다들 옥스퍼드에서 공부한 걸로 알고 있던데요?"

"네, 공부는 했습니다만."

개츠비는 잠시 이야기를 중단했다. 그러자 톰이 믿기 어렵다는 듯이 개츠비에게 경멸의 눈길을 보냈다.

"당신은 빌록시가 예일 대학을 다니고 있을 때 옥스퍼드를 다닌 모양이군요."

또다시 침묵이 흘렀다. 그때 웨이터가 노크를 하고 잘게 부순 얼음과 박하를 가지고 들어왔다. 그러나 그가 인사와 함께 문을 닫고 나간 뒤에도 침묵은 쉽게 깨지지 않았다.

마침내 그 엄청난 사실은 자세히 밝혀졌다.

"조금 전에도 말했듯이 나는 옥스퍼드에 다녔습니다."

개츠비가 침묵을 깨고 말했다.

"그건 이미 들었소. 하지만 그게 언제였는지 궁금하군요."

"1919년이었습니다. 5개월 정도 그곳에서 공부했죠. 그래서 엄밀하게 말하자면, 옥스퍼드 출신이라고 할 수 없는 겁니다."

톰은 자신이 그런 것처럼 우리도 의심을 품고 있는지 살펴보려고 주위를 둘러봤지만, 우리 모두는 말없이 개츠비를 지켜보고 있었다.

"정부는 휴전 후에 몇몇 장교들에게 그런 혜택을 주었습니다."

개츠비는 말을 계속했다.

"우리는 영국이나 프랑스에 있는 어느 대학이든 갈 수 있었습니다."

나는 일어서서 개츠비의 등이라도 두드려 주고 싶은 심정이었다. 언젠가 경험했던 것처럼 그에 대한 신뢰감이 다시 살아났던 것이다.

253

데이지는 살짝 미소를 지으며 일어서서 테이블로 걸어갔다.

"톰, 위스키 좀 따 주세요. 내가 민트 줄렙을 만들어 줄게요. 한잔하고 나면 한결 좋아질 거예요. 이 박하 좀 봐요."

"잠깐만."

톰은 데이지의 말을 잘랐다.

"개츠비 씨한테 한 가지 더 물어보고 싶은 게 있소."

"말씀하시지요."

개츠비가 정중하게 말했다.

"당신은 대체 우리 집에 무슨 평지풍파를 일으키려는 겁니까?"

두 사람은 마침내 노골적으로 맞서게 되었다. 개츠비는 차라리 잘됐다는 표정이었다.

"말썽을 일으키고 있는 건 그 사람이 아니에요."

데이지는 난처한 얼굴로 두 사람을 번갈아 쳐다보았다.

"싸움을 걸고 있는 건 바로 당신이에요. 제발 좀 자제하세요."

"나더러 자제하라고?"

톰은 어이없다는 듯 그 말을 되풀이했다.

"요즘은 근본도 알 수 없는 작자가 자기 아내를 유혹하고 있는데도 모른 체하는 게 유행인가 보지? 당신 생각이 그렇다면 원하는 대로 해 주지. 요즘 사람들은 가정 생활과 가족

제도를 너무 우습게 알고 있어. 그럼, 그 다음에는 또 뭐지? 모든 걸 다 내팽개치고 흑백 간에 결혼이라도 할 건가?"

톰은 자기가 한 말에 자신이 먼저 흥분했다. 마치 문명의 마지막 보루를 지키기 위해 자청이라도 한 듯했다.

"우린 모두 백인인데……."

조던이 중얼거렸다.

"내가 그다지 인기가 없다는 건 나도 잘 알고 있어. 누구처럼 거창한 파티도 열지 않으니까 요즘에는 친구를 사귀려면 자기 집을 돼지우리처럼 만드는 것도 마다하지 않는 모양이지?"

나도 다른 사람들처럼 화가 나 있었지만, 톰이 입을 열 때마다 왠지 웃음이 터져 나오려고 했다. 도덕군자인 체하는 톰의 놀라운 변신이 너무나도 극적이었던 것이다.

"나도 한마디 하고 싶소, 친구."

개츠비가 말을 시작했다. 데이지는 그가 무슨 말을 하려는지 눈치를 챘다.

"제발 그만두세요!"

데이지는 어찌 할 바를 몰랐다.

"제발 부탁이니까 이제 그만 집으로 돌아가요. 모두 집으로 돌아가는 게 어때요?"

"그게 좋겠군."

내가 일어서며 데이지를 거들었다.

"가세, 톰. 이젠 한잔하고 싶어하는 사람도 없네."

"난 개츠비 씨가 내게 하고 싶어하는 얘기를 듣고 싶네."

"당신 부인은 당신을 사랑하지 않습니다."

개츠비가 말했다.

"지금까지 단 한 번도 당신을 사랑한 적이 없습니다. 부인은 날 사랑하고 있소."

"당신, 지금 제정신으로 하는 소리요!"

톰이 반사적으로 소리를 질렀다.

개츠비도 흥분하여 자리에서 벌떡 일어섰다.

"부인은 단 한 번도 당신을 사랑한 적이 없습니다. 아시겠소?"

개츠비가 큰소리로 외쳤다.

"부인이 당신과 결혼한 건 내가 가난했고, 또 나를 기다리다 지쳤기 때문이었습니다. 그건 돌이킬 수 없는 실수였소. 그러나 마음속으로는 나 이외에 그 누구도 사랑하지 않았습니다."

조던과 나는 자리를 피해 주려고 했지만, 톰과 개츠비는 한사코 우리를 말렸다. 두 사람은 이제 더 이상 감출 것도 없다는 듯 우리도 자신들의 문제에 당연히 끼어들어야 한다고 생각하는 모양이었다.

"데이지, 앉아!"

톰은 애써 아버지가 딸에게 하는 것처럼 위엄을 갖추려 했지만 제대로 되지는 않았다.

"도대체 무슨 일이 있었던 거야? 모두 말해 봐!"

"무슨 일이 있었는지 내가 벌써 말하지 않았습니까?"

개츠비가 말했다.

"5년 동안 계속되어 온 일을 당신만 몰랐던 거요."

톰은 데이지를 날카롭게 노려보았다.

"그러니까 지난 5년 동안이나 이 작자와 만나 왔단 말이야?"

"계속 만나고 있었다는 건 아니오."

개츠비가 대신 대답했다.

"우리는 만날 수가 없었소. 그렇지만 마음만은 변치 않고 있었소. 당신만 그걸 몰랐던 거요. 나는 그 생각만 하면 웃음이 터져 나올 것 같소."

그러나 개츠비의 표정에는 조금의 웃음기도 없었다.

"그게 전부요?"

톰은 성직자들이 기도할 때처럼 굵직한 손가락을 맞대고는 의자 등받이에 몸을 기댔다.

"당신, 미쳤군!"

톰은 갑자기 자신의 감정을 폭발시켰다.

"난 5년 전에 무슨 일이 있었든지 상관하지 않겠소. 그때는 내가 데이지를 알기도 전이니까. 그런데 당신이 어떻게 데이지에게 접근할 수 있었는지 모르겠군. 설마 뒷문으로 식료품 배달이라도 한 건 아닌가. 하지만 그 나머지 얘긴 다 터무니없는 거짓말이야. 데이지는 나를 사랑했기 때문에 결혼했고, 그건 지금도 마찬가지야!"

"천만에."

개츠비는 고개를 가로저었다.

"아니야! 데이지는 날 사랑하고 있소. 가끔 바보 같은 생각을 하며 자기가 무슨 짓을 저지르고 있는지 미처 깨닫지 못하는 경우가 있긴 하지만."

톰은 자신의 말을 확신한다는 듯이 고개를 끄덕였다.

"그리고 무엇보다 데이지를 사랑하는 내 마음이 변함없다는 게 중요하오. 때로 술을 진탕 마시고는 바보 같은 소동을 벌이기도 하지만 난 언제나 데이지에게 돌아왔소. 마음속으로는 항상 데이지를 사랑하고 있었던 거요."

"뻔뻔하군요."

데이지는 이렇게 말하며 나를 돌아보았다. 그리고 소름이 끼칠 정도로 경멸에 찬 목소리로 낮게 부르짖었다.

"닉, 우리가 왜 시카고를 떠나 여기로 왔는지 아세요? 난

258

저 사람이 대수롭지 않게 말하고 있는 그 소동을 시카고 신문에서 대서특필하지 않는 걸 보고 정말 놀랐어요."

개츠비는 데이지에게 다가가서 그 옆에 섰다.

"데이지, 이젠 모두 끝난 일이오. 그런 건 문제도 아니오. 저 사람에게 진실을 말해 줘요. 당신은 저 사람을 사랑한 적이 한 번도 없었다는 걸 말이오. 그러면 모든 게 다 깨끗해질 거요."

데이지는 멍하니 개츠비를 바라보았다.

'내가 어떻게 저 사람을 사랑할 수 있겠어요? 어떻게 그럴 수 있겠어요?'

"당신은 저 사람을 사랑하지 않았잖소?"

데이지는 망설였다. 그리고 이제서야 자신이 무엇을 하고 있는지 깨달았다는 표정으로 조던과 나를 돌아보았다.

그것은 마치 처음부터 이렇게 할 마음은 없었다는 것을 보여 주는 것 같았다. 그러나 일은 이미 벌어지고 말았다. 모든 것이 너무 늦어 버린 것이다.

"난 한 번도 저 사람을 사랑한 적이 없어요."

데이지는 주저하며 이렇게 말했다.

"카피올라니에서도?"

톰이 다급하게 물었다.

"그래요."

아래층에서부터 숨 막힐 듯한 연주가 뜨거운 공기의 흐름을 타고 올라왔다.

"펀치 볼에서 구두가 젖을까봐 내가 당신을 안고 내려갔던 그날도 말이야?"

톰은 강경하게 말했지만, 그의 목소리에서는 애처로움이 묻어 나왔다.

"대답해, 데이지!"

"제발 그만해요!"

데이지의 목소리는 여전히 냉랭했다. 그러나 이미 분노는 사라지고 없었다. 그녀는 개츠비를 바라보았다.

"제이, 이제 됐나요?"

데이지는 이렇게 말하며 담뱃불을 붙이려 했다. 그러나 그녀의 손은 눈에 띌 정도로 떨리고 있었다. 갑자기 그녀는 담배와 불붙은 성냥을 양탄자 위로 내팽개쳤다.

"아, 당신은 내게 너무 많은 걸 원하고 있어요!"

데이지는 개츠비를 향해 외쳤다.

"난 지금 당신을 사랑하고 있어요. 그거면 충분하지 않나요? 지난 일은 어쩔 수 없다구요!"

데이지는 어쩔 줄 모르며 흐느껴 울기 시작했다.

"한때는 저 사람을 사랑했어요. 하지만 당신도 사랑했어요."

개츠비는 눈을 감았다.

"나도 사랑했다는 말이오?"

개츠비는 데이지가 한 말을 되풀이했다.

"그건 거짓말이야!"

톰이 거칠게 쏘아붙였다.

"데이지는 당신이 살아 있다는 사실조차 몰랐으니까. 그리고 우리 사이엔 당신은 결코 알 수 없는 많은 일들이 있소. 우리 두 사람이 언제까지나 잊을 수 없는 일들 말이오."

톰의 말은 개츠비의 마음속 깊은 곳을 날카롭게 찔러댔다.

"데이지와 단둘이서만 얘기하고 싶소."

개츠비는 약간 당황한 듯 이렇게 말했다.

"데이지는 지금 너무 흥분해 있어서……."

톰은 내키지 않는 눈치였다.

"그럴 필요 없어요. 우리 둘이서만 얘기한다고 해도 난 톰을 한 번도 사랑한 적이 없다고 말할 수 없어요."

데이지가 애처로운 목소리로 말했다.

"그렇게 말하면 그건 거짓말이 되어 버려요."

"물론 거짓말이지."

톰이 거들고 나섰다.

데이지는 톰을 돌아보았다.

"마치 당신 문제인 것처럼 나서는군요."

"그야 물론이지. 그리고 앞으로는 당신을 더 잘 보살펴 줄 거고."

"당신은 아직 이해를 못 하고 있군요."

개츠비가 당황한 기색으로 말했다.

"당신은 앞으로 이 사람을 보살펴 줄 필요가 없습니다."

"그럴 필요가 없다고?"

톰은 눈을 크게 뜨고 조용히 웃었다. 그는 이제 자신의 감정을 억제할 여유가 생긴 듯했다.

"왜 그렇다는 거요?"

"데이지는 곧 당신과 헤어질 테니까."

"말도 안 되는 소리!"

"하지만 그건 사실이에요. 전 당신과 헤어지겠어요."

데이지는 아주 괴로워하며 말했다.

"데이지는 절대 나와 헤어지지 않을 거야!"

톰의 이 한마디가 돌연 개츠비를 긴장케 했다.

"자기 손가락에 끼워 줄 반지조차 남의 것을 훔쳐야 하는 그런 사기꾼 때문에 나와 헤어질 수 있겠어?"

"정말 너무하는군요. 더 이상 참을 수가 없어요!"

데이지가 소리쳤다.

"제발 여기서 나가요!"

"도대체 당신 정체가 뭐야?"

톰이 개츠비를 향해 고함을 질렀다.

"우연히 알게 된 사실이지만, 마이어 울프샤임과 한 패거리 아냐? 당신 뒷조사를 좀 해 봤지. 내일은 좀더 자세히 알아볼 작정이야."

"그런 일이라면 마음대로 하시오, 친구."

개츠비는 아무렇지도 않다는 듯이 대꾸했다.

"난 당신의 '약국'이라는 게 뭘 하는 곳인지 알아냈지."

톰은 이렇게 말하고 우리 쪽을 돌아보며 재빨리 말했다.

"이자와 울프샤임이라는 작자는 뉴욕과 시카고 골목길에 있는 약국을 통해서 공공연하게 에틸 알코올을 팔고 있었어. 그게 이자의 사업이라는 거지. 나는 이 작자를 처음 만났을 때부터 주류 밀매업자일 거라고 생각했지. 그런데 내 예감이 꼭 맞더군."

"그게 뭐 어떻다는 겁니까?"

개츠비가 점잖게 말했다.

"당신 친구 월터 체이스도 이 일을 그다지 부끄럽게 여기는 것 같지 않던데요."

"하지만 당신은 곤경에 처한 그를 외면했잖아? 그가 뉴저지의 감옥에서 한달씩이나 썩도록 내버려 두었지. 월터가 당신을 뭐라고 말했는지 들었어야 했는데."

"그가 우리에게 왔을 때는 완전히 알거지였소. 나중에 돈을 좀 벌더니 기뻐 날뛰더군요, 친구."

"날 친구라고 부르지 마!"

톰이 소리쳤지만, 개츠비는 아무 대꾸도 하지 않았다.

"월터는 널 도박법 위반으로 고소하려고 했지만, 울프샤임이 협박하는 통에 입을 다물었던 거야."

개츠비의 얼굴에서는 조금 낯선, 그러나 어디선가 본 듯한 표정이 떠올랐다.

"게다가 약국은 퓨돈벌이에 지나지 않지."

톰은 천천히 말을 이었다.

"당신은 지금 월터조차 무서워서 감히 말하지 못하는 그런 일을 꾸미고 있소."

나는 데이지를 힐끔 돌아보았다. 그녀는 겁에 질린 채 개츠비와 남편을 번갈아 가며 보고 있었다. 조던은 자신의 턱 끝에 뭔가를 올려놓고 그것을 떨어뜨리지 않으려고 애를 쓰고 있는 듯이 보였다.

나는 이어서 개츠비에게 시선을 주었다. 나는 그의 표정을 보고서 깜짝 놀라고 말았다. 나는 그의 정원에서 사람들이 취중에 늘어놓던 험담 따위는 무시하고 있었다. 그러나 지금 그의 표정은 사람들의 말처럼 '살인을 한 적이 있는' 사람의 그것이었다. 그의 굳은 표정은 이렇게밖에 달리 표현할 길이 없다.

잠시 후 개츠비는 표정을 바꿔 데이지에게 격앙된 어조로 이야기하기 시작했다. 그는 모든 것이 사실과 다르다며 변명을 늘어놓았다. 심지어 아직 입에 올리지도 않은 비난에 대해서까지 자신을 변호하려고 했다.

그가 그럴수록 데이지는 점점 더 움츠러들었다. 마침내는 그도 자기변호를 단념할 수밖에 없었다. 오후가 그렇게 지나가 버리는 동안 오직 생명을 잃은 꿈만이, 이제는 잡을 수 없게 돼 버린 것을 잡으려 절망을 참아 내며 방 저편으로 사라져 버린 목소리를 향해 안간힘을 쓰고 있었다. 그 목소리의 주인공은 다시 애원했다.

"톰, 제발! 난 이제 더 이상 참을 수가 없어요."

잔뜩 겁에 질려 있는 데이지의 눈은 지금까지 그녀가 가지고 있던 의지와 용기가 송두리째 사라져 버렸다는 것을 보여 주고 있었다.

"데이지, 당신 두 사람은 먼저 집으로 가요."

톰이 말했다.

"개츠비 씨의 차로 말이야."

데이지는 놀란 표정으로 톰을 바라보았다. 그러나 톰의 너그러운 듯하면서도 남을 깔보는 듯한 말투는 계속 이어졌다.

"가라구. 이제 더 이상 이 작자가 당신을 곤란하게 하지는 않을 거야. 주제넘은 연애 감정도 이제는 모두 끝났다는 것을

267

깨달았을 테니까."

두 사람은 아무 말도 없이 일어났다. 그리고 우리와는 아무런 인연도 없는 사람들처럼 그렇게 눈앞에서 사라졌다.

잠시 후 톰은 마개도 따지 않은 위스키 병을 다시 타월로 싸기 시작했다.

"좀 마시겠소, 조던? ……닉?"

나는 대답하지 않았다.

"닉?"

톰이 다시 물었다.

"왜?"

"한잔하겠냐고?"

"생각 없네. 난 오늘이 내 생일이라는 걸 이제야 기억해 냈어."

나는 서른 살이 되었다. 내 앞에는 새로운 10년이라는 두렵고 불안한 길이 기다리고 있었다.

우리가 톰과 함께 쿠페를 타고 롱아일랜드로 출발한 것은 7시쯤이었다. 톰은 즐겁다는 듯이 웃으며 계속해서 떠들어 대고 있었다. 그러나 그의 목소리는 마치 길거리에서 들리는 낯선 사람들의 외침이나 고가도로의 소음처럼 우리와는 상관이 없었다. 인간의 동정심에는 한계가 있는 법이다. 우리는 그들의 비극적인 말다툼을, 사라져 가는 뉴욕의 가로등 불빛처럼 그냥 내버려 두고 있었다.

서른 살, 그것은 독신인 남자가 알아야 할 일들의 목록이 얇아져 가고, 정열이 든 가방의 부피도 줄어들고, 머리숱도 옅어져 갈 고독한 10년을 예고하는 나이다.

그러나 내 옆에는 조던이 있었다. 그녀는 데이지와는 달리 총명해서, 쉽게 이룰 수 없는 꿈 때문에 두고두고 속을 끓이는 바보 같은 짓은 하지 않을 것 같았다. 차가 어두운 다리 위를 지나갈 때 그녀는 창백한 얼굴을 내 어깨에 기대 왔다. 그리고 내 손을 꼭 잡아 주었다.

나는 서른 살이라는 나이가 내게 던져 준 두려움에서 이렇게 벗어날 수 있었다. 그리고 우리는 서늘해져 가는 석양 속을 지나 죽음을 향해 달려 나갔다.

정비소 옆에서 식당을 하고 있는 젊은 그리스 인 미카엘리스는 검시 때 중요한 증인이 되었다. 그는 더위가 한창 기승을 부릴 때부터 오후 5시가 될 때까지 낮잠을 자다가 일어났다. 그는 정비소 쪽으로 어슬렁거리며 갔다가 조지 월슨이 사무실에서 앓고 있는 것을 발견했다.

월슨은 자기 머리카락처럼 창백해진 얼굴로 온몸을 부들부들 떨고 있었다. 미카엘리스는 그에게 좀 누워 있으라고 했지만, 월슨은 그렇게 하면 손님을 놓치게 된다며 말을 듣지 않았다. 미카엘리스가 윌슨을 설득하고 있을 때 2층에서 요란한 소리가 들려왔다.

"마누라를 2층에 가둬 놓았네."

윌슨은 담담하게 말했다.

"모레까지 저렇게 가둬 둘 참이네. 그리고 그날 둘이서 여길 떠날걸세."

미카엘리스는 놀랐다. 4년 동안이나 이웃에 살았지만 윌슨은 절대 그런 짓을 할 사람으로 보이지 않았던 것이다. 윌슨은 지쳐 있다는 느낌이 드는 사람이었다. 일이 없을 때면 그는 언제나 문 앞에다 의자를 내놓고 앉아 가게 앞을 지나가는 사람이나 차를 멍하니 바라보고 있었다.

그러다 누군가가 말이라도 걸면 그는 언제나 상냥한 미소를 지어 보이곤 했다. 아내에게는 큰소리도 한번 못 칠 그런 위인이었다.

미카엘리스는 그들 사이에 무슨 일이 일어났는지 알아내려고 애를 썼지만, 윌슨은 더 이상 한마디도 하지 않았다. 대신 미카엘리스에게 의심스러운 눈초리를 보내며 어느 날 어느 시각에 어디서 무엇을 하고 있었냐고 캐묻기 시작했다.

미카엘리스가 짜증을 내기 시작할 무렵, 마침 노동자 몇 명이 정비소 앞을 지나 자기 식당으로 들어가는 게 보였다.

그는 나중에 다시 와 볼 생각으로 일단 그 자리를 떴다. 그러나 그는 월슨에게 다시 가 보지 않았다. 아마 깜빡했던 모양이었다.

7시가 조금 지나서 다시 밖으로 나온 그는 월슨 부인이 퍼부어 대는 욕설을 듣게 되었다. 그제서야 월슨과 주고받던 이야기가 떠올랐다.

"때릴 테면 때려 봐!"

월슨 부인이 악을 쓰고 있는 소리가 들려왔다.

"어서 때려 보라니까. 이 더럽고 야비한 놈아!"

그녀는 잠시 후 악을 쓰는 소리와 함께 두 팔을 휘저으며 어두워진 밖으로 뛰쳐나왔다. 미카엘리스가 미처 가게 문을 나서기도 전에 그 사건은 그렇게 끝나고 말았다.

신문에서 떠들어 댄 것처럼 '죽음의 자동차'는 멈추지 않았다. 차츰 짙어 가는 어둠 속에서 나타난 그 차는 한순간 비극적으로 휘청거리더니, 그대로 다음 커브 길을 돌아 모습을 감추고 말았다.

미카엘리스는 그 차의 색깔조차 제대로 기억해 내지 못했다. 그는 맨 처음 도착한 경찰에게 그 차가 연한 녹색이었다고 말했다.

뉴욕 쪽으로 달리고 있던 다른 차 한 대가 급히 멈춰 섰다.

운전사가 달려 나왔지만, 머틀 윌슨은 이미 길바닥에 맥없이 쓰러진 채 숨이 끊겨 있었다. 그 주위로는 그녀가 흘린 피와 흙먼지가 뒤섞여 범벅이 되어 있었다.

미카엘리스와 그 운전사가 제일 먼저 그녀에게 달려갔다. 두 사람은 아직 땀으로 젖어 있는 그녀의 블라우스를 찢어 보았다. 그녀의 왼쪽 젖가슴이 보기 흉하게 잘린 채 축 늘어져 있었다. 심장이 뛰고 있는지 확인해 볼 필요조차 없었다. 커다랗게 벌린 그녀의 입은 양쪽이 조금씩 찢어져 있었다. 아마도 오랫동안 간직해 왔던 거대한 생명력을 토해 내기에는 그 입이 조금 작았던 모양이었다.

우리는 사고 현장으로부터 조금 떨어진 곳에서 서너 대의 차와 사람들이 몰려 있는 것을 보았다.

"사고다!"

톰이 말했다.

"잘 됐군. 이제 윌슨에게도 일거리가 생기겠지."

톰은 차의 속력을 조금 늦추었지만, 완전히 멈출 생각은 없었다. 하지만 톰은 윌슨네 가게 문 앞에 사람들이 심각한 표정으로 모여 있는 것을 보더니 반사적으로 브레이크를 밟았다.

"가 보세."

톰은 혹시나 하는 표정이었다.

"잠깐만 들여다보자고."

월슨네 가게 안에서는 희미한 울음소리가 쉴 새 없이 흘러 나왔다. 우리는 쿠페에서 내려 가게 쪽으로 다가갔다. 가게 안에서는 "오, 하느님! 오, 하느님!" 하고 고통스럽게 울부짖는 소리가 되풀이되고 있었다.

"아주 큰 사고가 난 모양이야."

톰이 흥분해서 말했다. 그는 발돋움을 해서 사람들의 머리 너머로 성비소 안을 들여디보았다. 가게 안에는 철망으로 둘러싸인 노란 전등 하나가 켜져 있을 뿐이었다. 톰은 이상한 쇳소리를 내면서 건장한 팔로 사람들을 난폭하게 밀치며 안으로 들어갔다. 그에게 밀려났던 사람들이 투덜거리면서 다시 모여들었다. 덕분에 나는 한동안 아무것도 볼 수 없었다. 나중에 온 사람들이 떠미는 바람에 조던과 나는 갑자기 안으로 밀려들어 갔다.

밤의 추위를 염려한 듯 머틀 월슨의 시체는 담요에 싸여 있었다. 누군가 그 위에 담요를 한 장 더 덮어서 벽에 붙어 있는 작업대 위로 올려놓았다. 톰은 우리 쪽으로 등을 보인 채 시체를 굽어보며 꼼짝도 하지 않았다.

그 옆에서는 경찰 한 명이 땀을 뻘뻘 흘리며 수첩에다 뭔가를 적고 있었다. 처음에 나는 가게 안에서 울리고 있는 고통스런 신음소리의 주인공이 누군지 알 수 없었다. 그러다 월슨이 작업장보다 약간 높은 사무실의 문지방 위에서 양손으로 문기둥을 붙잡고 앞뒤로 몸을 흔들고 있는 것을 발견했다.

가끔 사람들이 낮은 목소리로 말을 걸며 그의 어깨를 가볍게 두드렸다. 그러나 월슨에게는 아무것도 보이지도, 들리지도 않는 모양이었다. 그의 시선은 흔들리고 있는 전등에서 시체가 놓여 있는 작업대로 서서히 떨어졌다가는 금세 전등으로 되돌아왔다. 입으로는 소름이 끼치도록 섬뜩한 신음소리를 끊임없이 내뱉고 있었다.

"오, 하느님! 오, 하느님! 오, 하느님! 오, 하느님!"

톰은 고개를 들어 흐릿한 눈빛으로 가게 안을 둘러보았다. 그리고 경찰에게 뭐라고 중얼거렸다.

"M — A — V."

경찰은 누군가의 이름을 받아 적고 있었다.

"— O —."

"아니오, R —."

제보자가 틀린 곳을 바로잡았다.

"M — A — V — R — O."

"내 말 좀 들어 봐요!"

톰이 거칠게 외쳤다.

"R이란 말이죠?"

경찰은 톰의 말에 아랑곳하지 않았다.

"그리고 O —."

"G —."

경찰은 "G —." 하고 따라 말하다가 갑자기 고개를 돌렸다. 톰의 넓적한 손이 그의 어깨를 쳤던 것이다.

"왜 그러시오?"

"어떻게 된 일입니까? 그게 내가 알고 싶은 거요."

"자동차에 치였소. 즉사했습니다."

"즉사!"

톰은 멍하니 경찰의 말을 되풀이했다.

"저 여자가 도로로 뛰어들었어요. 하지만 그 자식은 차도 세우지 않고 도망쳤소."

"차는 두 대였습니다."

미카엘리스가 끼어들었다.

"한 대는 가고 있었고, 한 대는 오고 있었죠."

"어디로 가고 있었습니까?"

경찰이 날카롭게 따져 물었다.

"각자 오던 방향으로 가고 있었습니다. 그런데 윌슨 부인이……."

그는 윌슨 부인의 시체 쪽을 향해 손을 반쯤 쳐들었다가 도로 내렸다.

"갑자기 차도로 뛰어들었습니다. 그리고 뉴욕 쪽에서 50이

나 60킬로미터 정도로 달려오던 차에 그대로 부딪쳤습니다."

"이 마을 이름이 뭐요?"

경찰이 물었다.

"이름 같은 건 없습니다."

얼굴이 창백하고 잘 차려입은 흑인이 경찰에게 다가왔다.

"그 차는 노란색이었습니다."

"노랗고 아주 큰 차였죠. 새 차였습니다."

"사고를 목격했습니까?"

경찰이 물었다.

"아니오. 하지만 그 차가 나를 추월해 지나갔으니까요. 아마 시속 60킬로미터 이상으로 달리고 있었을 겁니다. 아니, 80이나 100킬로미터 정도는 됐을 겁니다."

"이리 와서 이름을 말해 주시오. 그리고 잘 생각해 보시오. 난 그자의 이름을 밝혀내고 싶소."

문에 기대 몸을 흔들며 괴로워하고 있던 윌슨도 이 이야기를 들었던 모양이었다. 그는 불쑥 앞으로 나서며 소리쳤다.

"무슨 말인지 들어 볼 필요도 없소! 난 그게 어떤 차인지 알고 있소!"

톰을 지켜보고 있던 나는 그때 톰의 어깨 뒤쪽 근육이 옷 밑에서 경직되고 있는 것을 보았다. 톰은 재빨리 윌슨에게 다가가 그 앞에 서서 윌슨의 두 팔을 꽉 움켜잡았다.

"자네, 정신을 똑바로 차려야 하네."

톰이 위압적인 목소리로 말했다.

톰을 본 윌슨은 놀라 펄쩍 뛰어올랐다. 톰이 부축해 주지 않았다면, 무릎을 꿇으며 털썩 주저앉고 말았을 것이다.

"이것 봐."

톰이 윌슨의 상체를 잡아 흔들면서 말했다.

"난 지금 막 뉴욕에서 돌아오는 길이야. 우리가 전부터 얘기하던 그 쿠페를 몰고 말이야. 오늘 오후에 내가 타고 있던 그 노란 차는 내 것이 아니야. 듣고 있어? 그 차는 그때 이후로 보지도 못했단 말이야."

톰의 말이 들릴 만큼 가까운 곳에 있던 사람은 그 흑인과 나뿐이었다. 그러나 경찰이 뭔가 눈치 챈 듯 날카로운 눈빛으로 우리를 쳐다보았다.

"그게 무슨 소리요?"

경찰이 다그쳐 물었다.

"나는 이 사람의 친구요."

톰은 두 손으로 윌슨을 꼭 잡은 채 고개만 경찰 쪽으로 돌려 말했다.

"이 사람이 사고를 낸 차를 알고 있다는군요……. 노란색 차였답니다."

경찰은 뭔가 미심쩍은 눈초리로 톰을 노려보았다.

"그럼 당신 차는 무슨 색이오?"

"파란색 쿠페입니다."

"우리는 지금 막 뉴욕에서 도착했습니다."

내가 말했다.

우리 뒤를 따라왔던 사람이 그것을 입증해 주었다. 그러자 경찰은 곧 다른 데로 주의를 돌렸다.

"자, 다시 한 번 이름을 말해 주십시오. 수첩에 적게……."

톰은 윌슨을 인형처럼 사무실 의자에 앉혀 놓고 돌아왔다.

"누가 이리 와서 저 사람을 좀 돌봐 주시오."

톰이 위엄 있게 말했다. 앞쪽에 서 있던 두 남자가 서로 얼굴을 쳐다보다가 마지못해 사무실 안으로 들어갔다. 톰은 두 사람이 들어간 문을 닫고 시체가 있는 작업대 쪽을 애써 외면하면서 사무실 계단을 내려왔다. 그리고 내 옆을 지나가면서 작은 목소리로 속삭였다.

"나가세."

톰이 위엄 있게 두 팔로 길을 텄다. 우리는 다른 사람의 시선을 따갑게 의식하며 군중들 틈을 뚫고 나왔다. 혹시나 하는 희망에서 30분 전에 연락했던 의사가 가방을 들고 급하게 달려오는 것이 보였다.

톰은 커브 길을 돌 때까지는 차를 천천히 몰았다. 그러나 그 커브 길을 지나자마자 힘차게 가속 페달을 밟았다. 쿠페는 어둠 속을 가르며 질주하기 시작했다. 잠시 후 나는 낮게 흐느끼는 소리를 들었다. 톰의 얼굴 위로 눈물이 흘러내리고 있었다.

"겁쟁이 같은 자식!"

톰이 울먹이며 말했다.

"그 자식은 차를 세우지도 않았어!"

281

9

톰의 집이 흔들리는 나무 사이를 뚫고 우리 앞으로 다가왔다. 톰은 현관 옆에 차를 세우고 2층을 올려다보았다. 담쟁이 덩굴 사이로 불 켜진 창문이 보였다.

"데이지는 집에 있는 모양이군."

톰은 차에서 내리다 나를 돌아보고는 잠시 얼굴을 찡그렸다.

"자네는 웨스트에그에 내려 줄걸 그랬군. 오늘밤엔 아무것도 할 수 없을 테니까."

톰은 조금 전과 달리 아주 침착했다. 그는 달빛을 받으며 자갈길을 가로질러 현관까지 걸어가는 동안 몇 마디 간단한 말로 이 모든 상황을 처리했다.

"택시를 불러 주겠네. 그동안 자네는 조던과 함께 부엌에서 뭘 좀 먹게."

톰은 현관문을 열었다.

"들어가지."

"아니, 괜찮네. 택시가 도착할 때까지 난 밖에서 기다리지."

조던이 내 팔을 잡아끌었다.

"닉, 잠깐만 들어가요."

"아니, 괜찮아요."

나는 기분이 내키지 않아 혼자 있고 싶었다. 그러나 조던은 잠시 더 머뭇거리고 있었다.

"이제 겨우 9시 30분밖에 안 됐어요."

조던이 다시 한 번 집 안으로 들어가길 권했다. 그러나 하루 종일 그들과 함께 지내며 시달린 것을 생각하면 집 안으로 들어갈 기분이 아니었다. 조던 역시 나를 피곤하게 했던 사람 중의 하나였다.

그녀도 내 표정에서 그런 눈치를 챈 모양이었다. 그녀는 냉정히 발길을 돌려 현관 계단을 달려 올라가서는 집 안으로 들어가 버렸다.

나는 잠시 손으로 얼굴을 감싸고 앉아 있었다. 마침 집안에서 택시를 부르는 하인의 목소리가 들렸다. 나는 택시를 기다릴 요량으로 차도를 따라 천천히 걸어 내려왔다.

20미터도 채 못 내려왔을 때 누군가 나를 부르는 소리가 들려왔다. 그리고 개츠비가 나무숲 사이에서 뛰어나왔다. 나는 그때 몹시 기분이 상해 있던 터라 개츠비의 핑크빛 양복이 달빛을 받아 빛나고 있다는 것밖에는 생각하지 못했다.

"여기서 뭘 하고 있는 겁니까?"

"그냥 서 있었소, 친구."

나는 개츠비의 행동이 비열하다는 생각이 들었다. 그가 톰의 집을 털 작정으로 침입한 도둑처럼 보였기 때문이다. 따라서 개츠비의 뒤쪽 어두운 관목 숲 사이로 울프샤임 일당 같은 험상궂은 얼굴이 나타났다 해도 놀라지 않았을 것이다.

"혹시 오는 도중에 사고난 걸 못 보셨습니까?"

잠시 후 개츠비가 물었다.

"봤습니다."

그는 잠시 머뭇거리다가 입을 열었다.

"그 여자는 죽었겠죠?"

"그렇습니다."

"나도 그렇게 생각했습니다. 데이지한테도 그렇게 말했지요. 충격은 한꺼번에 받는 게 더 나으니까요. 데이지는 잘 견뎌 냈습니다."

개츠비의 말은 마치 데이지의 반응밖에는 아무것도 중요

하지 않다는 듯했다.

"나는 샛길로 웨스트에그까지 갔다 왔습니다."

그는 말을 이었다.

"차는 우리 집 차고에 넣어두었습니다. 확신할 수는 없지만, 아무도 못 봤을 겁니다."

나는 이미 그가 견딜 수 없을 정도로 싫어졌기 때문에 그의 예상이 빗나갔다는 말을 해 줄 마음도 생기지 않았다.

"그 여자는 누구였습니까?"

"머틀 윌슨이라는 여자요. 남편이 그곳 정비소 주인입니다. 그런데 어떻게 하다 사고를 낸 겁니까?"

"글쎄요, 난 핸들을 돌리려고 했지만……."

그의 말이 잠시 끊긴 사이 나는 사고의 진상을 파악하고 말았다.

"운전은 데이지가 하고 있었군요."

"그렇습니다."

그는 잠시 망설이다 이렇게 말했다.

"하지만 내가 운전했다고 말할 겁니다. 데이지는 뉴욕을 출발하기 전부터 신경이 아주 날카로워져 있었습니다. 그래서 운전이라도 하면 마음이 좀 가라앉을 거라고 생각했습니다. 우리가 맞은편에서 오던 차와 막 스쳐 지나는 순간, 그 여자가 우리 차 앞으로 뛰어들었습니다. 한순간에 일어난 일이

었죠.

내 생각에 그 여자는 우리를 누군가 다른 사람으로 착각하고 있었던 것 같습니다. 마치 우리한테 뭔가 할 말이 있는 것처럼 보였거든요. 어쨌든 데이지는 그 여자를 피하려고 마주 오던 차 쪽으로 핸들을 틀었습니다. 하지만 데이지는 겁을 집어먹고 핸들을 원래대로 돌려 버렸습니다. 나는 핸들을 잡는 순간 그 여자가 부딪히는 충격을 느낄 수 있었습니다. 그 여자는 아마 그 자리에서 죽었을 겁니다."

"그 여자는 몸이 갈갈이 찢겨……."

"그만하시오, 친구."

그가 움찔했다.

"데이지는 가속 페달에서 발을 떼지 않았습니다. 내가 멈추려고 했지만 소용이 없었습니다. 나는 비상 브레이크를 밟았습니다. 그러자 데이지는 내 무릎 위로 맥없이 쓰러졌습니다. 그 뒤로는 내가 운전을 했습니다. 데이지는 날이 밝으면 괜찮아질 겁니다."

그는 잠시 후 다시 말을 이었다.

"나는 여기서 오늘 오후의 그 일로 톰이 데이지를 괴롭히지는 않나 감시할 생각입니다. 데이지는 자기 방에 들어가 문을 잠가 버렸습니다. 그리고 만약 톰이 난폭한 짓을 하려고 들면 불을 껐다 다시 켜기로 했습니다."

"톰은 데이지를 괴롭히지 않을 겁니다."

내가 말했다.

"지금 톰은 데이지의 일 따위는 생각할 여유도 없을 겁니다."

"그 사람은 믿을 수가 없습니다. 친구."

"언제까지 이러고 있을 생각입니까?"

"필요하다면 밤이라도 샐 작정입니다. 어쨌든 모두 잠들 때까지는 기다릴 겁니다."

나는 문득 이런 생각을 떠올렸다. 만약 톰이 그때 운전하고 있던 사람이 데이지라는 것을 안다면 어떻게 될까? 톰은 그 일에 어떤 연관이 있다고는 생각하지 않을까? 톰은 무엇이든 생각해 낼 것이다. 나는 집 쪽을 바라보았다. 아래층에는 두세 개의 창에만 불이 켜져 있었고, 2층에는 데이지의 방에만 핑크빛 불빛이 새어 나오고 있었다.

"잠깐 여기서 기다려 주시오. 소란한 기미가 보이는지 살펴보고 오겠소."

나는 잔디밭 가장자리를 따라 조심스럽게 걸음을 옮겼다. 그리고 자갈길을 가로질러 베란다 계단으로 올라섰다.

거실의 커튼은 걷혀 있었지만, 안에는 아무도 보이지 않았다. 석 달 전 6월의 어느 날 밤, 우리가 같이 저녁을 먹었던 방을 지나 창에서 불빛이 새어 나오고 있는 곳으로 조심스럽게 다가갔다. 차양이 내려져 있었지만 창문턱에 조그마한 틈이 있었다.

데이지와 톰이 테이블을 사이에 두고 마주앉아 있었다. 식어 버린 닭튀김 한 접시와 맥주 두 병이 눈에 들어왔다. 톰은 데이지의 손을 잡은 채 테이블 너머로 무언가 진지하게 이야기하고 있었다. 데이지는 가끔 그를 올려다보며 동의의 표시로 고개를 끄덕였다.

닭튀김이나 맥주에는 손도 대지 않았다. 두 사람은 행복해 보이지는 않았지만, 그렇다고 해서 특별히 불행해 보이지도 않았다. 두 사람의 모습에는 자연스러운 친밀감이 감돌고 있었다. 누가 보더라도 그 두 사람은 지금 굉장한 음모를 꾸미고 있는 중이라고 믿었을 것이다.

조심스럽게 현관으로 돌아왔을 때 내가 타고 갈 택시가 어두운 차도를 따라 천천히 달려오는 소리가 들렸다. 개츠비는 아직도 그 자리에서 나를 기다리고 있었다.

"어떤가요?"

그는 걱정스러운 눈길로 물었다.

"걱정 마십시오. 아주 조용합니다."

나는 잠시 머뭇거리며 말했다.

"집으로 돌아가서 쉬는 게 좋지 않겠습니까?"

그러나 그는 고개를 가로저었다.

"나는 데이지가 잠들 때까지 여기서 기다리겠습니다. 먼저 가십시오, 친구."

개츠비는 코트 주머니에 손을 찔러 넣은 채 마치 내가 있으면 불침번의 신성함이 깨지기라도 하는 것처럼 다시 톰의 집을 살펴보기 위해 돌아섰다. 나는 달빛 아래 서 있는 그를 뒤로 한 채 그곳을 떠났다. 그는 아무 일도 일어나지 않을 집을 마냥 바라보고 있었다.

나는 그날 밤 잠을 이룰 수 없었다. 해협에서 처량한 고동 소리가 끊임없이 들려왔다. 나는 기묘한 현실과 잔인하고 무서운 꿈 사이를 왔다갔다하고 있었다. 나는 새벽이 가까이 올 무렵 개츠비의 저택으로 택시가 들어가는 소리를 듣고 서둘러 침대에서 일어나 옷을 갈아입었다. 나는 뭔가 그에게 일러 줄 말이, 경고해 줄 말이 있다는 것을 깨달았다. 날이 밝을 때까지 기다리다간 너무 늦어 버릴 것 같았다.

잔디밭을 가로질러 개츠비의 저택으로 달려갔을 때 다행히 현관문이 열려 있었다. 개츠비는 생각에 빠져 있는지 아니면 졸고 있는지 녹초가 되어 테이블에 기대어 있었다.

"밤새 아무 일도 없었습니다."

내가 온 걸 보고 그가 힘없이 중얼거렸다.

"나는 한시도 눈을 떼지 않고 데이지의 창을 지켜보고 있었습니다. 4시쯤 그녀가 창가로 다가와 잠시 서성거리다가 불을 끄더군요."

그날 새벽만큼 그의 집이 넓게 느껴진 적은 한 번도 없었다. 우리는 담배를 찾느라 방을 몇 군데나 헤집고 다녔다.

우리는 마치 천막처럼 널따란 커튼을 밀어젖혀야 했고, 전등 스위치를 찾기 위해 한없이 넓은 벽을 한참이나 더듬어야 했다. 한번은 내가 뭔가에 걸려 피아노 건반 위로 넘어지기도 했다.

가는 곳마다 예전과는 달리 먼지가 수북이 쌓여 있었고, 방에서는 환기를 시키지 않았는지 곰팡이 냄새가 진동했다. 겨우 한 테이블 위에서 담뱃갑을 발견했다. 그 안에는 곰팡내 나는 담배 두 개비가 들어 있었다. 우리는 응접실의 프랑스식 창문을 열고 앉아서 어둠 속으로 담배 연기를 뿜어냈다.

"여길 잠깐 떠나는 게 좋겠습니다."

내가 말했다.

"당신 차가 발견되는 건 시간문젭니다."

"지금 당장 말입니까, 친구?"

"일주일쯤 애틀랜틱이나 몬트리올로 피해 있도록 하십시오."

개츠비는 그 문제를 생각해 보려고도 하지 않았다. 그는 데이지가 어떻게 할 작정인지 알기 전까지는 절대 떠날 수 없다는 태도였다. 그는 마지막 희망에 매달리고 있는 것 같았다. 나는 차마 그를 거기서 떼어 놓을 수 없었다.

개츠비가 댄 코디와 함께 지냈던 자신의 젊은 시절에 대한 이야기를 들려준 것은 바로 그날이었다. '제이 개츠비'가 악의에 찬 톰과 부딪쳐 마치 유리처럼 산산이 부서져 버렸기 때문에 더 이상은 숨길 것도 없었다.

그것으로 연극은 끝났다고 생각한 그는 무엇이든지 거리낌 없이 사실대로 이야기하려고 했다. 그러나 그는 다른 그 무엇보다 데이지에 관한 이야기를 하고 싶어했다. 데이지는 개츠비가 만난 최초의 '아름다운' 여자였다. 그는 그때까지 온갖 방법으로 그런 여자들과 사귀려고 노력해 왔다. 그러나 항상 눈에 보이지 않는 장애물이 그를 가로막았다. 그는 데이지에게 호감을 느꼈다. 그도 처음에는 테일러 기지의 다른 장교들과 함께 그녀의 집을 방문했다. 그러나 나중에는 혼자서도 찾아가게 되었다.

그 집은 그에게 있어 경이로움의 대상이었다. 그는 그때까지 이렇게 아름답고 훌륭한 집을 본 적이 없었다. 그러나 다른 그 무엇보다 그를 숨막히게 했던 것은 그곳에 데이지가 살고 있다는 사실이었다.

그녀가 거기에 살고 있다는 것은 그가 야영지의 천막에서 생활하고 있는 것과 마찬가지로 우연한 일이었다. 그 집은 풍

293

요로운 신비감으로 가득 차 있었다. 2층에는 다른 침실보다 더 아늑하고 쾌적한 침실이 있었고, 복도에는 명랑하고 밝은 움직임이 있었다. 곰팡이가 핀 라벤더꽃 같은 느낌이 아니라 반짝이는 최신형 자동차나 갓 피어난 꽃으로 장식한 무도회 같은 신선함과 생기가 느껴졌다. 데이지에게 마음을 빼앗긴 남자가 적지 않다는 사실 또한 그의 가슴을 뛰게 했다. 이러한 사실은 그녀의 가치를 더욱 높여 주었다.

그는 집 안 구석구석에서 이런 남자들의 존재와 그들이 뿜어낸 격정의 그림자나 메아리를 느낄 수 있었다.

개츠비는 자신이 데이지의 집에 발을 들여놓은 것이 우연에 지나지 않는다는 것을 잘 알고 있었다. 제이 개츠비로서의 장래가 아무리 밝다고 하더라도 그때 그는 내세울 것 없는 무일푼의 청년에 지나지 않았다. 지금 자신의 정체를 감춰 주고 있는 군복도, 언제 자신의 어깨에서 흘러내릴지 모르는 형편이었다.

그는 현재라는 시점을 최대한 이용했다. 자기 손에 들어오는 것이라면 무엇이든 주저하지 않고 탐욕스럽게 움켜잡았다. 그는 결국 10월의 어느 밤에 데이지를 차지했다. 그녀의 손을 잡을 수조차 없는 처지였기에 더더욱 그녀를 차지하고 싶었던 것이다.

그는 자기 자신을 경멸했을지도 모른다. 분명 거짓으로 그녀를 차지했기 때문이다. 물론 그가 있지도 않은 어마어마한 재산으로 그녀의 마음을 빼앗은 것은 아니었다. 그러나 그가 계획적으로 그녀를 안심시킨 것만은 사실이었다. 그는 자기도 그녀와 같은 계층 출신이며, 앞으로 그녀를 편안히 살 수 있게 할 만한 부자라고 믿게 했던 것이다.

하지만 그에게 그런 능력이 있을 리 만무했다. 그에게는 뒷받침될 만한 가족도 없었고, 정부의 변덕에 따라 세계 어느 구석으로 쫓겨날지도 모르는 그런 신세였다.

하지만 그는 자신의 처지를 비관하거나 경멸하지 않았다. 그리고 그가 염려했던 일도 일어나지 않았다. 그는 아마 손에 넣을 수 있는 것을 다 얻고 나면 떠나 버릴 생각이었을 것이다. 그러나 그는 자신이 어느덧 성배를 찾아 헤매는 신세가 되고 말았다는 것을 깨닫게 되었다.

그는 데이지가 특별한 여자라는 것을 알고 있었다. 그러나 그런 여자가 얼마나 특별한 존재가 될 수 있는지는 몰랐던 것이다. 그녀는 화려하고 풍족한 자신의 생활 속으로 모습을 감추어 버렸다. 그에게 남은 것이 있다면 단지 그녀와 결혼했으면 하는 생각뿐이었다.

이틀 뒤 두 사람이 다시 만났을 때 애를 태운 것은 오히려 개츠비였다. 그녀의 집 현관에서는 장식용 등이 화려하게 빛나고 있었다. 그녀가 몸을 돌리자 그들이 앉아 있던 긴 등나무 의자에서 삐걱거리는 소리가 났다. 개츠비에게는 그 소리 조차 우아하게 들렸다.

그는 그녀의 호기심에 찬 사랑스러운 입술에 키스를 했다. 데이지는 감기에 걸려 목이 쉬어 있었지만, 개츠비에게는 그 것이 더욱 매력적으로 느껴졌다. 개츠비는 그때 돈이 얼마나 젊음과 환상을 지속시켜 주는지 절감했다. 그리고 옷이 많다 는 것이 얼마나 신선한 느낌을 주는지도 깨달았다.

그는 데이지가 가난한 청년의 필사적인 노력 따위로부터 는 멀찍이 떨어져 은처럼 빛나고 있는 존재라는 사실을 뼈저 리게 깨달았던 것이다.

"내가 그녀를 사랑하고 있다는 사실을 깨달았을 때 얼마나 놀랐는지 모릅니다. 차라리 그녀가 나를 버려 주었으면 좋겠 다는 생각까지 했습니다. 그러나 그녀는 나를 버리지 않았습 니다. 그녀 또한 나를 사랑하고 있었던 겁니다.

그녀는 자기가 모르고 있던 것을 내가 알고 있다는 이유만 으로 나를 대단한 사람이라고 생각했습니다. 나는 야망 따위 는 깨끗이 잊어버렸습니다. 시간이 갈수록 점점 더 깊은 사랑 에 빠져들었습니다. 결국엔 어떻게 되든지 상관없다는 식이 되어 버렸습니다. 앞으로 이루고 싶은 것을 데이지에게 이야 기해 주는 것만으로도 즐거운 시간을 보낼 수 있는데, 그걸 버리고 야망에 매달리는 게 무슨 의미가 있겠냐는 생각이 들었던 것입니다."

개츠비는 해외로 떠나기 전날 데이지를 꼭 껴안고 오래도록 말없이 앉아 있었다. 제법 쌀쌀한 가을날이었다. 방 안에는 난롯불이 타고 있었고, 데이지의 뺨은 발갛게 달아올라 있었다.

때때로 데이지가 몸을 움직이면 그도 팔을 풀어 그녀를 편하게 해 주었다. 그리고 그녀의 윤기나는 검은 머리카락에 입을 맞추었다. 그날 오후는 다음날로 예정되어 있던 이별을 위해 소중히 간직될 추억이라도 만들어 주려는 듯 한동안 두 사람의 마음을 평온하게 해 주었다.

데이지는 그의 어깨에 가만히 입을 맞추었다. 그는 그녀가 잠들어 있기라도 한 듯이 조심스레 그녀의 손가락 끝을 어루만졌다. 그들이 사랑을 속삭이던 한달 동안, 그날처럼 서로를 가깝게 느낀 적도 또 서로의 감정이 통한 적도 없었다.

전쟁에서 개츠비의 활약은 눈부셨다. 전선으로 나가기 전에는 대위였지만, 아르곤 전투 후에 소령으로 진급해 자신이 속해 있던 사단의 기관총 대대를 지휘했다. 휴전 후 그는 귀국하기 위해 애를 썼지만, 사무 착오가 생긴 것인지 아니면 오해가 생긴 것인지 그는 옥스퍼드로 가야 했다.

그는 속을 태웠다. 데이지의 편지에 초조함과 절망감이 나타나기 시작했던 것이다. 그녀는 그가 왜 돌아오지 못하는지 이해하지 못했고, 외부의 압력까지 느끼고 있었다. 그녀는 그를 다시 만나 그의 존재를 확인하고 자신의 선택이 옳았다는 확신을 갖고 싶다고 했다.

데이지는 아직 젊었다. 그녀가 속한 세계에는 난초꽃 향기와 즐겁고 세련된 속물 근성과 인생의 비애와 희망을 새로운 멜로디에 담아 연주하고 있는 오케스트라가 있었다.

색소폰이 밤새도록 <빌 스트리트 블루스>의 절망적인 넋두리를 늘어놓고 있는 동안 백 켤레나 되는 금빛과 은빛의 무도화가 반짝이며 먼지를 일으켰다. 티타임이 되면 방마다 아련하고 감미로운 열병으로 가슴을 졸이고, 새로운 얼굴들은 구슬픈 나팔 소리에 흔들려 떨어지는 장미 꽃잎처럼 여기저기로 떠돌아다녔다.

계절이 바뀌자, 데이지는 다시 사교 모임에 드나들기 시작했다. 그녀는 하룻밤 사이에 대여섯 명의 남자와 데이트를 했다. 그리고 새벽이 되어서야 화려한 드레스를 침대 옆 바닥에 아무렇게나 벗어둔 채 이미 시들기 시작한 난초꽃들과 함께 잠들곤 했다.

그동안에도 그녀의 마음속에서는 결단을 내리라고 울부짖

고 있었다. 그녀는 하루빨리 자신의 생활이 안정되기를 바라고 있었다. 그것이 사랑이든 돈이든 아니면 저항할 수 없는 현실의 요구든, 안정되기를 바라는 마음에는 변함이 없었다. 의외로 그 힘은 그녀 가까이에 있었다.

봄이 한창일 무렵 나타난 톰 부캐넌에 의해 데이지의 욕구는 현실적인 형태를 취하기에 이르렀다. 톰의 사람 됨됨이나 사회적인 지위는 데이지의 허영심을 만족시켜 주었다. 물론 그녀에게 고민이 없었던 것은 아니지만, 한편으로는 안도감도 느꼈다. 어쨌든 개츠비는 옥스퍼드에서 그 소식을 듣게 되었다.

어느덧 롱아일랜드에도 새벽이 찾아왔다. 우리는 닫혀 있던 아래층의 나머지 창문도 모두 열어 잿빛에서 황금빛으로 바뀌고 있는 햇빛을 방 안 가득 채웠다. 나무 한 그루가 갑자기 이슬 위로 그림자를 드리우자 푸른 나뭇잎 사이에서 모습을 감추고 있던 새들이 지저귀기 시작했다. 대기는 바람이라고는 할 수 없을 정도로 느리게 흐르며 시원하고 화창한 날씨를 예고하고 있었다.

"나는 데이지가 톰을 사랑했다고는 생각하지 않습니다."

개츠비는 창가에서 몸을 돌려 나를 쳐다보았다.

"당신도 보셨겠지만, 어제 오후 데이지는 아주 흥분해 있었습니다. 친구 톰은 그녀에게 두려움을 느끼게 하려고 그런 애기를 한 겁니다. 나를 아주 형편없는 사기꾼으로 몰더군요. 그래서 데이지도 자기가 무슨 말을 하고 있는지 분간하지 못하게 된 겁니다."

그는 침울한 표정으로 의자에 걸터앉았다.

"물론 아주 잠깐 동안은 데이지도 그를 사랑했을지 모릅니다. 적어도 그들이 결혼했을 당시엔 말입니다. 하지만 그때도 역시 데이지는 나를 더 사랑하고 있었습니다."

별안간 그는 묘한 말을 했다.

"어쨌든 그건 지극히 개인적인 일일 뿐입니다."

나로서는 알 수 없는 이 연애 사건에 대한 그의 생각이 지나치다고밖에 달리 해석할 방법이 없었다.

개츠비가 돌아왔을 때 톰과 데이지는 아직 신혼여행을 즐기고 있을 때였다. 그는 군에서 받은 봉급을 다 털어 초라한 루빌 여행을 떠났다. 그는 그곳에서 일주일 동안 머물면서 그 옛날 11월의 어느 밤에 둘이서 함께 걷던 길과 그녀의 새하얀 자동차로 드라이브했던 한적한 교외를 두루 찾아다녔다.

데이지의 집이 다른 집보다 항상 더 화려하고 신비스럽게 느껴졌던 것처럼, 그녀가 이미 떠나고 없는 루빌 또한 그의 머릿속에서는 항상 우울한 아름다움으로 가득 차 있는 곳이었다.

개츠비는 좀더 애를 썼더라면 데이지를 찾을 수 있었을지도 모른다는, 이제 그녀를 혼자 남겨 두고 떠난다는 그런 느낌이 들었다. 그가 탄 열차의 일반실 ― 그는 이제 빈털털이 신세였다 ― 은 무더웠다. 그는 객차의 연결부로 나가 의자에 앉았다. 역은 점점 멀어지고 낯선 건물들이 스쳐 지나갔다.

열차가 봄기운이 가득한 들판을 달리고 있을 때 그 옆으로 노란색 전차 한 대가 마치 경주라도 하듯이 달려왔다.

그는 그 전차 안에, 어느 거리를 산책하고 있던 데이지의 희고 매력적인 얼굴을 본 적이 있는 사람이 타고 있을지도 모른다는 생각을 떨쳐 버릴 수 없었다.

선로가 구부러진 곳을 지나면서 전차는 벌판으로부터 멀어져 갔다. 태양은 점점 대지 위로 낮게 몸을 드리우고 예전에 데이지가 살았던, 이제는 시야에서 사라져 가는 그 도시에 축복이라도 내리려는 것 같았다.

그는 그녀가 있어서 아름다웠던 공간의 한 조각이라도 간직하려는 듯 허공 속으로 손을 뻗었다. 그러나 물기 어린 그의 눈에 비친 풍경은 순식간에 지나가 버렸다. 그는 자신의 청춘에서 가장 깨끗하고 아름다웠던 순간을 영원히 잃어버렸다는 것을 깨달았다.

우리가 아침 식사를 마치고 현관을 나선 것은 9시 무렵이

302

었다. 날씨는 밤새 급변하여 서늘한 가을 기운이 느껴졌다. 이전부터 개츠비의 집에 있던 하인 중에서 마지막까지 남아 있던 정원사가 다가왔다.

"오늘은 수영장의 물을 빼려고 합니다만. 낙엽이 떨어지기 시작하면 배수구가 막히기 십상이거든요."

"오늘은 그냥 놔둬요."

개츠비는 이렇게 대답하고 변명하듯 나를 돌아보았다.

"이번 여름에는 아직 한 번도 저 수영장에 들어가 보지 않았거든요."

나는 시간에 쫓겨 일어났다.

"열차 시간이 12분밖에 남지 않았습니다."

솔직히 나는 출근하고 싶은 마음이 없었다. 일도 잘 될 것 같지 않았지만, 그보다는 개츠비를 혼자 내버려 두고 싶지 않았던 것이다. 나는 열차를 두 대나 그냥 보내고 나서야 겨우 뉴욕으로 갈 결심을 했다.

"전화하겠습니다."

결국 나는 이렇게 말했다.

"그렇게 해 주시겠소, 친구?"

"정오쯤에 연락하겠습니다."

우리는 천천히 계단을 내려갔다.

"데이지도 전화를 하겠지요?"

개츠비는 내가 그럴 거라고 말해 주기를 바라는 듯 근심스러운 얼굴로 나를 쳐다보았다.

"그렇겠지요."

"그럼, 안녕히 가시오."

나는 악수를 나누고 그의 집을 떠났다. 울타리가 가까워지자 문득 생각나는 게 있어 뒤를 돌아 그를 바라보았다.

"그 사람들은 전부 쓰레기요!"

나는 잔디밭 저편을 향해 외쳤다.

"당신은 그 사람들 전부를 합한 것보다 더 가치 있는 사람이오!"

나는 그때 그렇게 말했던 것을 지금까지도 기분 좋게 생각하고 있다. 그것이 내가 그에게 보낸 유일한 찬사였기 때문이다. 나는 처음부터 끝까지 그를 제대로 인정하지 않았던 것이다.

그는 처음에는 수줍게 고개를 끄덕이기만 했다. 그러나 곧 무슨 말인지 알아들었다는 듯 환한 미소를 지었다. 그는 화려한 핑크빛 옷을 입고 계단 위에 서 있었다. 그 모습을 본 나는 3개월 전 그의 저택을 처음 방문했던 날 밤의 일이 떠올랐다.

그때 그의 저택 잔디밭과 정원에는 그의 몰락을 추측하고 있던 사람들로 우글거리고 있었다. 그리고 그는 저 계단 위에서 자신의 순수한 정열을 감춘 채 그들에게 손을 흔들어 작별 인사를 하고 있었다.

나는 그가 따뜻하게 대해 준 것에 감사했다. 그 점에 대해서라면 나뿐 아니라 다른 사람들도 마찬가지로 감사하고 있었다.

"안녕!"

나는 큰 소리로 인사했다.

"아침 식사 고마웠소, 개츠비 씨!"

뉴욕에 도착한 나는 언제 끝날지도 모를 주식 시세표를 작성하다가 그만 회전의자에 앉은 채 깜빡 잠이 들고 말았다. 정오가 되기 조금 전에 전화벨 소리에 놀라 잠이 깬 나는 이마에 솟은 땀방울을 손등으로 닦으며 일어났다. 조던 베이커의 전화였다. 그녀는 이 시각에 자주 전화를 하곤 했다. 호텔로, 골프 클럽으로, 자기 집으로 바쁘게 돌아다니는 그녀로서는 이렇게밖에 연락을 취할 수 없었던 것이다.

평소 그녀의 전화 목소리는 마치 골프장의 녹색 잔디가 그녀가 휘두른 클럽에 잘려 사무실 창문까지 날아온 듯 상쾌함과 푸르름에 넘쳐 있었다. 그러나 이날만큼은 상쾌함도 푸르름도 느낄 수 없었다.

"데이지네 집에서 나오는 길이에요. 지금 햄프스테드에 있는데, 오후에는 사우샘프턴으로 갈 생각이에요."

데이지의 집에서 나온 것은 잘한 일이라는 생각이 들기는 했지만, 그런 그녀의 행동에는 짜증이 났다. 더구나 그녀의 다음 말은 나를 더욱 당황하게 했다.

"어젯밤엔 저한테 그다지 친절하지 않더군요."

"그럴 상황이 아니었잖소."

잠시 대화가 중단되었다. 이윽고 그녀가 말했다.

"어쨌든 만나고 싶어요."

"나도 그렇소."

"그럼 사우샘프턴 대신 오후에 뉴욕으로 갈까요?"

"아니, 오늘 오후는 안 되겠소."

"그럼 할 수 없죠."

"오늘 오후에는 일이 있어서……."

우리는 잠시 이런 식으로 얘기를 주고받았지만, 언제인지 모르게 대화는 끊겨 있었다. 우리 둘 중 누가 먼저 수화기를 내려놓았는지는 기억나지 않는다. 그러나 그런 건 중요한 문제가 아니라는 기분이 들었던 것만은 분명히 기억하고 있다. 설사 그녀와 두 번 다시 만나지 못하게 된다 하더라도 그날만큼은 서로 마주앉아 얘기하고 싶은 기분이 아니었다.

잠시 후 개츠비에게 전화를 걸었지만 통화 중이었다. 나는 네 번이나 다시 걸었다. 마침내 화가 난 교환수가 디트로이트에서 온 장거리 전화 때문에 통화가 안 되는 것이라고 알려 주었다. 나는 기차 시간표를 꺼내 3시 50분발 열차에 동그라미로 표시를 했다. 그리고 의자에 기대어 생각에 빠졌다. 그때가 바로 정오였다.

그날 아침 기차를 타고 잿더미를 지날 때 나는 의식적으로 객차의 반대편 좌석으로 건너가 앉았다. 그곳에는 분명히 호기심 많은 사람들이 종일 주변에 모여 있을 테고, 아이들은 흙먼지 속에서 검은 핏자국을 찾고 있을 것이다.

어느 떠벌리기 좋아하는 남자는 사건의 상세한 내막을 몇 번이고 반복해서 지껄이고 있을 것이다. 그러다 자기 자신도 점점 현실감이 흐려져 목소리를 낮추다가 결국은 입을 다물 것이다. 그리고 머틀 윌슨의 비극도 서서히 잊혀져 갈 것이라고 나는 생각했다.

나는 여기서 시간을 조금 거슬러 올라가 그 전날 밤 우리가 윌슨네 가게를 떠난 뒤에 벌어졌던 일에 대해 이야기할까 한다.

그곳에 있던 사람들은 머틀의 동생 캐서린이 있는 곳을 알아내는 데 어려움을 겪었다. 그날 밤 그녀는 술을 마시지 않겠다는 다짐을 어기고 있었던 것이다. 느지막이 그녀가 나타났을 때는 이미 상당히 취해 있어서 구급차가 플러싱으로 갔

308

다고 해도 그게 무슨 말인지 이해하지 못했다고 한다.

사람들이 겨우 그 사실을 납득시키자 그녀는 마치 그것이 참을 수 없는 일이라도 된다는 듯이 정신을 잃고 말았다. 누군가가 친절에서인지 호기심에서인지 자기 차에 그녀를 태우고 언니의 시체를 실은 구급차 뒤를 따라갔다.

자정이 훨씬 지날 때까지 많은 사람들이 계속 몰려들었다. 그동안 조지 윌슨은 계속해서 사무실 안쪽에 있는 긴 의자에 앉은 채 몸을 앞뒤로 흔들어 대고 있었다. 사무실 문이 열려 있었기 때문에 가게에 들어온 사람이면 누구든 안을 힐끗 들여다보았다. 나중에는 누군가가 보기 민망하다며 문을 닫아 버렸다.

미카엘리스를 비롯한 몇 명의 남자들이 그의 곁에 함께 있어 주었다. 처음에는 네댓 명이 함께 있었으나 금세 두세 명으로 줄었다. 밤이 깊어지자 미카엘리스는 마지막까지 남아 있던 낯선 남자에게 15분만 더 있어 달라고 부탁하고는 자기 식당으로 돌아가 커피 한 주전자를 끓여 왔다. 그후 그는 새벽녘까지 혼자서 윌슨과 함께 있어 주었다.

새벽 3시쯤 되자 윌슨의 알 수 없는 중얼거림은 바뀌었다. 그는 점차 정신을 차리더니 노란색 차에 대한 이야기를 하기 시작했다. 그 차의 주인이 누군지 알아낼 방법이 있다며 큰 소리를 쳤다. 그리고 두서없이 자기 아내가 두세 달 전에 얼굴을 얻어맞아 코가 잔뜩 부어 뉴욕에서 돌아온 일이 있다는 이야기도 했다.

그러나 그는 자신이 했던 말을 생각하고는 다시 몸을 움츠리고 애처로운 신음 소리를 내기 시작했다.

"오, 하느님!"

미카엘리스는 그의 주의를 다른 곳으로 돌리려고 애를 썼다.

"조지, 결혼한 지 몇 년이나 됐소? 조지, 나 좀 봐요. 가만히 앉아서 내가 묻는 말에 대답해 봐요. 결혼한 지는 얼마나 됐소?"

"12년이오."

"아이는 없소? 이봐요 조지, 내 말 듣고 있어요? 아이는 없냐고 내가 물었잖아요?"

어디선가 갈색 풍뎅이가 날아와 희미한 전등에 부딪히고 있었다. 바깥에서 도로를 지나가는 자동차 소리가 들릴 때마다 미카엘리스는 몇 시간 전에 멈추려고도 하지 않고 달아나 버린 그 자동차가 자꾸 생각났다. 그는 시체를 올려놓아 피로 더럽혀진 작업대가 마음에 걸려 수리소 안으로는 들어가고 싶지 않았다.

그는 내내 사무실 안을 왔다갔다하고 있었다. 덕분에 아침이 되기도 전에 사무실 안에 있던 물건을 모조리 외울 지경이 되어 버렸다. 미카엘리스는 이따금 윌슨 곁으로 다가가 그의 마음을 진정시키려고 애쓰기도 했다.

"조지, 가끔 교회는 나갔었나요? 계속 다니지 않았더라도 말이오. 내가 그 교회에 전화해서 목사님을 오시게 하면 좋겠는데. 그러면 설교 말씀을 들을 수도 있을 테고……."

"난 아무 교회에도 다니지 않았어요."

"평소에 좀 다니지 그랬어요, 조지. 오늘 같은 경우를 위해서라도 말이오. 그래도 한 번쯤은 교회에 나간 적이 있겠죠? 당신도 결혼식은 교회에서 올렸겠죠? 이봐요, 조지, 결혼식은 교회에서 올렸겠죠?"

"그건 아주 오래전의 일이오."

윌슨은 미카엘리스의 물음에 대답하다 앞뒤로 흔들던 몸의 리듬이 깨지고 말았다. 그는 잠시 동안 아무런 말이 없다가 어느새 조금 전처럼 제정신이 든 것 같기도 하고 그렇지 않은 것 같기도 한 애매한 표정으로 돌아와 있었다.

"저기 저 서랍을 좀 열어 보시오."

그는 책상을 가리켰다.

"어느 서랍 말이오?"

"저 서랍 말이오. 그래, 그거요."

미카엘리스는 손에서 제일 가까운 서랍을 열었다. 그 안에는 은색 끈과 가죽으로 된 고급 개 줄 외에는 아무것도 없었다. 개 줄은 아무래도 새것 같았다.

"이것 말이오?"

미카엘리스는 개 줄을 손에 들고 윌슨에게 물었다. 윌슨은 천천히 고개를 끄덕였다.

"난 어제 오후에 그걸 발견했소. 집사람은 그냥 얼버무리려고 했지만, 나는 어딘가 이상하다고 생각했소."

"그러니까 부인이 이걸 샀다는 말이죠?"

"그걸 화장지에 싸서 자기 화장대 위에 놓아두었더군요."

미카엘리스가 보기에는 별로 이상할 것도 없었다. 미카엘리스는 윌슨에게 그의 아내가 왜 개 줄을 사게 되었는지를 추측해서 설명해 주었다. 그러나 윌슨은 그 비슷한 이야기를 그의 아내에게서도 들은 적이 있는 듯했다.

그는 마치 그것을 잊고 있었다는 듯 또다시 "오, 하느님!" 하고 흐느끼기 시작했다. 미카엘리스는 자기 생각을 계속해서 말하려다가 그만 입을 다물고 말았다.

"그렇다면 그놈이 내 아내를 죽인 거야."

윌슨이 말했다. 그는 자신의 추리가 기막히게 맞아떨어진다는 듯 입을 딱 벌렸다.

"그놈이라니, 누구 말이오?"

"내게는 알아낼 방법이 있지."

"조지, 당신 왜 이러는 거요? 지금 당신은 너무 충격을 받아서 자기가 무슨 말을 하고 있는지도 모르고 있소. 날이 밝

312

을 때까지 가만히 앉아 있는 게 좋겠어요."

"그놈이 내 아내를 죽인 게 틀림없어!"

"그건 사고였어요, 조지."

윌슨은 고개를 가로저었다. 그는 실눈을 뜨고 약간 입술을 벌린 채 거만스레 "흥!" 하는 소리를 냈다.

"난 모든 걸 알고 있어!"

그의 말투는 단호했다.

"나는 남의 말을 잘 믿고 아무에게도 악의를 품어 본 적은 없지만, 뭔가를 알려고 하면 반드시 알아낼 수 있어. 그건 그 차에 타고 있던 놈의 짓이야. 아내는 놈에게 뭔가 할 말이 있어 뛰어나간 거였어. 그런데 그놈이 일부러 차를 멈추지 않던 거야."

미카엘리스도 그런 생각을 하기는 했지만, 큰 의미를 두지는 않았다. 그는 윌슨 부인이 달려 나간 것은 특정한 자동차를 세우기 위해서가 아니라 그저 남편으로부터 도망치기 위한 것이었다고 생각했다.

"왜 그렇다고 생각하지요?"

"그 여자는 자신의 속마음을 내보이지 않는 여자였어."

윌슨은 그것이 마치 모든 문제에 대한 해답인 것처럼 말했다.

"아아!"

윌슨은 또다시 몸을 흔들기 시작했다. 미카엘리스는 어쩔 줄 몰라 하며 개 줄을 손으로 비비꼬며 서 있었다.

"조지, 전화를 해서 좀 와 달라고 할 만한 친구는 없어요?"

그것은 괜히 해 본 말에 지나지 않았다. 월슨에게 친구가 없다는 것은 물어보지 않아도 알 수 있는 사실이었다. 그는 자신의 아내조차 만족시켜 줄 수 없는 인물이었던 것이다. 미카엘리스는 잠시 후 창가로 푸른 기운이 밀려오는 것을 보고 새벽이 멀지 않았음을 느꼈다. 5시쯤에는 바깥이 전등을 꺼도 될 만큼 훤하게 밝아졌다.

월슨은 초점 없는 눈으로 잿더미 쪽을 바라보았다. 작은 잿빛 구름이 기묘한 모양으로 새벽바람에 밀려 흩어지고 있었다.

"나는 아내한테 경고했지."

한동안 조용히 있던 월슨이 느닷없이 침묵을 깨고 중얼거리기 시작했다.

"나를 속일 수는 있을지 몰라도 신까지 속일 수는 없다고 말이오. 나는 아내를 창 쪽으로 끌고 갔소."

월슨은 괴로운 표정으로 일어나 뒤쪽 창가로 다가가 창문에다 얼굴을 기댔다.

"그리고 이렇게 말했소. '신은 네가 하는 짓을 다 알고 있어. 네가 하는 짓은 무엇이든지 다 알고 있다고. 넌 날 속일 수는 있을지 몰라도 신을 속일 수는 없어!' 라고 말이오."

윌슨 뒤에 서 있던 미카엘리스는 윌슨이 서서히 걷히고 있는 어둠 사이로 희미하게 보이기 시작하는 에클버그 박사의 거대한 눈을 보고 있다는 것을 깨닫고 깜짝 놀랐다.

"신은 모든 것을 보고 계시지."

윌슨이 또다시 같은 말을 되풀이했다.

"저건 그냥 광고일 뿐이오."

미카엘리스는 그에게 똑바로 말해 주었다. 미카엘리스는 창 밖에서 시선을 돌려 방 안을 돌아보았다. 그러나 윌슨은 계속해서 얼굴을 유리창에 갖다 댄 채 서서히 밝아오는 해를 바라보며 고개를 끄덕이고 있었다.

미카엘리스도 6시쯤에는 지쳐 버렸다. 밖에서 자동차 멈추는 소리가 들렸을 때 그는 속으로 기뻐했다. 지난밤에 미카엘리스와 함께 윌슨을 지키다가 다시 오겠다고 하고 돌아갔던 사람 중 하나였다. 미카엘리스는 음식을 3인분 만들었다. 그러나 그와 아침에 온 남자만 그것을 먹었다.

윌슨도 상당히 안정을 되찾은 것 같아 미카엘리스는 잠을 자기 위해 자기 집으로 돌아갔다. 그리고 네 시간 후에 깨어나 윌슨의 정비소에 가 보니 윌슨은 어디론가 사라지고 없었다.

윌슨은 루즈벨트 항에 나타났다가 곧장 개즈힐까지 걸어

간 것으로 나중에 밝혀졌다. 그는 거기서 샌드위치를 샀지만, 먹지는 않고 커피만 한 잔 마셨다. 그가 개즈힐에 도착한 것은 정오쯤이었다. 아마 피곤해서 아주 천천히 걷고 있었던 모양이다.

여기까지 그의 행적을 밝히는 데는 아무런 어려움도 없었다. '정신이 이상한 듯한' 남자를 봤다는 아이들도 있었고, 길가에 서서 이상한 눈빛으로 자기네를 노려보는 사람을 보았다는 운전사들도 있었기 때문이다.

그러나 그 다음 세 시간 동안 그가 어디에 있었는지는 알 길이 없었다. 경찰은 그가 '알아낼 방법이 있다.' 라고 말했다는 미카엘리스의 진술에 따라 그동안 노란색 차를 찾기 위해 근처 자동차 정비 공장을 뒤지고 돌아다녔을 것이라고 추측했다.

그러나 어느 정비 공장에서도 그를 보았다는 사람은 없었다. 윌슨은 틀림없이 자기가 알고자 하는 것을 보다 더 쉽게 찾을 수 있는 확실한 방법을 알고 있었던 것 같다.

2시 30분쯤, 윌슨은 웨스트에그에 나타나 개츠비의 집이 어디냐고 묻고 있었다. 그러니까 윌슨은 그때 이미 개츠비의 이름을 알고 있었던 것이다.

개츠비는 2시에 수영복 차림으로 전화가 오면 수영장으로 전해 달라고 하인에게 일러두고 밖으로 나갔다. 그는 여름 내내 손님들을 즐겁게 해 주었던 공기 매트리스를 가지러 차고로 갔다. 운전사가 매트리스에 바람 넣는 것을 도와주었다.

그는 운전사에게 차고 안에 세워 둔 오픈카는 절대 끌고 나가지 말라고 당부했다. 운전사는 이를 이상하게 여겼다. 차 오른쪽 앞바퀴의 흙받기는 수리해야 할 상태였기 때문이다.

개츠비는 매트리스를 메고 수영장으로 걸어갔다. 도중에 잠시 멈춰 서 매트리스를 고쳐 멨다. 운전사가 도와주겠다고 했지만, 그는 고개를 가로저으며 단풍이 노랗게 물들기 시작한 나무들 사이로 사라졌다.

전화는 한 통도 걸려 오지 않았지만, 하인은 졸지도 않고 4시까지 전화를 기다렸다. 그때 전화가 걸려 왔다고 하더라도 이미 용건을 전해 줄 사람은 없어진 지 한참 뒤였을 것이다. 아마 개츠비도 전화는 오지 않을 거라고 생각하고 더 이상 전화 따위에는 신경을 쓰지 않았을 것이다.

이 추측이 옳다면 그는 오직 꿈 하나만을 간직하고 살기 위해 비싼 대가를 치르고 얻은 정든 세계를 잃어버렸다는 기분에 빠져 있었을 것이다. 그리고 눈앞에 보이는 나뭇잎도, 그 무성한 잎들 너머로 보이는 하늘도 그에게는 평소의 그것과는 다르게 비쳤을지 모른다. 장미꽃이 얼마나 흉한지, 갓 돋아난 새싹 위로 쏟아지는 햇살이 얼마나 가혹한 것인지를 깨닫고 몸서리쳤을 것이다.

그를 둘러싸고 있는 모든 것이 현실에서는 존재하지 않으면서도 구체성을 띠고 있는 별개의 세계였다. 그곳에서는 공기를 마시듯 꿈을 들이마시는 유령들이 그의 주변을 맴돌고 있었다. 유령들은 일정한 형체도 없는 나무들 사이를 미끄러지듯 지나 그에게로 다가온다. 마치 인간의 모습을 한 잿빛 그림자처럼.

울프샤임의 부하였던 개츠비의 운전사는 몇 발의 총성을 들었다. 그러나 그는 별로 신경 쓰지 않았다고 진술했다. 나는 역에서 곧바로 개츠비의 집을 향해 차를 몰았다. 그리고 숨을 헐떡이며 현관 계단을 뛰어 올라갔다. 집 안에 있던 사람들은 그때까지 아무것도 모르고 있었다. 그러나 나를 본 순간 그들도 사태를 짐작했을 것이다. 우리는 입을 굳게 다문 채 급히 수영장으로 내려갔다.

한쪽에서 흘러든 새 물이 반대편에 나 있는 배수구로 흘러가고 있어서 수면은 눈에 띄지 않을 정도로 조금씩 움직이고 있었다. 파도라고까지는 할 수 없는 잔물결을 일으키며 개츠비를 태운 매트리스가 수영장 아래쪽으로 조금씩 흘러가고 있었다.

수면 위로 희미한 바람이 불고 있었다. 비록 잔물결조차 일으키지 못하는 미풍이었지만 예사롭지 않은 짐을 싣고 정

처 없이 떠내려가던 매트리스의 진로를 방해하기에는 충분
했다. 한 무더기의 나뭇잎이 닿자 매트리스는 천천히 돌면서
측량기의 다리처럼 물 위로 가늘고 빨간 원을 그렸다. 우리가
개츠비를 메고 집 안으로 들어간 뒤 정원사가 근처 잔디밭에
서 윌슨의 시체를 발견했다. 비극은 이렇게 끝을 맺었다.

그로부터 2년이 지난 지금 그날을 돌이켜 보면 끊임없이
개츠비의 저택 현관을 드나들던 경찰과 신문기자밖에는 떠
오르는 게 없다. 대문을 가로질러 밧줄이 쳐지고 호기심 많은
구경꾼들의 접근을 막기 위해 경찰이 그 앞을 지키고 서 있었
다. 그러나 아이들은 내 집 정원을 통하면 그곳으로 갈 수 있
다는 것을 금방 눈치 챘다. 수영장 주변에는 입을 딱 벌린 채
넋을 놓고 있는 아이들이 항상 몇 명씩 모여 있었다.

그날 오후 형사로 보이는 남자가 윌슨의 시체를 살펴보면
서 '미친놈' 이라고 했는데 그의 말은 이튿날 아침 신문에 그
대로 실렸다.

신문에 실린 기사는 대부분 악몽과도 같은 것들이었다. 이상하면서도 아주 상세했지만 대부분은 진실과 거리가 멀었다.

검시 때 미카엘리스는 윌슨이 아내를 의심하고 있었다고 증언했다. 나는 그때부터 이 사건이 통속적인 흥밋거리로 전락하고 말 것이라 생각했다.

그러나 무슨 말이라도 할 법한 캐서린은 한마디도 하지 않았다. 빈틈없는 그녀의 성격은 이번에도 여실히 드러났다. 그녀는 검시관을 향해 단호하게 언니는 개츠비라는 사람과는 만난 적도 없을 뿐만 아니라 부부 사이도 아주 좋았다고 잘라 말했다. 그녀는 자기 자신에게도 그렇게 믿게 하려는 것처럼, 그런 일을 입에 담는 것만으로도 참을 수 없다는 듯 손수건에 얼굴을 파묻고 울기 시작했다.

결국 윌슨은 '슬픔에 못 이겨 미쳐 버린' 남자로 결론이 났다. 덕분에 이 사건은 가장 단순한 형태로 마무리되었다. 그리고 지금까지도 그렇게 알려져 있다.

그러나 이 모든 것들은 내게 사건의 본질과는 전혀 상관없는 것으로 여겨졌다. 나는 언제부터인가 개츠비 편이 되어 있었다. 더구나 나 외에는 아무도 개츠비를 생각해 줄 사람이 없었다.

내가 전화로 웨스트에그 빌리지에 이 사건을 전했을 때 개츠비를 둘러싼 모든 억측과 의문이 나에게 쏟아졌다. 처음에는 나도 놀랍고 귀찮았다. 그러나 개츠비가 몇 시간이 지나도록 숨쉬지도 말하지도 않고 누워 있는 것을 보고 책임질 사람은 결국 나밖에 없다고 생 각했다. 나 말고는 그 누구도 그에게 관심을 갖 고 있지 않았기 때문이다.

누구든 최후를 맞이했을 때에는 주변 사람들로부터 막연 하나마 관심을 받을 권리가 있다고 생각하지만, 개츠비에게 는 그런 사람이 아무도 없었던 것이다.

우리가 개츠비를 발견한 지 30분쯤 지나서 나는 아무런 망 설임 없이 데이지에게 전화를 걸었다. 그러나 그녀와 톰은 그 날 오후 여행 가방을 챙겨서 어디론가 떠나 버렸다고 했다.

"어디로 간다고도 말하지 않았습니까?"

"네."

"언제 돌아오는지도 모릅니까?"

"모릅니다."

"어떻게든 연락할 방법도 없습니까?"

"없습니다."

나는 개츠비를 위해 누구라도 데려오고 싶었다. 그가 누워 있는 방으로 들어가 그를 안심시켜 주고 싶었다.

"개츠비, 누구든 불러올 테니까 걱정하지 마시오. 나만 믿 어요. 내가 당신을 위해 누군가 데려오겠소."

323

마이어 울프샤임의 이름은 전화번호부에 나와 있지 않았다. 나는 하인이 알려 준 그의 브로드웨이 사무실 주소를 가지고 전화국에 전화를 걸었다. 그러나 그의 전화번호를 알아 냈을 때는 이미 5시가 훨씬 지난 후였기 때문에 아무리 전화를 걸어도 받지 않았다.

"한 번만 더 신호를 보내 주십시오."

"벌써 세 번이나 보냈는데요."

"매우 급한 일이라서⋯⋯."

"미안합니다만, 그쪽에 아무도 안 계신 것 같습니다."

나는 하는 수 없이 응접실로 되돌아왔다. 나는 그곳에 모여 있는 사람들이 모두 우연히 방문한 조문객이 아닐까 하는 생각을 했다. 그들이 무표정한 시선으로 이불을 걷고, 개츠비를 보고 있는 동안 내 머릿속에서는 개츠비의 항의가 계속되고 있었다.

'친구, 나를 위해 누군가 데리고 와 주시오. 부탁이오. 나 혼자서는 정말 견디기 힘들군요.'

누군가가 나에게 이것저것 질문하기 시작했다. 그러나 나는 그것을 무시하고 2층으로 올라갔다. 나는 그의 책상에서 잠겨 있지 않은 서랍을 살펴보았다. 그는 나에게 자기 부모가 돌아가셨다고 확실하게 말한 적은 없었다. 그러나 나는 아무 것도 찾아내지 못했다. 다만 지금은 잊혀진 폭군이라고밖에 말할 수 없는 댄 코디의 사진만이 벽에서 꼼짝 않고 나를 지켜보고 있었다.

이튿날 아침 나는 울프샤임 앞으로 편지를 써서 하인 편으로 뉴욕에 보냈다. 나는 그 편지에 그가 알고 있는 것이라면 무엇이든 말해 달라고 부탁한 뒤 다음 기차로 와 주었으면 좋겠다고 썼다.

나는 편지를 쓰면서도 이런 것까지 부탁할 필요가 있을까 하는 생각이 들었다. 어차피 그는 신문을 보자마자 달려와 줄 것이고, 데이지도 정오가 되기 전까지는 전보를 칠 것이라고 믿고 있었던 것이다.

그러나 데이지의 전보도, 울프샤임도 오지 않았다. 대신 경찰과 사진기자, 신문기자 몇 명이 더 왔을 뿐이었다. 하인이 울프샤임의 답장을 가지고 돌아왔을 때 나는 너무 어이가 없어 화가 났다. 나는 개츠비와 함께 그들 모두를 마음껏 경멸해 주고 싶었다.

캐러웨이 씨, 이번 일은 제 일생에서 가장 끔찍하고 충격적인 일이라서 이게 설마 사실이라고는 믿을 수 없을 정도입니다. 그자가 저지른 미친 짓은 우리 모두에게 생각해 볼 여지를 만들어 주었습니다. 하지만 저는 지금 매우 중요한 일에 묶여 있어 꼼짝도 할 수 없습니다. 지금은 그곳에 갈 수 없을 뿐더러 이번 일에 연루되고 싶지도 않습니다. 제가 나중에 할 수 있는 일이 있다면, 에드거를 통해 편지를 보내 주십시오. 저는 이번 일로 너무나 큰 충격에 빠져 있습니다.

마이어 울프샤임

그의 편지에는 황급히 휘갈겨 쓴 듯한 두 줄의 추신이 덧붙여져 있었다.

장례식이나 그밖의 일정에 대해 연락해 주시면 고맙겠습니다.
개츠비 씨의 가족에 대해서는 전혀 아는 바가 없습니다.

그날 오후 전화벨이 울리고, 교환원이 시카고에서 온 장거리 전화라고 말했을 때 나는 분명히 데이지에게서 온 전화일 거라고 생각했다. 그러나 전화를 받고 보니 가늘고 희미한 남자 목소리였다.
"슬래글입니다."
"네?"
낯선 이름이었다.
"전화 상태가 안 좋군요. 내가 보낸 전보는 받았습니까?"

"전보라니요?"

"파크 녀석이 문제를 일으켰어요."

상대방은 급한 목소리로 지껄였다.

"그 채권을 넘겨주다 경찰에 잡혔어요. 경찰은 그 일이 있기 5분 전에 채권 번호를 뉴욕으로부터 통지받았던 모양입니다. 거기에 대해서 뭐 알고 있는 게 없습니까? 여기에선 도무지……."

"여보세요!"

나는 당황해서 상대방의 말을 가로막았다.

"전 개츠비가 아닙니다. 개츠비 씨는 돌아가셨습니다."

상대방은 한참 동안 아무 말도 하지 않았다. 그러고 난 다음에 절규하는 듯한 목소리와 함께 전화가 끊겼다.

미네소타 주의 어느 도시에서 헨리 C. 개츠라고 서명된 전보가 도착한 것은 사건이 있은 지 사흘째 되던 날이었다. 그 전보에는 곧 출발할 테니 자기가 도착할 때까지 장례식을 미루어 달라고만 적혀 있었다.

그 사람은 개츠비의 아버지였다. 위엄 있는 표정의 쇠약한 노인이었다. 그는 너무 놀란 탓에 경황이 없어 보였고, 아직 따뜻한 9월인데도 싸구려 긴 외투를 입고 있었다. 그의 두 눈에서는 슬픔에 못 이겨 눈물이 쉼 없이 흘러내렸다.

나는 금방이라도 쓰러질 것 같은 그를 음악실로 데리고 가

서 편하게 앉혔다.

　사람을 시켜 먹을 것을 가져오게 했지만, 그는 아무것도 먹으려고 하지 않았다. 그나마 들고 있던 우유마저도 떨리는 손 때문에 다 흘리고 말았다.

　"시카고 신문을 보고 알았소."

　그가 말했다.

　"신문에 사고 소식이 상세히 실렸더군요. 그걸 보자마자 곧바로 출발한 거요."

　"연락을 드리려고 했지만 방법이 없었습니다."

　그는 뭔가 특별히 찾는 것도 없으면서 끊임없이 방 구석구석을 훑어보고 있었다.

　"어떤 미친놈이 그랬다고 하던데……. 하긴 미치지 않았다면 어떻게 그런 짓을 저지를 수가 있었겠소."

　"커피라도 좀 드릴까요?"

　나는 그에게 무엇이든 권하고 싶었다.

　"지금은 아무것도 먹고 싶지 않소. 난 이제 괜찮소. 그런데 이름이……."

　"캐러웨이라고 합니다."

　"난 이제 괜찮아요. 그런데 지미는 어디에 있소?"

　나는 그를 개츠비가 누워 있던 응접실로 안내했다. 그리고 그를 혼자 남겨 둔 채 밖으로 나왔다. 아이들 몇이 현관 앞 돌

계단까지 올라와서 안을 기웃거리고 있었다. 내가 지금 도착한 사람이 개츠비의 아버지라고 말해 주자 아이들은 마지못해 돌아갔다.

잠시 후 그가 문을 열고 나왔다. 약간 상기된 얼굴에 눈가가 축축이 젖어 있었다. 그는 이미 죽음에도 초연해질 정도의 나이였다. 그는 그제서야 주위를 돌아보기 시작했다. 높은 천장과 화려한 방들을 둘러본 그는 이제 슬픔 속에서도 자랑스러움을 느끼기 시작한 것 같았다.

나는 그를 부축해서 2층 침실로 데려갔다. 그가 양복 상의와 조끼를 벗고 있는 동안 나는 모든 결정을 그가 도착할 때까지 미루고 있었다고 알려 주었다.

"어떻게 하실지 몰라서 그렇게 했습니다. 개츠비 씨……."

"개츠입니다."

"아참! 개츠 씨였죠. 혹시 유해를 서부로 운구하실 생각입니까?"

그는 고개를 저었다.

"지미는 어렸을 때부터 동부를 더 좋아했소. 그 아이가 이만큼 성공한 곳도 동부였고……. 당신은 지미의 친구였소?"

"네, 그렇습니다."

"그럼 잘 아시겠지만, 그 아인 앞날이 유망했소. 아직은 젊은이에 지나지 않지만 머리가 아주 좋았으니까 말이오."

그는 그렇게 확신하고 있었다는 듯 자기 머리를 가리켰다. 나도 고개를 끄덕여 그 말에 공감을 표시했다.

"좀더 살았다면 그 아인 아주 큰 인물이 되었을 거요. 제임스 J. 힐처럼 분명 나라에 큰 공헌을 했을 거요."

"물론입니다."

조금 거북하기는 했지만, 나는 이렇게 대답했다.

그는 수가 놓인 침대 커버를 끌어내리고는 침대에 들어가 누웠다. 그리고 금세 잠이 들었다.

그날 밤 어디에선가 전화가 걸려 왔다. 상대는 뭔가 크게 놀란 듯 자기 이름을 밝히기도 전에 먼저 누구냐고 물었다.

"캐러웨이입니다."

내가 대답했다.

"그래요!"

전화를 건 사람은 그때서야 마음이 놓이는 듯했다.

"저는 클립스프링거입니다."

나도 마음이 놓였다. 장례식에 참석할 사람이 하나 더 늘었다고 생각했기 때문이다. 나는 신문에 부고를 내서 호기심 많은 구경꾼들을 끌어 모으고 싶지는 않았다. 그래서 연락이 되는 몇몇 사람들에게 일일이 전화로 알리고 있던 중이었지만, 좀처럼 장례식에 참석하겠다는 사람이 나타나지 않았던 것이다.

"장례식은 내일입니다."

나는 그에게 이렇게 알려 주었다.

"내일 3시에 여기서 치를 예정입니다. 가깝게 지내시던 분이 있으면 좀 알려 주십시오."

"그거야 어려운 일이 아니죠."

그는 무엇에 쫓기는 듯 다급하게 말했다.

"별로 많은 사람을 만날 것 같지 않지만, 만나기만 하면 꼭 전하지요."

그의 말을 듣고 보니 문득 의심이 들었다.

"물론 당신도 참석하시겠지요?"

"가능하다면 그렇게 하겠습니다. 그런데 제가 전화를 드린 용건은……."

"잠깐만요."

나는 그의 말을 가로막았다.

"분명히 참석하겠다는 말씀이시죠?"

"저, 실은…… 사실 저는 지금 그리니치에 살고 있는 어떤 사람 집에 와 있습니다. 그런데 그 사람은 제가 내일도 같이 있어 주길 바라고 있습니다. 피크닉인지 뭔지를 갈 예정이거든요. 물론 저는 어떻게든지 빠지도록 노력이야 하겠지만 말입니다."

나는 그 순간 나도 모르는 사이에 "흥!" 하고 코웃음을 치고 말았다. 그도 틀림없이 그 소리를 들었을 것이다. 그는 신경질적으로 자기 용건을 말했다.

"제가 전화한 건 다름이 아니라 그곳에 신발을 두고 왔기 때문입니다. 미안하지만 하인을 시켜서 그걸 좀 보내 주셨으면 합니다. 테니스화인데 전 그게 없으면 꼼짝도 못 하거든요. 여기 주소는 B. F……."

나는 그가 주소를 다 불러 주기도 전에 전화를 끊어 버렸다. 나는 왠지 개츠비에게 미안함을 느꼈다. 내가 전화했던 어떤 신사는 개츠비의 죽음을 자업자득이라는 식으로 말했다.

그것은 내 실수 때문이었다. 그는 언제나 개츠비가 내준 술을 마시고 그 술기운을 빌려 누구보다 신랄하게 개츠비를 비난하던 인물이었다. 애초에 전화를 하지 말았어야 했다.

장례를 치르던 날 아침 나는 뉴욕으로 마이어 울프샤임을 만나러 갔다. 그 방법 외에는 그를 직접 만날 수 없을 것 같았다. 엘리베이터 보이에게 물어서 찾아간 사무실에는 '스와스티커 주식회사' 라는 간판이 붙어 있었다.

처음에는 아무도 없는 것 같았지만, 내가 몇 번이고 "계십니까, 계십니까?" 하고 부르자 칸막이 벽 너머로 누군가가 대답하는 목소리가 들렸다.

잠시 후 예쁘장하게 생긴 유태인 여자가 칸막이 벽에 설치된 문을 열고 나타났다. 그녀는 까만 눈동자에 적의를 띠고

 나를 쳐다보았다.

"아무도 안 계십니다."

그녀가 말했다.

"울프샤임 씨는 시카고에 가셨습니다."

그것은 거짓말이었다. 안에서 누군가가 음정이 맞지 않은 〈로저 리〉를 흥얼거리고 있었기 때문이었다.

"울프샤임 씨께 캐러웨이라는 사람이 꼭 만나고 싶어한다고 전해 주십시오."

"제가 그분을 시카고에서 오라고 할 수는 없잖습니까?"

바로 그때 문 저편에서 "스텔라!" 하고 부르는 소리가 들렸다. 틀림없는 울프샤임의 목소리였다.

"책상 위에 메모를 남겨 두고 가십시오. 그분이 돌아오시면 전해 드리지요."

"하지만 그분은 지금 저 뒤쪽에 계시지 않습니까?"

그녀는 화가 난 듯 내 앞으로 한 발짝 다가와 양손을 허리에 얹으며 말했다.

"당신 같은 젊은 사람들은 언제나 이런 식으로 사무실 안으로 들어오려고 하지만 그런 태도에는 이제 진절머리가 나요. 내가 그분이 시카고로 갔다면 그런 줄 아셔야지요."

나는 하는 수 없이 개츠비의 이름을 댔다.

"어머나!"

그녀는 나를 다시 한 번 쳐다보았다.

"잠깐만요, 누구시라고 했죠?"

그녀가 문 저편으로 사라지더니 잠시 후 울프샤임이 엄숙한 태도로 문을 열고 나왔다. 그는 나를 자기 사무실 안으로 데리고 들어갔다. 그리고 지금은 우리 모두에게 슬픈 시간이라고 침통한 목소리로 말하며 담배를 권했다.

"그 사람을 처음 만났을 때가 생각나는군요. 그는 군을 갓 제대한 젊은 소령이었죠. 선쟁 중에 반은 훈장을 잔뜩 달고 있었습니다. 워낙 돈에 쪼들리고 있어서 번듯한 양복 한 벌 살 수 없었던 거지요. 우리가 처음 만났던 곳은 43번가의 와인브레너 당구장이었소. 그 사람은 일자리를 찾고 있었소. 이틀 동안이나 굶었다고 했지요. '자, 나와 함께 식사라도 합시다.' 하고 내가 권했지요. 그는 30분 만에 4달러어치 이상의 음식을 먹어 치웠습니다."

"그럼 당신이 그 사람에게 일자리를 구해 주었습니까?"

"일자리를? 천만에, 난 그를 키워 주었소."

"그러셨군요."

"나는 그 사람이 밑바닥에서 벗어날 수 있게 해 주었소. 말 그대로 무에서 유로 이끌었다고 할 수 있소. 나는 첫눈에 그 사람이 아주 훌륭하고 유망한 청년이라는 걸 알아차렸소. 더구나 옥스퍼드 졸업생이라기에 쓸모가 있겠다고 생각한 거죠. 나는 그를 재향군인회에 넣어 주고 그곳에서 막중한 일을 맡게 했소. 그는 그곳에 들어가자마자 올바니에 있는 내 고객을 위해 일해 주었소. 우린 무슨 일이든 항상 함께였소."

그는 통통하게 살이 찐 손가락 두 개를 둥글게 말아 치켜올려 보였다.

"이렇게 말이오."

나는 그들이 함께 했던 사업 속에 1919년의 월드 시리즈 조작도 들어 있는지 궁금했다.

"이제 그 사람은 이 세상에 없습니다."

나는 잠시 말을 멈추었다.

"당신은 그와 제일 가깝게 지낸 사람입니다. 그러니까 오늘 오후 그 사람의 장례식에 꼭 참석해 주리라 믿습니다."

"물론 가고는 싶습니다."

"그렇다면 꼭 참석해 주십시오."

그의 코털이 희미하게 떨렸다. 잠시 후 그가 고개를 가로저을 때 그의 눈에는 눈물이 가득 고여 있었다.

"그럴 수가 없습니다. 지금 나까지 그 일에 말려들 수는 없습니다."

"말려들고 말고 할 게 뭐 있습니까? 이미 모든 게 다 끝났습니다."

"살인 사건에는 어떤 형태로든 말려들고 싶지 않습니다.

난 그럴 수가 없어요. 나도 젊었을 때는 이렇지 않았소. 만약 친구가 죽으면 어떻게 해서든 마지막까지 그의 곁에 있었습니다. 그걸 감상적이라고 생각할지는 모르지만 그건 내 진정이었습니다. 마지막 순간까지 말입니다."

그는 피치 못할 사정으로 장례식에 불참하는 것으로 이미 마음을 굳힌 것 같았다. 나는 그만 자리에서 일어났다.

"당신은 그와 대학 동창입니까?"

느닷없이 그가 이렇게 물어 왔다.

그 순간 나는 그가 저번처럼 소위 '거래선'을 트지 않겠느냐고 제안하려는 줄 알았다. 그러나 그는 그냥 고개를 끄덕이며 내 손을 잡았다.

"우정은 죽은 다음이 아니라 살아 있는 동안에 베푸는 것이라는 걸 이해해 주었으면 좋겠소."

그는 자신의 속마음을 털어놓았다.

"그 다음엔 모든 것을 모르는 척하고 내버려 두는 게 내 삶의 원칙이라오."

그의 사무실에서 나왔을 때 하늘에는 먹구름이 잔뜩 껴 있었다. 나는 가랑비를 맞으며 웨스트에그로 돌아왔다. 옷을 갈아입고 개츠비의 집으로 가 보니 개츠 씨가 흥분한 채 현관을 서성거리고 있었다. 그는 시간이 흐를수록 자기 아들과 자기 아들의 소유물에 대한 자부심이 끊임없이 커져 가고 있었다. 그때도 그는 나에게 뭔가 자랑하고 싶은 물건을 가지고 있었다.

"지미 녀석이 내게 보내 준 사진입니다."

그는 떨리는 손으로 지갑을 꺼냈다.

"이겁니다."

그것은 개츠비의 저택 사진이었다. 얼마나 많은 사람들의 손을 탔는지 네 귀퉁이가 닳을 대로 닳아 있었다. 그는 사진 속의 세세한 곳까지 가리키며 열심히 설명했다.

"여길 좀 보시오!"

그는 내게서 감탄하는 모습을 찾으려고 했다. 그는 아마 만나는 사람들마다 이 사진을 보여 주었을 것이다. 그래서 그에겐 실제 집보다 이 사진이 훨씬 더 현실감이 있었을 것이다.

"지미가 이걸 내게 보내왔지요. 아주 잘 찍은 사진입니다. 안 그렇소?"

"그렇군요. 그런데 최근에 아드님을 만난 적은 있습니까?"

"2년 전에 찾아와서 지금 내가 살고 있는 집을 사 주었습니다. 우리가 무척 어려웠던 시절 그 녀석은 집을 나갔습니다. 그때는 그 녀석에게 많이 실망했습니다. 그러나 지금 생각해 보면 그 녀석이 집을 뛰쳐나간 것도 다 이유가 있었어요. 그 녀석은 자기 앞에 멋진 미래가 기다리고 있다는 걸 알

339

고 있었던 겁니다. 그 녀석은 성공한 뒤로 우리한테 정말 잘해 주었습니다."

그는 사진을 집어넣기가 못내 아쉬운 듯 한참을 내 눈앞에 내민 채 가만히 있었다. 그는 마침내 사진을 다시 지갑 속에 넣고, 이번에는 주머니에서 『호펄롱 캐시디』라는 낡은 책을 꺼냈다.

"이건 그 녀석이 어렸을 때 가지고 다니며 읽던 책이오. 이걸 보면 그 녀석이 무슨 생각을 하면서 자랐는지 알 수 있을 겁니다."

그는 책 뒤표지를 넘기더니 내가 보기 쉽도록 거꾸로 돌려서 보여 주었다. 책의 마지막 페이지 여백에 '계획표'라는 제목과 1906년 9월 12일이라는 날짜가 적혀 있었다. 그리고 그 아래에 다음과 같이 적혀 있었다.

기상 오전 6:00

아령 들기, 담 기어오르기 오전 6:15~6:30

전기학 및 기타 공부 오전 7:15~8:45

작업 오전 9:30~오후 4:30

야구 및 운동 오후 4:30~5:00

웅변 연습, 포즈 연습 오후 5:00~6:00

발명에 필요한 공부 오후 7:00~9:00

나의 결심

샤프터지나 ×××(알아볼 수가 없었다.)에서 시간을 허비하지 말 것.

금연. 껌을 씹지 말 것.

이틀마다 목욕할 것.

매주 교양도서나 잡지를 한 권씩 읽을 것.

매주 5달러(지워져 있었다.) 3달러씩 저축할 것.

부모님께 더 잘할 것.

"나는 우연히 이 책을 발견했습니다."

노인은 말했다.

"이 정도면 그 녀석을 충분히 알 수 있겠지요?"

"그렇군요."

"지미는 출세할 수밖에 없었어요. 그 녀석은 언제나 이런 식으로 목표를 세우고 있었으니까요. 그 녀석이 교양을 몸에 익히려고 얼마나 노력했는지 아십니까? 언젠가 한번은 내게 음식을 돼지처럼 게걸스럽게 먹는다고 핀잔을 주더군요. 그래서 내가 그 녀석을 후려갈긴 적도 있었습니다."

그는 책을 덮는 것 역시 못내 아쉬운 듯 구절 하나하나를 소리 내어 읽고는 물끄러미 내 얼굴을 바라보았다. 아마도 내가 그것을 베껴 뒀다가 실천에 옮기기를 바라는 눈치였다.

　3시가 조금 안 됐을 때 플러싱에서 루터교 목사가 도착했다. 나는 다른 자동차가 오지는 않을까 하는 기대로 창밖을 내다보았다. 개츠비의 아버지도 나와 마찬가지로 밖을 내다보았다.

　예정했던 시간이 되자 하인들이 들어와서 장례 채비를 시작했다. 개츠비의 아버지는 걱정스러운 듯 두 눈을 끔벅거리기 시작하더니 비가 와서 그런가 보다라고 자신 없는 말투로 중얼거렸다.

　목사가 몇 번이고 회중시계를 들여다보는 것을 보고 나는 그에게 30분만 더 기다려 달라고 부탁했다. 그러나 내 부탁도 아무 소용없었다. 끝내 아무도 와 주지 않았던 것이다.

　세 대의 자동차로 이루어진 장례 행렬은 5시쯤 공동묘지에 도착해 내리는 비를 맞으며 입구에 멈춰 섰다. 비에 젖어 더욱 끔찍한 검정색 영구차가 맨 앞에 서고, 다음에 개츠 씨와 목사와 내가 탄 리무진, 그 뒤를 대여섯 명의 하인들과 웨스트에그의 우편배달부가 탄 개츠비의 스테이션왜건이 따랐다. 모두 비에 흠뻑 젖어 있었다.

　장례 행렬이 묘지 안으로 들어섰을 때 자동차 한 대가 멈춰 서는 소리가 들렸다. 이어서 누군가가 물을 튀기며 우리 뒤를 따라왔다. 뒤를 돌아보니 3개월 전 파티에 와서 개츠비의 서재를 보고 감탄하던 그 올빼미 안경을 쓴 남자였다.

나는 그 이후로 다시는 그를 만나지 못했다. 그가 어떻게 개츠비의 장례식 소식을 듣게 되었는지, 그의 이름이 무엇인지조차도 알지 못했다. 그의 두꺼운 안경알 위로 빗물이 흘러내리고 있었다. 그는 개츠비의 묘에 덮인 천이 벗겨지는 것을 보려고 안경을 벗어 급하게 안경알을 닦았다.

나는 그때 개츠비에 내한 기억을 떠올리고 있었다. 그러나 그가 이미 먼 곳으로 떠나 버렸다는 것 외에는 별로 생각나는 게 없었다. 그 대신 데이지가 조의를 표하기는커녕 조화 한 송이조차 보내지 않은 데 더 이상 분개하지도 않는다는 생각만 들었다.

누군가가 "죽은 자 위에 비가 내리니 복 되도다." 하고 중얼거리는 소리가 들려왔다. 그러자 올빼미 안경을 쓴 남자가 뚜렷한 목소리로 "아멘!" 하고 말했다.

우리는 비 때문에 서둘러 자동차로 돌아왔다. 묘지 입구에서 올빼미 안경을 쓴 남자가 내게 인사말을 건넸다.

"집까지는 갈 수 없었습니다."

"다른 분들은 아무도 오지 않았습니다."

"그럴 리가!"

그는 믿지 못하는 듯했다.

"세상에 어떻게 그런 일이! 평소에는 수백 명이나 드나들었는데."

그는 또다시 안경을 벗어 안경알을 닦았다.

"가엾은 사람."

그는 그렇게 중얼거렸다.

내가 선명하게 떠올릴 수 있는 추억 중의 하나는 예비 학교나 대학 시절 크리스마스를 맞아 서부로 돌아가던 때의 일이다. 시카고보다 더 멀리 가는 사람들은 12월의 어느 날 저녁 6시에 낡고 어둠침침한 유니언 역에 모여 있었다. 그중에는 시카고로 가는 친구들도 여러 명 섞여 있었다.

그들은 휴가 계획에 마음이 들뜬 나머지 서부로 가는 친구들을 향해 서둘러 작별 인사를 했다. 여러 학교에서 집으로 돌아가는 여학생들의 모피 코트, 추워서 입김을 내뿜으며 주고받던 대화들, 반가운 친구를 발견하고 머리 위로 흔들던 손을 나는 아직도 생생하게 기억하고 있다.

"너 오드웨이 댁에 갈 거니? 허시 댁엔? 슐츠 댁엔?"

이렇게 소리치며 서로 초대받은 곳을 묻던 목소리, 장갑을 낀 손에 꼭 쥐고 있던 녹색 차표 따위가 아직도 눈에 선하다. 그리고 마지막으로 시카고, 밀워키, 세인트 폴 철도의 칙칙한 노란색 객차가 마치 크리스마스 그 자체인 양 가슴을 설레게 했던 것도 기억하고 있다.

기차가 겨울밤 속으로 미끄러져 나가면, 한없이 내리는 눈이 유리창에 부딪쳐 반짝반짝 빛나기 시작했다. 위스콘신 주시골 역들의 희미한 불빛을 지나가면, 갑자기 대기 속에서 온몸을 긴장시키는 야성적인 상쾌함이 느껴졌다.

식당차에서 식사를 마치고 추운 연결 통로를 지나 좌석으로 돌아오면서 우리는 그 공기를 깊이 들이마셨다. 그러면 이제 고향으로 돌아왔다는 안도감과 일체감이 가슴 가득 밀려왔다. 그렇게 시간이 흐르는 동안 우리는 다시 고향 속으로 조금씩 녹아들어 갔다.

그것이 나의 중서부였다. 그것은 밀이나 초원, 스웨덴 이민의 도시 같은 것이 아니라 내 젊은 시절의 귀향 열차, 꽁꽁 얼어붙은 겨울밤의 가로등 불빛, 썰매의 방울소리, 불 켜진 창문에서 눈밭으로 던져진 접시꽃 다발의 그림자 같은 것이다.

나는 그것의 일부분이었던 그 긴 겨울을 생각하면 왠지 모를 엄숙함이 느껴졌다. 그리고 수십 년에 걸쳐 가문의 이름으로 통하는 도시의 캐러웨이로 자라난 것이 자랑스럽기까지 했다.

지금 생각해 보면 이 이야기도 결국은 서부 이야기였던 것이다. 톰도 개츠비도 데이지도 나도 조던도 모두 서부 출신이었다. 그래서 우리는 동부에서의 생활에 잘 적응하지 못하는 공통된 결함을 가지고 있었는지도 모른다.

동부가 내 마음을 사로잡고 있었을 때에도, 오하이오 강 너머로 지루하게 뻗어 있는 도시들보다는 동부가 훨씬 낫다는 생각을 하고 있었을 때에도, 나는 동부가 어딘지 왜곡되어 있다는 느낌을 받곤 했다. 특히 웨스트에그는 지금까지도 내 악몽 속에 나타난다.

그것은 엘 그레코가 그린 밤의 정경과 흡사하다. 음산한 하늘과 빛을 잃어버린 달 아래로 평범하지만 기괴한 분위기를 풍기고 있는 집들이 수백 채 웅크리고 있다. 야회복을 입은 엄숙한 표정의 네 남자가 들것을 들고 걸어간다. 들것에는 흰 드레스를 입은 여자가 술에 취해 누워 있다. 들것 아래로 늘어뜨린 그녀의 손에는 몇 개씩이나 되는 보석들이 차갑게 빛나고 있다. 남자들은 조심스럽게 한 집으로 들어간다. 그러나 집을 잘못 찾은 것이다. 누구 하나 그녀의 이름을 알려 하지 않고, 또 그런 것에는 상관없다는 듯이 행동하고 있다.

개츠비가 죽은 뒤로 동부는 어떻게 할 수도 없을 만큼 뒤틀려 있는 곳이라는 생각이 내 머릿속에서 떠나지 않았다.

나는 낙엽을 태우는 연기가 집집마다 피어오르고, 빨랫줄에 널린 빨래가 바람에 얼기 시작할 즈음 고향으로 돌아가야겠다고 결심했다.

동부를 떠나기 전에 꼭 정리해 둘 일이 하나 있었다. 그것은 모른 체하고 그냥 내버려 두는 편이 더 나았을지도 모르는 어색하고 불편한 일이었다. 그러나 나는 무심한 바다가 내 흔적을 지워 주기를 바라기보다는 그것을 말끔히 정리하고 난 뒤 떠나고 싶었다.

나는 조던 베이커를 만났다. 그녀에게 우리들 사이에서 일어났던 일과 그후 내게 무슨 일이 있었는지 자세하게 이야기했다. 그녀는 큰 의자에 앉아서 꼼짝도 않고 내 이야기를 끝까지 들었다.

골프 복장을 한 그녀는 늘 그랬던 것처럼 턱을 살짝 치켜올리고 있었다. 낙엽을 연상시키는 머리카락이며 무릎 위에 놓인 자줏빛 벙어리장갑처럼 햇볕에 그을린 얼굴이 멋있는 그림 속에서 뛰어나온 것 같았다.

내 이야기가 모두 끝나자 그녀는 아무런 설명도 없이 어떤 남자와 약혼했다고 말했다. 그녀에게는 고개만 끄덕이면 결혼할 수 있는 남자가 몇 명 있기는 했지만, 선뜻 그녀의 말이 믿어지지 않았다. 그러나 나는 짐짓 놀라는 시늉을 해 보였다. 나는 문득 내가 실수하고 있는 것은 아닌가 하고 다시 생각해 보았지만, 곧 이별을 고하려고 일어섰다.

"결국 당신이 저를 버린 거예요."

조던은 불쑥 이렇게 말했다.

348

"제가 전화했던 그날, 당신은 저를 버린 거예요. 지금은 당신에게 아무런 미련도 없지만, 저로서는 처음 당하는 일이었기 때문에 한동안 매우 혼란스러웠어요."

우리는 악수를 나누었다.

"당신 기억나요?"

그녀가 덧붙여 말했다.

"언젠가 둘이서 운전에 관해 얘기했던 것 말이에요."

"글쎄, 내가 뭐라고 했지요?"

"당신은 운전이 서툰 사람은 운전이 시툰 다른 사람을 만날 때까지만 안전하다고 했어요. 그렇다면 전 당신처럼 운전에 서툰 또 다른 사람을 만난 셈이지요. 제가 이런 억측을 하는 건 생각이 깊지 못하기 때문인지도 모르죠. 저는 당신이 정직하고 꾸밈이 없는 사람이라고 생각했어요. 그게 당신의 매력이라고 생각했던 거예요."

"내 나이 벌써 서른이오. 내 자신을 속여 가며 그걸 명예라고 생각하기에는 다섯 살이나 더 먹었소."

그녀는 더 이상 아무 말도 하지 않았다. 나는 그녀에 대해서 조금 화가 나기도 했지만, 그녀를 사랑하고 있던 것 또한 사실이었으므로 한편으로는 미안한 마음이 들었다. 나는 서둘러 그곳을 빠져나왔다.

10월도 끝나 가던 어느 날 오후 나는 우연히 톰 부캐넌을 만났다. 그는 여전히 자기 앞을 가로막는 사람이 있으면 물리치기라도 하겠다는 듯 양손을 휘저으며 5번가를 따라 내 앞을 걷고 있었다. 그와 마주치지 않으려고 내가 발걸음을 늦추었을 때 그도 걸음을 멈추고 보석상 진열장을 들여다보기 시작했다. 그러다 어떻게 내 모습을 발견했는지 다가와 손을 내밀었다.

　"어떻게 된 건가, 닉? 나하고 악수하는 게 싫은 건가?"

　"그래, 내가 자네를 어떻게 생각하고 있는지 자네도 잘 알고 있을 텐데."

　"농담하지 마, 닉."

　그는 어이가 없는 듯했다.

　"도대체 무슨 얘길 하는 건가? 난 무슨 소린지 하나도 모르겠네."

　"톰!"

　나는 그에게 따지고 들었다.

　"그날 오후 윌슨에게 뭐라고 했나?"

　톰은 아무런 대꾸도 없이 나를 노려보았다. 그 모습을 보면서 나는 윌슨의 행방이 묘연했던 그 몇 시간에 대한 내 추측이 틀리지 않았다는 것을 깨달았다. 나는 돌아서서 걷기 시작했다. 그러자 그는 내 뒤를 따라와 팔을 잡았다.

"나는 윌슨에게 사실을 말했을 뿐이야. 우리가 2층에서 떠날 준비를 하고 있는데 그자가 찾아왔네. 난 하인에게 모두 외출했다고 전하라고 시켰네. 그런데 그자가 막무가내로 2층까지 올라오려고 했네. 그자는 이미 제정신이 아니었네. 그 차의 주인을 알려 주지 않았으면 날 죽이고도 남았을 걸세. 우리 집에서 나갈 때까지 주머니 안에 든 권총에서 손을 떼지 않았단 말일세."

그는 잠시 말을 중단했다가 따지듯이 나를 바라보았다.

"내가 윌슨에게 사실을 알려 준 게 어쨌다는 건가? 그건 자업자득이 아닌가. 데이지를 속인 것처럼 자네도 속인 모양이지만 그자는 비정한 놈이었네. 강아지라도 들이받듯 그렇게 머틀을 들이받고도 차를 세우지 않고 도망쳤으니 말일세."

나는 아무 말도 할 수 없었다. 사실은 그게 아니라는 것 외에는 달리 할 말이 없었던 것이다.

"나라고 마음이 편했던 줄 아는가? 나도 할 말이 많네. 아파트를 내놓으려고 갔다가 찬장 위에 놓여 있던 개먹이 비스킷 상자를 보고 난 그만 어린아이처럼 주저앉아 울고 말았네. 정말 견디기 어려웠네."

나는 톰을 용서할 수도 좋아할 수도 없었다. 다만 그는 자기가 저지른 일에 대해 조금도 양심의 가책을 느끼지 않는 사람이라는 것만 확인했을 뿐이다. 모든 것이 너무나 경솔하고 또 복잡하게 뒤얽혀 있었다.

톰과 데이지는 정말 무책임한 인간이었다. 물건이든 사람이든 뭐든 엉망으로 만들어 놓고, 자기들은 돈이나 자신들의 부주의 또는 자신들을 묶어 두는 것이라면 어디든 가리지 않고 그 속으로 숨어 버리는 인간이었다. 자신들이 저지른 일의 뒤처리는 전부 남에게 맡겨 둔 채 말이다.

나는 톰과 악수를 했다. 계속 고집을 부리는 것은 어리석은 일 같았다. 내 자신이 마치 어린아이를 상대로 얘기하고 있는 듯한 기분이 들었던 것이다.

톰은 나와 악수를 한 뒤 진주 목걸이인지 커프스 버튼인지를 사러 보석상으로 들어갔다. 이렇게 해서 그는 나의 촌스러운 결벽증으로부터 벗어났다.

내가 떠나던 날에도 개츠비의 저택은 텅 비어 있었다. 잔디는 이제 돌보는 사람이 없어 내 집처럼 무성하게 자라 있었다. 마을의 택시 운전사 한 사람은 그 집을 지날 때면 반드시 정차해 손님에게 그 집을 가리키곤 했다. 아마 그 운전사가 사고가 났던 날 밤에 개츠비와 데이지를 이스트에그까지 태워다 준 모양이었다.

그래서 그는 그 사건을 자기 나름대로 그럴듯하게 꾸며 사람들에게 떠벌리고 있었던 모양이다. 나는 그 사람의 얘기 따위는 듣고 싶지 않았다. 그래서 기차에서 내려 일부러 그의 택시를 피했다.

나는 그날 이후 토요일 밤은 거의 뉴욕에서 지냈다. 개츠비의 저택에서 토요일마다 열리던 그 화려했던 파티가 기억에 생생했기 때문이다. 금방이라도 그의 정원에서 음악소리와 사람들의 왁자한 웃음소리가 끊이지 않고 들려올 듯했다.

어느 날 밤에는 실제로 자동차 한 대가 개츠비의 집으로 들어기는 것도 보았나. 헤드라이트의 불빛이 현관 앞 계단을 비추고 있었지만 나는 나가지 않았다. 어쩌면 멀리 여행을 떠났던 사람, 이제 파티가 영원히 끝나 버렸다는 것도 모르고 찾아온 마지막 손님이었을 것이다.

그곳에서의 마지막 날 밤, 나는 짐을 챙기고 차를 식료품 가게에 팔아넘겼다. 그리고 간절한 희망을 끝내 이루지 못한 채 힘없이 주저앉아 버린 그의 저택을 둘러보았다. 아이들이 계단 위에 벽돌 조각으로 휘갈겨 놓은 외설적인 낙서가 달빛 아래 뚜렷이 드러나 있었다. 나는 그것을 구둣발로 문질러 지웠다. 그리고 해변까지 어슬렁어슬렁 걸어가 모래밭에 벌렁 드러누웠다.

해변의 저택은 거의 문을 닫았고, 해협을 건너는 나룻배의 희미한 불빛 외에는 아무것도 보이지 않았다. 차츰 달이 높이 떠오르자 조그맣게 보이던 집들까지 눈앞에서 사라졌다. 그러자 그 옛날 네덜란드 선원들의 눈에 찬란하게 비쳤을 이 섬의 모습이 떠올랐다.

그것은 신세계의 싱그러운 녹색 젖가슴이었다. 지금은 사라져 버린 나무들, 개츠비의 저택을 위해 잘려 나갔을 그 나무들도 한때는 모든 인간의 꿈 가운데서 마지막인 동시에 가장 큰 꿈을 부추기며 이곳에 서 있었을 것이다.

사람들은 이 대륙에서 인간의 경이로움을 추구하는 욕구를 충족시켜 주는 것과 신비한 만남을 경험했다. 그리고 이해할 수도 없고 바라지도 않았던 일종의 심미적인 명상 속으로 자신도 모르게 빠져들었던 것이다.

해변에 앉아서 그 옛날 미지의 세계에 대한 상념에 잠겨 있던 나는, 개츠비가 처음으로 데이지의 집과 이어지는 선창 끝에서 녹색 불빛을 발견했을 때의 놀라움에 대해 생각해 보았다. 그는 멀고도 험한 항해 끝에 이 푸른 잔디밭에 도착해 이제 조금만 더 가면 자신의 꿈이 이루어진다고 생각했을 것이다.

그러나 그 꿈이 이미 자신을 등지고, 공화국의 밤하늘 아래 꿈틀거리고 있는 도시 저 너머의 광대하고 아득한 곳으로 멀어져 버렸다는 사실을 모르고 있었다.

개츠비는 해가 거듭될수록 우리 앞에서 멀어지고 있는 녹색 불빛의 존재를, 그 격정의 미래를 굳게 믿고 있었던 것이다. 그것은 이미 우리들의 손안에서 빠져나갔다. 그러나 그것은 그리 중요하지 않다. 내일 우리는 더 빨리 달려가 길게 팔을 내뻗을 것이기에, 그 어느 해맑은 날 아침에…….

이렇게 우리는 물살에 휩쓸려 과거로 떠내려가면서도 노 젓기를 포기하지 않는 것이다.

■■■ '로스트 제너레이션'의 대표 작가, 피츠제럴드

프랜시스 스콧 키 피츠제럴드(Francis Scott Key Fitzgerald, 1896. 9.24-1940.12.21)는 어니스트 헤밍웨이 (Ernest Hemingway, 1899– 1961), 존 도스 파소스 (John Dos Passos, 1896–1970), 윌리엄 포크너 (William Faulkner, 1897–1962), 거트루드 스타인 (Gertrude Stein, 1874–1946) 등과 더불어 미국 문학사에서 1920년대를 풍미한 문단의 보헤미안으로 여겨진다. 1890년대에 태어나서 성년이 되면서 제1차 세계대전을 겪어야 했던 소위 '로스트 제너레이션(Lost Generation)'의 대표 주자격인 피츠제럴드는 젊음과 절망, 시대의 이야기들에 대한 주제로 4편의 장편 소설을 완성했으며, 끝내 완성시키지 못한 1편의 소설과 수많은 단편 소설을 남겼다.

　1896년 9월 24일 미네소타의 세인트폴(St. Paul)에서 아일랜드계 가톨릭 중산층 가정에서 태어난 피츠제럴드의 이름 '프랜시스 스콧 키'는 집안의 친척 할아버지뻘 되는 프랜시스 스콧 키(1779-1843)의 이름에서 따온 것이라는데, 키는 미국 국가의 작가사로 알려져 있다. 아버지의 직장 관계로 뉴욕의 버팔로에서(1898-1901, 1903-1908) 유년기를 보내기도 했던 피츠제럴드는 고향인 세인트폴에서 고교(1908-1911)를 마치고 뉴저지의 예비학교(1911-1912)를 거쳐 1913년 프린스턴대학에 입학한다. 강의 듣기보다는 글쓰기에 관심이 많았던 피츠제럴드는 그리 두각을 나타내지 못했던 3년여의 대학 생활을 접고 1917년 자원입대한다. 그리고 오래지 않아 제1차 세계 대전이 끝나 참전하지 못한 채 1919년 제대한 다음 뉴욕에서 광고문안작성자로서, 그리고 간간히 잡지들에 단편을 팔아서 삶을 영위한다. 이 시기에 법률가의 딸인 젤더 세이어(Zelda Sayre, 1900-1948)와 약혼했으며, 1920년 첫 번째 소설이자 성공작인 『낙원의 이쪽』을 출간한다. 이 책의 출간으로 피츠제럴드는 당대의 베스트셀러 작가의 반열에 오르게 되었고, 연이은 결혼 발표로 두 사람은 세간의 이목이 집중되는 환상의 커플이 되었다. 두 사람은 사이에 딸 한 명(프랜시스 스콧, 1921년 10월 26일 출생)을 두었다.

황금의 1920년대를 살아가는 인간 군상들의 이야기

피츠제럴드의 초기 장편 소설들(『낙원의 이쪽(1920)』, 『아름다운 저주 받은 자들(1922)』, 『위대한 개츠비(1925)』)은 그가 1922년 출간한 단편 소설집 『재즈시대의 이야기』의 제목이 보여 주듯이 제1차 세계대전과 1929년 대공황 사이의 '황금의 20년대'를 살아가는 격정적인 인간 군상들의 이야기를 담고 있다. 제1차 대전에 참전함으로써 세계 정치질서의 새로운 절대 강자로 군림하게 된 미국 사회는 특히 주식 시장의 유례없는 호황을 경험하였다. 그럼에도 불구하고 가공할 만한 세계대전의 참혹함과 비인간성에 대한 기억은 서구 문명 전체에 대한 회의감이 팽배하던 '예술의 시기'이기도 하였다. 피츠제럴드는 이 시기에 여러 차례에 걸쳐 유럽 체류를 하였으며 당시 유럽에 머물던 헤밍웨이, 스타인 등과 교류하기도 하였으나, 1929년 경제공황은 모든 것을 뒤바꿔 놓았다. 너무나 빨리 지나가 버린 '황금의 20년대'는 피츠제럴드의 가정사에도 깊은 상처를 남기게 되는데, 그는 하루아침에 베스트셀러 작가에서 아무도 거들떠보지 않는 파산한 알코올

중독자가 되었다. 엎친 데 덮친 격으로 1930년에 아내 젤더가 신경쇠약에 걸린다. 그녀는 이후 줄곧 요양원과 정신병원을 전전하며 그 생을 마친다. 피츠제럴드는 할리우드로 건너가서 시나리오 작가로서의 삶을 영위하나 그리 신통치 못하였고, 마지막으로 완성한 장편 소설 『밤은 부드러워』가 1934년에 출간되었을 때는 독자들의 서늘한 반응만이 그를 기다렸다. 피츠제럴드는 평생 음주 문제와 싸웠으며, 겨우 술을 끊을 수 있었을 즈음인 1940년에 심장마비로 사망했다. 그의 미완성 유작인 『마지막 거물』은 1941년에 출간되었다.

미국 사회의 풍속화, 이상주의의 최후

피츠제럴드의 소설을 읽는다는 것은 1920년대 미국 사회에 대한 풍속화를 바라보는 것과 같다. 돈과 섹스, 그리고 파티와 사치에도 불구하고 떨쳐버릴 수 없는 권태감이 불러일으키는 우울증에 빠진 상류층, 서슬 퍼런 금주법에도 불구하고 지겹게 반복하는 일상성을 음성적인 알코올 소비로 상쇄하려는 일반대중들, 주류밀매로 한몫 챙겨 상류층으로 상승을 도모하는 약삭빠른 부류들, 제1차 세계대전 후 목표 없이 방황하면서 자기 존재의 의미에 대해 깊이 생각하기보다는 술과 파티에 절어 무감각 하게 살아가는 뿌리 뽑힌 젊은 지성인들의 모습 속 에서 일견 '재즈의 시대' 로 일컬어지는 20세기 초 반 미국의 이상주의와 낭 만적 환상의 마지막 임종 사진을 보게 된다. 내재적 인 부조리와 후에 경제공 황을 잉태하는 상호 모순 적인 아메리칸 드림의 환

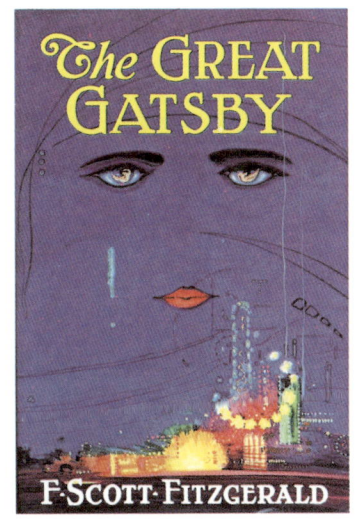

각 속에서 허우적대는 '로스트 제너레이션'의 인간 군상의 모습이 들어 있는 것이다. 돈과 사랑, 신의와 배반 사이의 갈 등 속에서 자기 파멸로 치닫는 이 프로타고니스트들의 운명 에 대한 관심이 아마도 작가에게 『위대한 개츠비』를 집필하 게 한 동기로 작용했을 것이다. 이미 20대 초반에 유명 작가 의 반열에 오른 피츠제럴드가 28세 되던 해 프랑스의 리비에 라 해변에서 집필하기 시작한 『위대한 개츠비』의 이야기는 가난한 청년은 부유한 여자와 결혼할 수 없는가에 대한 문제 의식에서 출발한다.

■■■파멸 앞에서도 '위대한' 개츠비

가난한 중서부 출신의 개츠비는 제1차 세계대전에 참전하게 되고 연인 데이지가 이미 부유한 톰의 아내가 되어 있음을 알고는 첫사랑을 되찾기 위해서 온갖 수단 방법을 가리지 않고 많은 재산을 모은다. 개츠비는 벌어들인 재산을 한 가지 목적만을 위해서 사용한다. 이제 다시 그녀를 차지하고자 하는 것이다. 옛 연인인 그녀의 이웃으로 이사를 오고, 오직 그녀만을 염두에 둔, 호화롭고 성대한 파티를 계속적으로 연다. 옛 연인의 환심을 되찾게 되었지만, 데이지는 톰의 정부 머틀을 차 사고로 살해하게 되고 머틀의 남편은 개츠비를 범인으로 오해하여 그를 살해하고 만다. 소설에서는 소설의 화자인 데이지의 먼 친척뻘인 닉이 개츠비의 이상적인 낭만의 세계와 그를 둘러싼 지극히 가식적인 세계 사이를 연결하는 중재자로서 충실하게 그 임무를 다한다. 꿈과 환상을 간직하고 그것을 좇아 온갖 희생을 무릅쓰고 결국 자신의 파멸로 나아간 개츠비의 인생은 그럼에도 '위대'하다. 이상이 가식으로 대치되고 신의가 돈에 팔리는 시대와 너무나 동떨어진 이상에 스스로 파멸해간 개츠비의 짧은 삶에 대해서 닉은 다음과 같이 평가하고 있다.

"결국 개츠비는 옳았다. 내가 잠시나마 인간의 짧은 슬픔이나 숨 가쁜 환회에 대해 흥미를 잃어버렸던 것은 개츠비를 희생물로 이용한 것들, 개츠비의 꿈이 지나간 자리에 떠도는 더러운 먼지 때문이었다."

1974년 로버트 레드포드 주연의 영화 〈위대한 개츠비(감독: 잭 크레이튼)〉가 성공을 하고 다시금 피츠제럴드의 이름과 『위대한 개츠비』가 일반 대중의 관심을 불러일으켰으며, 특히 영어권 독자들에 의해 『위대한 개츠비』는 고전문학의 반열에 오르게 되었다.

김영룡 (문학평론가)

작가 연보

프랜시스 스콧 키 피츠제럴드 (Francis Scott Key Fitzgerald, 1896~1940)

■ **1896년**

9월 24일 미국 미네소타 주 세인트폴의 아일랜드계 중산층 가정에서 태어난다.

■ **1898년**

아버지는 굴지의 가구상이었지만 그가 태어난 직후 도산을 한다. 이후 가족은 가난한 생활을 면치 못하고 뉴욕의 버펄로로 이주한다.

■ **1901년**

1월 가족이 다시 뉴욕 시러큐스로 이주하고, 아버지는 세일즈맨으로 일한다. 여동생 애너벨이 태어난다.

■ **1903년**

9월 가족이 다시 버펄로로 돌아온다.

■ **1908년**

다시 고향인 세인트폴로 거처를 옮긴다. 세인트폴 아카데미에 입학한다.

■ **1909년**

첫 단편 〈레이먼드 저당의 신비〉가 세인트폴 아카데미에서 발행하는 잡지 《지금과 그때》를 통해 발표된다.

프린스턴대학교에 입학해 대학신문 《더 타이거》의 편집기자로 활약하며 자신의 문학적 재능을 발전시킨다. 이곳에서 향후 미국 문단에서 크게 활약할 시인 존 필 비숍과 비평가 에드먼드 윌슨을 만나 평생 우정을 나눈다. 이들은 피츠제럴드의 문학적 재능을 발견하고 그의 작가적 의식을 일깨워준다.

일리노이 주 레이크포리스트 출신의 16세 소녀 지니브러 킹과 교제한다. 뒷날 그는 가난하다는 이유로 그녀에게 거절당하는데, 이때의 경험은 앞으로의 작품에 중요한 모티브가 된다.

건강상의 악화를 이유로 프린스턴대학을 중퇴한다. 그러나 실제로는 학업보다 문학과 연극 등 과외활동에 열중한 나머지 성적이 부진한 탓에 졸업을 할 수 없었기 때문이다.

1918년에 졸업하고자 다짐하고 다시 프린스턴대학교로 돌아간다.

미국이 제1차 세계대전에 참전하면서 군에 지원하여 10월에 육군 보병 소위로 임관된다. 그러나 그는 군 생활을 하면서도 대학시절 틈틈이 써두었던 『낭만적 에고이스트』를 집필하는가 하면 댄스파티에 나가기도 했다.

2월 『낭만적 에고이스트』를 탈고하여 뉴욕의 스크리브너스 출판사에 원고를 보내지만, 몇 달 후 출간을 거절당한다.
봄, 몽고메리 컨트리클럽에서 열리는 댄스파티에 나갔다가 앨라배마 주 대법원 판사의 딸 젤더 세이어를 만나 사랑에 빠진다. 그해 말, 휴전이 선포된다.

■ 1919년

전쟁이 끝나자 2월에 육군을 제대하고 젤더와 약혼한다. 뉴욕에 있는 배런콜리어 광고 회사에 근무한다. 그러나 얼마 지나지 않아 미래가 불확실하다는 이유로 그녀로부터 파혼당하자 직장을 그만두고 고향인 세인트폴로 돌아와 『낭만적 에고이스트』 개작에 전념한다.

수정을 거듭한 끝에 제목을 '낙원의 이쪽(This Side of Paradise)'으로 고친 뒤 뉴욕의 스크리브너스 출판사에 원고를 다시 보낸다. 출판사는 이 작품을 대환영하여 1920년 출판을 하였으며, 일약 문단의 총아가 된다. 이 소설은 피츠제럴드가 젤더에게 약혼을 파기당했던 쓰라린 경험을 바탕으로 쓴 작품으로 제1차 세계대전 이후 젊은 세대의 삶의 풍속도가 잘 그려져 있다.

■ 1920년

1월 젤더와 다시 약혼한다. 처녀작 『낙원의 이쪽』이 기대 이상으로 큰 성공을 거두어 작가로서 유명해진 그는 '재즈시대의 대변자'로서 화려하게 첫발을 내딛게 된다. 이 소설의 성공에 힘입어 9월, 그의 첫 번째 단편집 『말괄량이 아가씨와 철학자들(Flappers and Philosophers)』이 출간된다. 또한 젤더와 결혼하여 10월부터 뉴욕에서 생활한다.

■ 1921년

첫째 딸 프랜시스 스콧이 태어난다.

■ 1922년

두 번째 소설 『아름다운 저주 받은 자들(The Beautiful and Damned)』과 두 번째 단편집 『재즈시대의 이야기(Tales of the Jazz Age)』가 각각 3월과 9월에 연이어 출간된다. 10월 롱아일랜드의 그레이트넥으로 이사한다.

■ 1923년

장편 희곡 『채소(The Vegetable)』가 출간된다.

■ 1924년

프랑스에 거주하며 『위대한 개츠비(The Great Gatsby)』를 집필하기 시작한다.

■ 1925년

세 번째 장편 소설 『위대한 개츠비』가 출간된다. 재즈시대의 특성을 가장 완벽하게 그리고 있다고 평가받고 있는 이 소설은 '아메리칸 드림'의 붕괴 과정을 통해 산업자본주의 사회에서 물질이 정신을 지배하는 물질만능주의를 비판하고 있다. 이 무렵 어니스트 헤밍웨이를 만나게 된다.

■ 1926년

세 번째 단편집 『모든 슬픈 젊은이들(All the Sad Young Men)』이 출간된다. 12월 미국으로 다시 돌아온다.

■ 1927년

헐리우드 영화사에서 일하기 시작한다. 여배우 로이스 모런과 교제한다.

■ 1930년

젤더가 신경쇠약 증세를 보이기 시작한다. 그녀의 병을 치료하기 위해 스위스로 거처를 옮긴다.

■ 1931년

아버지가 사망한다. 가을, 다시 할리우드로 돌아온다.

■ 1932년

젤더의 신경쇠약 증세가 악화되어 병원에 입원하면서 그는 불행한 시절을 겪게 된다.

■ 1934년

네 번째 소설 『밤은 부드러워(Tender Is the Night)』가 출간되었으나 상업적인 성공은 거두지 못하고 실패하고 만다.

■ 1935년

노스캐롤라이나 주 트라이턴과 에슈빌에 머물며 요양한다. 3월, 네 번째 단편집 『기상나팔 소리(Taps at Reveille)』가 출간된다.

9월 어머니가 사망한다.

할리우드 영화사에서 다시 일하기 시작한다. 이때부터 가십 칼럼니스트인 세일러 그레이엄과 교제를 시작한다. 그녀와의 관계는 그가 사망할 때까지 계속된다.

할리우드에서 프리랜서로 일한다.
10월 할리우드를 소재로 한 소설을 집필한다.

12월 21일 『마지막 거물(The Last Tycoon)』을 집필하던 중 심장마비로 사망한다. 메릴랜드 주의 록빌 세인트메리스 묘지에 묻히다.

10월, 친구 에드먼드 윌슨의 편집으로 미완성 유작 『마지막 거물』이 출간된다.